太原美術館
（太原畫院）
特聘艺术家丛书

吴为山艺术

吴为山 名誉主编

殷卫东 主编

山西出版传媒集团
山西人民出版社

图书在版编目（CIP）数据

吴为山艺术 ／ 殷卫东主编 ． —— 太原 ：山西人民出
版社 ，2025．5． —— ISBN 978—7—203—13878—5

Ⅰ．I217.2
中国国家版本馆 CIP 数据核字第 2025J4S692 号

吴为山艺术

主　　编：殷卫东
名誉主编：吴为山
责任编辑：张镁尹
复　　审：李　颖
终　　审：武　静
装帧设计：张镁尹
出 版 者：山西出版传媒集团·山西人民出版社　　　　　　地　　址：太原市建设南路 21 号
邮　　编：030012　　　　　发行营销：0351—4922220　4955996　4956039　4922127（传真）
天猫官网：https://sxrmcbs.tmall.com　　　　　　电话：0351—4922159
E—mail：sxskcb@163.com　发行部　sxskcb@126.com　总编室
网　　址：www.sxskcb.com
经 销 者：山西出版传媒集团·山西人民出版社
承 印 厂：山西基因包装印刷科技股份有限公司
开　　本：889mm×1194mm　　1/16
印　　张：31
字　　数：480 千字
版　　次：2025 年 5 月　第 1 版
印　　次：2025 年 5 月　第 1 次印刷
书　　号：ISBN 978—7—203—13878—5
定　　价：528.00 元

编辑委员会

吴为山，教授、博导，国际著名雕塑家。现为全国政协常委、副秘书长，中国民主同盟中央委员会副主席，中国美术馆馆长，中国美术家协会副主席。2018年当选为法兰西艺术院通讯院士，成为继吴冠中后获此殊荣的第2位中国艺术家。

由于其卓越的成就与影响力，被授予意大利国家艺术研究院院士、俄罗斯国家艺术科学院荣誉院士、乌克兰国家艺术科学院院士、英国皇家雕塑家协会院士、英国皇家肖像雕塑家协会会员。2021年，由白俄罗斯共和国总统签发总统令，授予其国家奖弗拉西斯科·斯卡里纳奖章。此外，他还被授予香港中文大学荣誉文学博士与荣誉院士、澳门科技大学荣誉博士、韩国仁济大学名誉哲学博士、俄罗斯赫尔岑国立师范大学荣誉正博士、俄罗斯列宾美院荣誉教授等学位与头衔。在奖项方面，他荣获大利达·芬奇荣誉金质奖章、意大利米开朗基罗勋章、法国卢浮宫国际美术金奖、俄罗斯国家艺术科学院最高金质奖章、白俄罗斯中国文化交流杰出贡献奖、乌克兰发展勋章、英国皇家攀格林奖、美国洛克菲勒RRC首届中国艺术年度人物、乌克兰文化部"杰出艺术家"称号、国际奥委会主席奖，以及首届中华艺文奖、会林文化奖、"中华之光"年度人物等众多大奖及荣誉称号。

吴为山一直以挖掘和精研中国传统文化为人生命题，致力于中华传统文化的传承与弘扬。他长期专注于将中国文化精神融入并呈现在雕塑创作之中，创作了大量具有影响力的雕塑，这些作品在世界多国展览并被重要博物馆收藏。他精心创作的近 500 件中国文化名人系列雕塑，获得季羡林等大师"时代造像"的高度赞誉，也被国际评论界视作"中国时代新精神的代表"。如今，韩国建有吴为山雕塑公园；南京博物院、太原均设有吴为山雕塑馆。威尼斯宫国家博物馆、英国剑桥菲茨威廉博物馆、巴西国家历史博物馆、白俄罗斯国家美术馆、俄罗斯国家艺术科学院美术馆、奥地利维也纳世界博物馆、乌克兰基辅国立大学等世界著名博物馆、艺术机构永久安放其作品《超越时空的对话——意大利艺术大师达·芬奇与中国画家齐白石》《孔子》等。他的代表作《孔子》《问道》屹立于世界多个国家。2012 年，时任联合国秘书长潘基文撰文称赞，吴为山的作品表现了全人类的灵魂。

吴为山创作了数百件雕塑，立于国内重要机构及公共空间，如 36 米高的《孔子》立于济南；39 米高的《人文始祖女娲与伏羲》立于兰州黄河之滨；18 米高的《天人合一——老子》立于淮安；36 米高的《泾渭分明》立于西安；高 16.5 米、跨度 39 米的南京青奥主题雕塑《火炬手》立于南京机场高速路段；高 9.9 米的铸铜《孔子》落户长春世界雕塑公园；高 11.9 米的《孔子》在京沪高铁曲阜东站广场落成。

世界多个国家的公共空间立有吴为山的雕塑作品，如 2017 年，瑞士洛桑国际奥委会总部立有他的新作《微笑的顾拜旦》；巴西库里蒂巴市政厅及州政府的前广场立有他 4.46 米高的青铜雕塑《孔子》，该广场被永久命名为"中国广场"。2017 年，在中国与白俄罗斯建交 25 周年之际，《问道》组雕立于白俄罗斯国家美术馆的中心位置；中国与乌克兰建交 25 周年之际，《灵魂之门——塔拉斯·舍甫琴科与杜甫对话》组雕立于乌克兰首都基辅市中心。2018 年 5 月 5 日，5.5 米高的青铜雕塑《马克思》作为中国永久赠给马克思诞辰 200 周年的礼物立于马克思故乡德国特里尔市西蒙广场。2019 年，在纪念留法勤工俭学运动 100 周年之际，高 2.9 米、宽 4.65 米的青铜雕塑《百年丰碑》永立于法国蒙达尔纪火车站前的邓小平广场。2020 年，《超越时空的对话——意大利艺术大师达·芬奇与中国画家齐白石》屹立于达·芬奇的故乡意大利芬奇镇。2021 年 2 月，《画家齐白石》永立于奥地利维也纳世界博物馆；9 月，《神遇——孔子与苏格拉底的对话》在希腊雅典古市集遗址落成；11 月《隐元禅师像》在日本长崎兴福寺建寺 400 周年之际落成。2022 年 7 月，中日邦交正常化 50 周年之际，《鉴真像》在日本东京上野恩赐公园不忍池畔落成。

近 20 年，吴为山应邀在联合国总部、意大利国家博物馆、中国国家博物馆、中国美术馆及英国、美国、德国、荷兰、墨西哥、日本、韩国、新加坡等多国著名艺术机构和大学，举办个人大型作品展览并发表演讲，获得世界范围内的广泛赞誉。并数十次组织国际性的展览和学术研讨活动：担任第 3 届、第 4 届、第 5 届长春世界雕塑大会主席；2012 年，作为学术总主持组织南京青年奥林匹克运动会国际体育雕塑大赛；2017 年，组织青岛"一带一路"国际雕塑展及论坛；担任第 6 届、第 7 届、第 8 届北京国际美术双年展总策展人；自 2018 年起，任丝绸之路国际美术馆联盟秘书长、金砖国家美术馆联盟秘书长；担任 2022 年北京冬奥会、2022 年北京冬季残奥会公共艺术委员会艺术总监。

吴为山积极倡导"中国精神、中国气派、时代风格",全力推动中国雕塑事业的可持续发展。在理论研究方面,他出版著作及画册30余种,发表近200万字理论成果,其著作被翻译成英、法、西、葡、韩等多国文字在国际上发行,为理论创新和中国文化的国际传播作出重大贡献。

　　吴为山首创中国现代写意雕塑之风,提出写意雕塑理论和中国雕塑八大风格论。全面总结中国雕塑优秀传统,对中国雕塑当下创作的发展方向起到极大的引领作用,也使得以中国文化和中华美学精神为核心的写意雕塑在国际范围内受到广泛认可。

　　作为中国美术馆馆长,他推动"典藏活化"与国际交流展成为全国美术馆的典范,为中国美术享誉世界做出了重要贡献。

Mr. WU Weishan Who is a professor, a doctoral supervisor and an internationally renowned sculptor. He is currently the member of the standing committee of Chinese People's Political Consultative Conference (CPPCC) , the Deputy Secretary General of National Committee of CPPCC, Vice Chairman of the Central Committee of the China Democratic League, Director of the National Art Museum of China (NAMOC) and Vice Chairman of the Chinese Artists Association. In 2018, he was elected as the corresponding member of the Académie des Beaux-Arts, becoming the second Chinese artist awarded the title after the painting master WU Guanzhong.

He was elected as an Academician of the Academia delle Arti del Disegno of Italy, the Honorary Member by the Russian Academy of Arts, he is the Member of the National Academy of Arts of Ukraine, the Fellow of the Royal Society of Sculptors (FRBS), and the Member of the Society of Portrait Sculptors. Besides, he received the state award Francysk Skaryna Medal, which was signed and granted by the President of the Republic of Belarus in 2021. His other honors include: honorary degree of Doctor of Philosophy from Inje University of Korea, honorary degree of Doctor of Literature and Honorary Academician of the Chinese University of Hong Kong, the Louvre International Gold Medal for Fine Arts by the French National Society of Fine Arts, the Award for Person of the Year in Art of P.R.C by RRC, Outstanding Artist by the Ministry of Culture of Ukraine,"International Olympic Committee President's Trophy", etc.

Wu Weishan has made it his life's mission to explore and delve deeply into traditional Chinese culture, dedicating himself to the preservation and promotion of China's cultural heritage. He has long been committed to the integration and expression of Chinese cultural spirit in sculptures, and has created a number of influential works, which have been exhibited in many countries and are collected by many important museums. The nearly 500 serial works featuring Chinese cultural celebrities created by him are praised as"statues of the times"by Ji Xianlin and other masters, and"representatives of the new spirit of the Chinese era"by international critics. In addition to a sculpture garden named after him in South Korea, there are also two exhibition halls featuring his sculpture works established both in Nanjing Museum and Taiyuan. His masterpieces such as "A Dialogue Across the Time —— Leonardo da Vinci and Qi Baishi" and "Confucius" have been permanently exhibited in many world-famous museums and art institutions including the National Museum of Palazzo Venezia in Rome, the Fitzwilliam Museum in Cambridge, the National Historical Museum of Brazil, the National Art Museum of the Republic of Belarus, the Art Museum of the Russian Academy of Arts, the Weltmuseum Wien in Austria, and the Taras Shevchenko National University of Kyiv. His representative works including "Confucius" and "Inquiry into the Tao" have been established in many countries around the world. In 2012, Ban Ki-moon, then Secretary-General of the United Nations, wrote an article celebrating his works as the soul of all mankind.

In China, WU Weishan has created hundreds of sculptures for important institutions and public spaces, such as "Confucius" (36 meters high) in Ji'nan; "Humanity Ancestors Nvwa and Fuxi" (39 meters high) on the bank of Yellow River in Lanzhou, Gansu; "Harmony between the Heaven and Man —— Lao Tzu" (18 meters high) in Huai'an, Jiangsu; "Distinction: Jing and Wei Rivers "(36 meters high) in Xi'an; "The Torchbearer" (16.5 meters high and 39 meters long) is a Nanjing Youth Olympics themed sculpture at the Nanjing Airport Expressway; cast copper statue "Confucius" (9.9 meters high) in Changchun World Sculpture Park; and "Confucius" (11.9 meters high) in the square of Qufu East Railway Station along the Beijing-Shanghai High Speed Railway.

WU's sculptures can be found in public spaces in many countries all over the world. In 2017, his newly created bust "Smiling Coubertin" was placed at the headquarters of the International Olympic Committee in Lausanne, Switzerland. At the square in front of the Curitiba's City Hall and State Government of Brazil stands his 4.46-meter-high bronze statue "Confucius", and the square was thus named"China Plaza."In 2017, on the 25th anniversary of the establishment of diplomatic relations between China and Belarus, the statuary "Inquiry into the Tao" was placed at the center of the National Art Museum of the Republic of Belarus, and "the statuary Gate of the Soul —— "Dialogue Between Taras Shevchenko and Du Fu" was unveiled in the center of Kiev, capital of Ukraine on the 25th anniversary of the establishment of diplomatic relations between China and Ukraine. On May 5, 2018, the 5.5-meter-high bronze statue "Marx", as a gift from China, was inaugurated at Simon's Square in Trier, Germany — Marx's hometown — to celebrate the 200th anniversary of Marx's birthday. In 2019, on the 100th anniversary of the Diligent Work-Frugal Study Movement in France, the 4.65-meter-wide and 2.9-meter-high bronze sculpture "Centenary Monument" was set up at Deng Xiaoping Square in front of the Montargis Railway Station in France. In 2020, "A Dialogue Across the Time —— Leonardo da Vinci and Qi Baishi" was installed in Leonardo da Vinci Museum in Vinci, Italy, the hometown of Leonardo Da Vinci. In February 2021, the statue of "The Painter, Qi Baishi" was erected at the Weltmuseum Wien in Austria; in September 2021, the statue "Confucius and Socrates: An Encounter" was unveiled at the Ancient Agora in Athens, Greece; in November 2021, the Statue of "Zen Master Yinyuan" was unveiled in Kofukuji Temple in Nagasaki, Japan on the 400th anniversary of the founding of the Temple. In July 2022, the Statue of "Monk Jianzhen" was inaugurated at the bank of the Shinobazu Pond in Ueno Park in Tokyo, Japan, on the occasion of the 50th anniversary of the normalization of China-Japan diplomatic relations.

For more than 20 years, WU Weishan has been invited to hold large solo exhibitions and give lectures at world-renowned institutions and universities such as the United Nations Headquarters, National Roman Museum, National Museum of China, NAMOC, as well as famous art institutions and universities of the United Kingdom, the United States, Germany, the Netherlands, Mexico, Japan, South Korea, Singapore and other countries, and has gained worldwide recognition. In addition, he has chaired and organized dozens of international exhibitions and academic seminars. For example, he chaired the third, fourth and fifth China Changchun World Sculpture Conference, organized the Nanjing Youth Olympic Games International Sports Sculpture Competition as the academic supervisor in 2012 and Qingdao International Sculpture Exhibition from the Countries along the Silk Road and its forum in 2017, and served as the general curator of the sixth, seventh and eighth Beijing International Art Biennale, and the Secretary-General of the Silk Road International Alliance of Art Museums and Galleries and the BRICS Alliance of Art Museums and Galleries since 2018. He also served as the artistic director of the Public Art Committee of Beijing 2022 Winter Olympic and Paralympic Games.

WU Weishan is a strong advocate of the Chinese spirit, Chinese style, and the style of the times, who is committed to promoting the sustainable development of China's sculpture enterprise. In terms of theoretical research, he has published over 30 works and catalogs, with nearly 2 million characters of theoretical achievements, some of which have been translated into English, French, Spanish, Portuguese, Korean, and other languages for international distribution, making a significant contribution to theoretical innovation in sculptural art and international communication of Chinese culture.

WU Weishan pioneers the modern Chinese Xieyi (freehand) sculpture, an art form deeply rooted in Chinese culture and aesthetics, putting forward the theory of "Xieyi sculpture" and "eight styles of Chinese sculpture" by taking stock of the fine traditions in Chinese sculpture. His efforts play a leading role in the development direction of Chinese sculpture's current creation, helping Xieyi sculpture achieve worldwide recognition.

As the Director of the National Art Museum of China, he made the exhibitions for activation of classic collections and for international exchange into models for the nationwide art museums and galleries, making significant contributions to enhancing the fame of Chinese art around the world.

序

Preface

今日之中国，中华文脉传承弦歌不辍、历久弥新，文化发展生机勃勃、绽放光彩。在新时代，文化自信与文化自觉日益彰显，文艺发展需要尊重历史、敬畏文化、弘扬中国精神，更要将展现国家与民族的历史文脉，视为一项崇高而伟大的事业。

太原美术馆（太原画院）将推动社会文化发展放在首位，在习近平文化思想指引下，认真贯彻落实习近平总书记给中国美术馆老专家、老艺术家们的回信精神。为更好地服务人民，始终坚持在高质量收藏、高水平利用、高品质服务上下功夫，在典藏精品、展览展示、公共教育、学术研究、对外交流等方面取得了诸多积极成果。太原美术馆（太原画院）自建馆初期便设立吴为山雕塑馆，典藏吴为山先生极具代表性的雕塑作品和中国画作品。通过典藏经典，让能够代表人类艺术创作高度的精品力作永世流传；同时立足典藏资源，深入开展"典藏活化"工作，充分发挥与文化艺术领域相关的学术研究、艺术教育等功能，深化典藏作品的文化意义和社会意义，使艺术作品在美术馆场域中获得生命力的延续。

国际著名雕塑家吴为山先生的雕塑艺术，已然成为新时代重要的文化符号。他尤以表现文化人物的雕塑享誉世界，其作品塑造的人物堪称人类，尤其是中国历史上的精神丰碑。这些作品具有浓郁的中国文化属性与中国精神特质，在构建中国式雕塑体系方

序

面作出积极贡献，不仅引领了中国雕塑艺术的发展，更扩大了中国雕塑在国际上的影响力；在中西方文明交流互鉴、再现民族精神气质、塑造人民形象等方面，也发挥了不可替代的重要作用。"收百世之阙文，采千载之遗韵。"吴为山先生从蕴含民族智慧、体现时代风貌的人物中汲取精神力量，其雕塑艺术是中华文化历史与民族复兴精神的视觉呈现，构成了凝固的雕塑史诗。在凝聚民族精神、弘扬中华传统文化方面，无疑发挥了不可替代的审美育化作用。

吴为山先生通过雕塑艺术传播中华优秀传统文化，弘扬中国精神，坚持为人民塑像、为时代造像。自 20 世纪 80 年代后期开启为中华历史杰出人物塑像工程以来，截至目前，他已创作 600 余件涵盖伟大人物、英雄人物、历史人物、文化人物、科学人物等题材的雕像，以直观鲜活的雕塑展现民族脊梁与文化符号，构建起教科书式的历史丰碑。可以说，其雕塑作品已成为我们这个时代可触摸的精神图谱，凝固了一个时代民族崛起的精神风貌。吴为山先生基于对中国传统雕塑艺术的梳理与对民族精神的精研，将中国雕塑概括为八大风格。2002 年，在第 8 届中国雕塑论坛中，他首次提出写意雕塑的学术概念，强调艺术的主体作用，回归中国文化本体，以意象美学和审美理想探究中国现当代雕塑的创作方法与发展路径。经过多年的研究、实践、拓展与深化，写意雕塑的理论建构已成为现当代雕塑艺术发展的重要学术概念，具有里程碑式意义，成为中国现当代雕塑最重要的表现形态与发展方向。同时，吴为山先生在理论研究方面贡献卓著。其一系列理论研究成果彰显了新时代中国美术理论发展的时代高度，在世界艺术视域中确立了中国的文化坐标。

当今世界，一方面，经济全球化加速了文化的交流互动；另一方面，文化的民族性自觉意识日益高涨。吴为山先生作为推动中西方文明交流互鉴的文化使者，怀着对中国历史文化的敬畏与传承之心，将强烈的中国精神融入民族文化血脉。他所创作的塑像犹如一颗颗文化种子，在世界各地落地、生根、发芽、结果，传递着中国精神、中国文化的魂灵和中国人的民族情感，在全球化浪潮中发出响亮的中国声音。"和羹之美，在于合异"，吴为山先生以中外不同思想家、哲学家、文学家、艺术家之间的对话形式，展现世界文明的交融互鉴及美美与共的人类命运共同体意识，其作品风骨超然、意蕴深刻。雕塑中的对话性具有多层语境，不仅体现在造型上，更凸显了多元文化深层的共存与交流，既增强了中国美术的文化自信与文化自觉，又扩大了当代中国艺术在全球的传播力与影响力。

毋庸置疑，唯有划时代且精湛卓绝的艺术作品，方能支撑起一个时代的精神高度。太原美术馆（太原画院）将吴为山雕塑馆建设视为工作的重中之重，通过树立品牌意识，提升馆（院）的知名度与美誉度，从多方面精心打造雕塑馆。此次，太原美术馆（太原画院）有幸精选汇集并系统呈现吴为山先生的雕塑作品、书画作品、文艺理论成果，以及其在美术馆工作、国际交流等方面的内容，其中也包括馆（院）典藏的吴为山先生精品力作。《吴为山艺术》作为太原美术馆（太原画院）特聘艺术家丛书系列之一，旨在通过所选艺术家及其艺术论丛，展现馆（院）的学术研究成果，以及为推动美术发展所付出的积极努力。

本书编纂内容大抵分为五章：

第一章"铸魂"：呈现太原美术馆（太原画院）典藏的吴为山先生雕塑作品，同时收录其他重要的代表性人物雕塑、红色雕塑，以及以寻常百姓为题材的雕塑作品。第二章"文心"：收录吴为山先生的中国画、油画、速写、书法作品。通过撷取传统文化精魂，从艺术创作实践角度，展现他对中国笔墨传统写意精神与中国本土文化特征的理解、开拓，以及这些理解如何融入其艺术观念与文化精神之中。第三章"立言"，选取并集结了吴为山先生在写意雕塑、学术理论、文艺评论方面的学案式思考与研究成果。从宏观与微观两个层面，不仅展现了他在写意雕塑理论方面的研究成果，还反映出他对中国画创作、中国式素描新体系、中国古代雕塑理论、主题性雕塑创作等议题的深入研究。此外，还收录了对齐白石、潘天寿、傅抱石、黄宾虹、赵无极、高二适、吴冠中等名家的个案研究，共同构成了吴为山先生对中国文化以及中国雕塑创作生态的观照与省思。第四章"美术馆"，集结了吴为山先生自担任中国美术馆馆长以来在美术馆工作方面的积极探索，以及中国美术馆在高质量收藏、高水平利用、高品质服务方面的工作成效，充分体现了他在美术馆领域的深层次思考与积极贡献。第五章"国际交流"，呈现了吴为山先生以体现中国精神的优秀雕塑作品，向国际社会讲好中国故事，推动当代中国艺术走向世界，以及他在文化传承发展与文明交流互鉴等方面作出的重要贡献。

习近平总书记在中国文学艺术界联合会第十一次全国代表大会、中国作家协会第十次全国代表大会开幕式上的重要讲话中指出："以文化人，更能凝结心灵；以艺通心，更易沟通世界。广大文艺工作者要立足中国大地，讲好中国故事，以更为深邃的视野、更为博大的胸怀、更自信的态度，择取最能代表中国变革和中国精神的题材，进行艺术表现，塑造更多为世界所认知的中华文化形象，努力展示一个生动立体的中国，为推动构建人类命运共同体谱写新篇章。"吴为山先生的艺术创作，恰是对习近平总书记重要讲话精神的有力实践。

吴为山先生作为中国视觉艺术的典范，对其艺术成就进行系统梳理与呈现，有助于读者进一步理解和体悟优秀艺术的文化意义，感受优秀艺术家对民族文化历史的敬畏与传承、对人类一切优秀文化艺术的尊重与萃取，以及对人文理想的探索与实践。同时，这也回答了如何讲好中国故事、阐释好中国精神，而这正是本书出版的价值与意义所在。

是为序。

太原美术馆馆长、太原画院院长

2024 年夏日

吴为山

吴为山，一九六二年一月生于江苏省东台市，现为中国艺术研究院美术研究所所长、中国雕塑院院长、全国城市雕塑建设指导委员会艺术委员会主任、中国城市雕塑家协会主席、中国美术家协会常务理事、中国艺术研究院博士生导师、南京大学美术研究院院长、教授、博士生导师，系英国皇家雕塑家协会第一位华人会员、英国皇家雕塑家协会成就奖获得者、法国巴黎美术学院荣誉博士。

太原美术馆　吴为山雕塑馆

太原美术馆　吴为山雕塑

太原美术馆 吴为山雕塑馆

大原美术馆　吴为山雕塑馆

Contents

铸

魂

人们多祈望通过「像」获得对文化更为深刻的认识。就如同我们凝视亚里士多德和柏拉图的石像时，会联想到雅典、爱琴海的阳光。「像」为何物？「像」即「像」，又非「像」，它是种族、时代、文化、个性的综合体。费孝通先生曾为我题「由像及神」，此中所谓「神」，已超越「像」本身，达至自然、社会、科学、人文的本真。中国人生命之「像」，历经五千年文明之火的淬炼，无论是泥人、陶塑，还是石雕、铸铜，从伏羲、女娲造人的传说至今，悠悠岁月，漫漫历史长河中，中国人形象的塑造始终存在于文化的意象里。20世纪，留洋归来的李金发从西学中汲取高超技艺，塑造了一代宗师蔡元培，揭开了雕塑史的新篇章。正如鲁迅所说：「塑菩萨的时代过去了，现在开始塑人。」20世纪的中国社会发生了重大变革，五四新文化运动、苏俄现实主义、「文化大革命」偶像风潮、以及新时期现代主义、后现代主义等思潮相继涌入……

我始终信奉中华文化的强大伟力——那些历史的精英、文化的巨擘，在沧海横流、浴火重生中，终以其精神自塑成一尊尊不朽之「像」。

我自感这些「像」当立于天地间，这种继圣之精神当存于生民内心。故而近三十年来，我潜心于此，数百尊人物雕像从心中涌动，经我之手得以塑造。所谓「为时代造像，丹心铸魂」，正是如此。

造像，在舍得之间。
时光流痕，尽藏于桑田沧海。
逝去的，是那俗音，
恒久的，是那凝定。

吴为山

铸魂

辑一

老子的思想是中国传统文化的源头之一。作品以虚怀若谷为隐喻，旨在体现老子"无名，天地之始；有名，万物之母""有生于无"的道家哲学思想；其内镌刻《道德经》，寓意满腹经纶。这"空谷"承接天地正气，融贯自然，跨越时空。置身于雕塑之中，仿佛踏入玄之又玄的"众妙之门"，可在此徜徉游赏、凝神观照，领略中国传统文化与艺术的精髓。

天人合一
—
老子

青铜
2012 年
83cm×35cm×32cm

"空"的创意源于老子的哲学思想。老子提出"天下万物生于有，有生于无"，认为天地之间，"有"从"无"中诞生，源源不断，生生不息，展现出强盛的生命力。"空"蕴含着深厚的文化力量，成为时间与空间汇聚之所。"空"亦如一扇玄妙之门，人们可从中领悟宇宙的奥秘。

典藏经典

铸魂 0 0 4

紫气东来

—

老子出关

青铜

2012 年

99cm×150cm×55cm

　　老子骑着青牛，裹挟着祥瑞的紫气，悠然远去，仙姿卓然。这一意象象征着思想智慧的升华，寄托着人们对圣哲老子的深切敬意与美好祈愿。

　　该雕塑中，老子有神性，青牛有灵性，在眼神对视中，恍惚前行……

在浑茫中，但听牛蹄之音。

在虚空中，大音希声。

曾有人评价"老子出关是为了去西方对话"。

孔子（前551—前479），中国春秋
时期思想家、教育家，儒家学派创始人。

循循善诱的长者，慈祥、渊博。

孔子

青铜
2012 年
410cm×200cm×365cm

孔子适周，曾问道于老子。老子新沐披发，与孔子语以"深藏若虚、逢时而动"的思想观念。孔子归，以告弟子："吾今见老子，其犹如龙邪！"

雕塑造型一刚一柔，若擎天立柱般矗立于精神空间，生动传神地表现出老子、孔子两位文化先圣的形象。

问道

青铜
2012 年
老子 253cm × 50cm × 50cm
孔子 259cm × 52cm × 50cm

王羲之（303—361，也有 321—379 等说），中国东晋时期书法家，有"书圣"之称。其代表作《兰亭序》被誉为"天下第一行书"。在书法史上，他与其子王献之合称为"二王"。

雕塑形象高古静美，人物凝眉沉思，宽袍大袖开合有致，俯仰间自成姿态，令人遥想起一千六百多年前文采风流的东晋时代。

王羲之

树脂
2005 年
220cm×120cm×120cm

祖冲之（429—500），中国南北朝时期杰出的数学家、天文学家。

在天理中运算，在逻辑中推理，把圆周率推算到小数点后七位，这是祖冲之的贡献，更是中国对世界科学的贡献！

数学家祖冲之

树脂
2012 年
420cm×180cm×157cm

李白（701—762），中国唐代大诗人，被后人誉为"诗仙"。

中国，一个诗歌的国度。诗韵恰如长江、黄河，从遥远的上古至今，绵延不断……

"诗仙"李白，举杯邀明月，抒发了以自然为友的浪漫情怀。

举杯邀明月
|
诗人李白

青铜
2012 年
58.5cm×55cm×26cm

列奥纳多·迪·皮耶罗·达·芬奇（1452—1519），意大利画家、科学家，与拉斐尔、米开朗基罗并称"意大利文艺复兴三杰"。代表作有《蒙娜丽莎》《最后的晚餐》《岩间圣母》等。

齐白石（1864—1957），画家。工诗文，善书法、篆刻，尤精绘画。在艺术上博采众长，熔诗、书、画、印于一炉。擅绘山水、人物，尤长于花鸟虫鱼。其笔墨雄浑滋润，造型简洁生动，意境新奇，富有诗意。

你在船的那头，我在船的这头，
我们同在人类历史漫漫的长河中泛舟……

在一条船上
—
达·芬奇与齐白石的神遇

青铜
2012 年
50cm×300cm×9cm

超越时空的对话
|
意大利艺术大师达·芬奇与中国画家齐白石

青铜
2012 年

达·芬奇 225cm × 100cm × 65cm
齐白石 350cm × 90cm × 65cm

　　雕塑以超现实主义手法，虚构意大利文艺复兴巨匠达·芬奇与中国近现代绘画大师齐白石的对话场景，寓意中意两国跨越时空的文化艺术交流。意大利文艺复兴巨匠达·芬奇，将科学与艺术完美融合，在人类文明史上树起一座巍然的丰碑；中国近现代绘画大师齐白石主张艺术贵在"似与不似"之间，追求心灵的真实。在东方与西方不同的空间、古代与现代不同的时间维度里，两位艺术大师仿佛正在进行一场穿越时空的对话。

郑和（1371—1433），中国明代航海家。从 1405 年到 1433 年，郑和七下西洋，完成了人类历史上伟大的壮举。

对世界的探索渴望，与这飘动的披风一起，化作了七次航海的羽翼。

航海家郑和

青铜
2012 年
72cm×56cm×31cm

长髯飘动，如灵感之泉。

雕花木匠出身的艺术巨匠，眼睛中所捕捉到的精微之处是常人难以看见的。

他目光深邃，却又透着好奇与新鲜感，他看到的是一个艺术世界。

长髯齐白石

青铜
1993 年
132cm×18cm×23cm

"似与不似"，这是中国艺术的大智慧。

似与不似之魂
—
齐白石像

树脂
2004 年
300cm×120cm×83cm

于右任（1879—1964），中国近现代教育家、书法家、政治家。

这位长髯智者，心系的是精深、厚重而博大的民族文化。

立于高山兮，望我故乡……

于右任

青铜

2011 年

190cm×80cm×56cm

画家齐白石

青铜
2012 年
142cm×19cm×28cm

艺术大师齐白石提出绘画艺术贵在"似与不似"之间。这是中国艺术的真精神！

他所持龙头拐杖仿佛意念中的笔，点划于大地，遥接于苍穹……

黄宾虹（1865—1955），中国近现代国画家、书法家、篆刻家、诗人、艺术教育家，与齐白石并称为"南黄北齐"。

由层层积墨染就的河山，

莽莽苍劲间隐现丝丝文脉。

心摹手追倪瓒、黄公望的笔意，漫兴之情犹未断绝……

墨魂
——
黄宾虹

青铜
2006 年
185cm×70cm×70cm

齐白石

青铜
2012 年
196cm×90cm×66cm

白石老人，吾梦所见。立于自家庭院，看云卷苍穹，
观花开庭前。

铸魂 022

辜鸿铭（1857—1928），中国近代翻译家，学贯中西，号称"清末怪杰"。

怪杰不合流俗。精通西文则极力倡导国学。

他以六字概括中国人精神特质——温良、灵敏、坚毅。

辜鸿铭
青铜
2006 年
95cm×33cm×30cm

李叔同（1880—1942），中国近现代杰出的音乐家、美术教育家、书法家、戏剧活动家，是中国话剧的开拓者之一。他中年剃度为僧，法号弘一，被世人尊称为"弘一法师"。

弘一法师的成就融书法、绘画、音乐、戏剧、佛教于一体，是一位独特的文化大家。他游走于世俗生活与佛界高境之间"悲欣交集"四字，正是其心灵的生动写照。

弘一法师

青铜
2006 年
180cm×76cm×48cm

徐悲鸿（1895—1953），现代画家、美术教育家。

　　夜深了，"悲鸿大师"来到我的工作室。这是我六次塑造徐悲鸿像后达到的境界。塑造时，我仿佛在与大师对话。他书法中蕴含的"晋人风骨"以及笔下"奔马"展现的爱国情怀，皆是一代大师风范的体现。"纵横逸气起风雷"，怀着 复兴中国美术的锐意之志，徐悲鸿一路风尘仆仆……

迥立向苍茫
|
徐悲鸿

青铜
2006 年
177cm×53cm×53cm

鲁迅（1881—1936），中国现代著名的文学家、思想家、评论家。代表作有《呐喊》《彷徨》《朝花夕拾》《野草》《华盖集》等。

　　现代伟大的文学家鲁迅，以笔为刃剖析人间百态，揭露丑恶、歌颂真善，旨在疗愈人们精神的疾苦。我以简洁的刀法，塑就鲁迅的硬骨头精神，他坚毅前行的身影，恰似一座令人高山仰止的精神丰碑！

文学家鲁迅

青铜
2006 年
160cm×60cm×75cm

梁漱溟（1893—1988），中国近现代哲学家、思想家、教育家、社会活动家、爱国民主人士。著有《中国文化要义》《东西文化及其哲学》等。

真正的思想者！

知识分子的价值在于思想，为民族、为人类而思想。

知识分子的可贵在于率真，为学术、为真理而倔强。

哲学家梁漱溟

青铜
2006 年
105cm×65cm×70cm

冯友兰（1895—1990），中国现代哲学家、教育家。著有《中国哲学史》《中国哲学简史》《中国哲学史新编》《贞元六书》等，曾自拟"三史释古今，六书纪贞元"一联，来总结自己的得意之作。

为天地立心，为生民立命，
为往圣继绝学，为万世开太平。

哲学家冯友兰

青铜
1999 年
56cm×35cm×27cm

阿炳（1893—1950），中国现代民间音乐家。代表作有《二泉映月》《听松》《昭君出塞》等。

卖艺于街头，流浪于巷尾，

辛酸的人生，悲苦的命运。

瞎子阿炳，拉出了人间的悲凉，拉出了世界最美的弦音。

泉水与月亮，辉映他心中的旋律，将二胡刻入生命的乐章。

音乐家——阿炳

青铜
2012 年
215cm×30cm×30cm

铸魂 0 3 2

潘天寿（1897—1971），中国现代画家、教育家。曾任中国美术家协会副主席、浙江美术学院（今中国美术学院）院长等职。

潘翁之作，线韵骨力遒劲，造型奇险独特；格局宏阔，开合大度。点苔之处，笔力千钧。墨色之中，似涵纳大千宇宙，尽显沉雄空灵之态；雨后青山，宛若铁铸，雄浑苍劲。

潘天寿

青铜
2012 年
162cm×140cm×150cm

林散之（1898—1989），中国近现代书法家、诗人、画家。

散之老人有诗："写到灵魂最深处，不知有我更无人。"自1992年第一次为林散之纪念馆塑林翁像以来，我16次塑其像。我看过他运笔时的投入模样，忘不了那长长的寿眉、一波三折且向内收束的嘴唇，还有垂肩的大耳朵，这些共同构成了仿若罗汉像的独特风貌。

行吟中的林散之

青铜
2000年
180cm×80cm×70cm

石鲁（1919—1982），中国现当代画家，"长安画派"主要创始人。

以艺术刻画人生，以人生铸就艺术。

一位以生命、精神与灵魂为底色，创作了大量作品的艺术信徒——其质内刚！

石鲁

青铜
2011 年
182cm×175cm×130cm

林风眠（1900—1991），中国近现代画家，艺术教育家。

吴冠中先生说："林风眠长期在寂寞中探索，走的是独木桥。"
苏天赐先生说："为山，你要塑林风眠，你能塑好！"
我塑之。
前贤之歌，不负千秋。
根据题材和内容的需要，雕塑似飘起来，像飘起来的一片孤云。

孤云独去闲
|
林风眠
青铜
2006 年
140cm×95cm×86cm

钱锺书（1910—1998），中国现代学者、作家，与饶宗颐并称"南饶北钱"。其代表作有《围城》等。

巍巍兮，文化昆仑；连绵兮，文脉相延。钱锺书先生，文坛巨擘，令人高山仰止。

熊秉明（1922—2002），法籍华人艺术家、哲学家，集哲学、文学、绘画、雕塑、书法修养于一身。

跨步——一脚向东，一脚向西，身后留下艺术与观念的履痕。

书法、雕刻、绘画、理论，皆成其探索的印记。

行走中回望，明悟传统，继而化古开新。

行走的人
|
熊秉明

青铜
2006 年
166cm×113cm×59cm

作品塑造了一个普通的中国少女形象。
她静悄悄的眼波，悄悄地落在我的身上，
我静悄悄的心，泛起一丝微微的颤动。
她清纯、美丽、善良、温润。

中国少女

汉白玉
2001 年
37cm×25cm×16cm

铸魂 040

这笑，源自古代文明——陶俑！

这笑，使我想起徐志摩的诗：

"最是那一低头的温柔，

像一朵莲花不胜凉风的娇羞。"

当然，这笑，源自妻子的温存。

妻子

青铜

2002 年

50cm×17cm×17cm

母与子

青铜
2005 年
29cm×24cm×21cm

溪水边，小石旁，是我母亲为我沐浴的地方。

汶川地震后的羌寨，

我看到了重建的家园。

虽未寻得曾经邂逅的那位羌族老人，

却邂逅了许多可爱的孩童，

他们似烂漫的山花盛开在重生的大地上。

希望之一
—
小姑娘

青铜
2012 年
63cm×32cm×21cm

九方皋相马

青铜

2011年

九方皋　36cm×16cm×16cm
抬头马　36cm×36cm×19cm
低头马　27cm×36cm×20cm

这是一则两千多年前的一个故事，阐述了中国人的识人之道。

说是九方皋相马不看表面，只识本质。

在看一匹千里马时，竟将黑色的公马说成是黄色的母马，

但确切地认出了马的内在素质。

因此，是公、是母、是黄、是黑并不重要，重要的是，是否真为千里马。

可见，相马方法比千里马还重要。

"九方皋相马"典故出自西汉刘安主编《淮南子》。

旗帜

不锈钢
2021 年
710cm×2100cm×145cm

浮雕以先辈们的影像为原型进行创作，塑造了一群胸怀理想、生机勃勃、立志改造中国与世界的年轻人。

百年丰碑

石膏

2019 年

130cm×176cm

毛泽东同志在香山

青铜
2019 年
高 390 cm

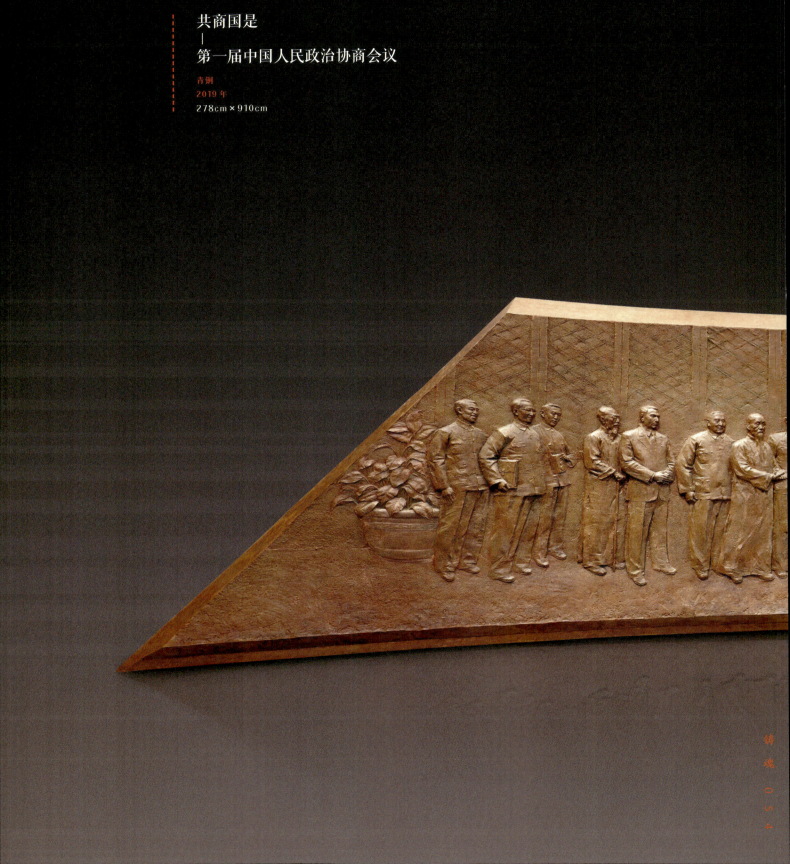

共商国是
—
第一届中国人民政治协商会议

青铜
2019 年
278cm×910cm

铸魂 〇九二

雕塑以1945年7月毛泽东与黄炎培在延安关于"历史周期率"的著名对话为题材，生动再现了毛泽东从容、自信的形象和黄炎培期待、信赖的神情。

延安窑洞对
|
毛泽东与黄炎培，1945 年

青铜
2015 年
250cm×296cm×162cm

周恩来

树脂

2018 年

320cm×110cm×85cm

坚定的步伐
|
邓小平

青铜
2014 年
高 390cm

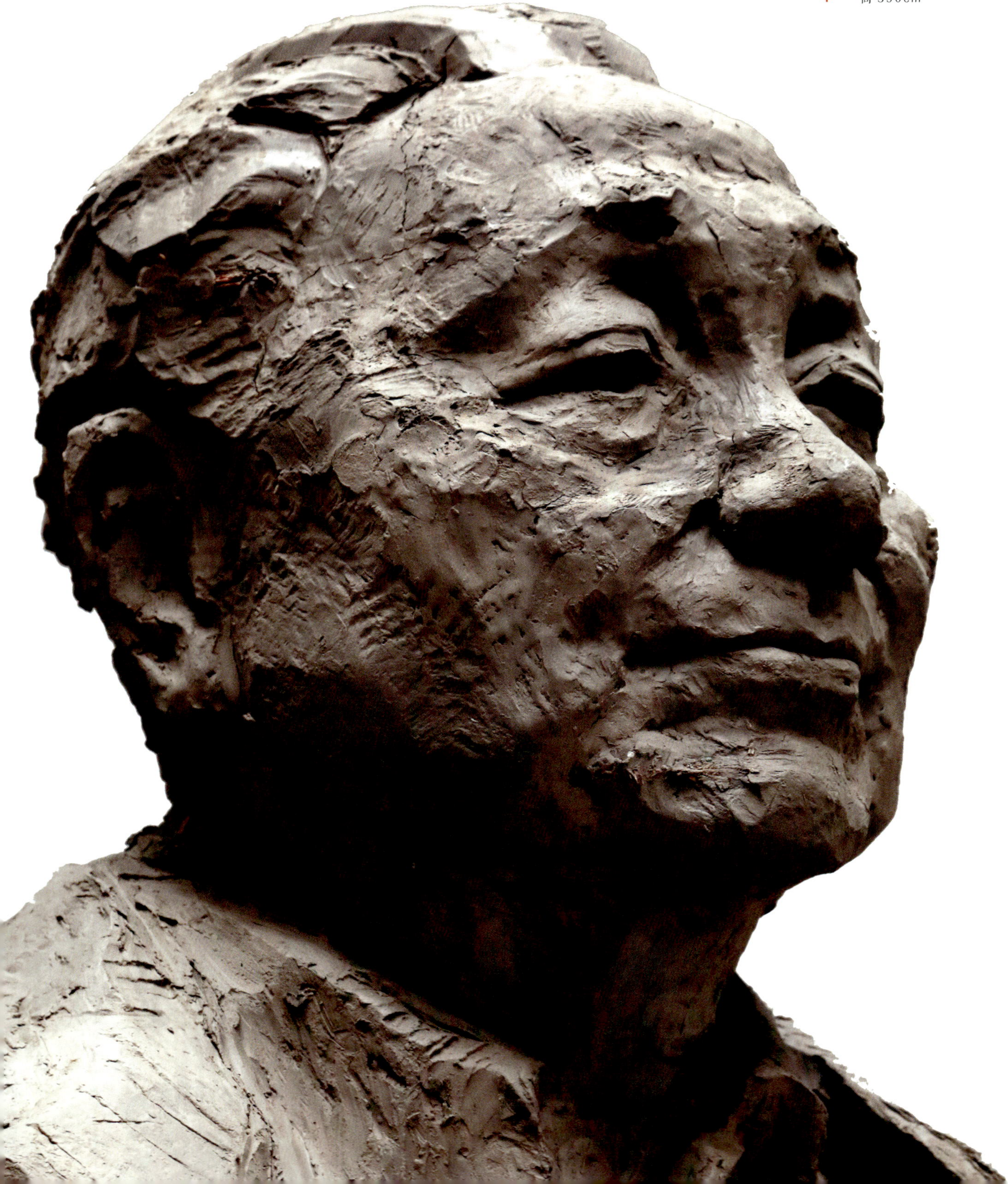

061

三战三捷
—
彭德怀、习仲勋在 1947

青铜
2021 年
高 350cm

黄土地
—
1947

青铜
2024 年
高 360cm

张太雷（1898—1927），中国杰出的无产阶级革命家，著名的政治活动家、宣传家。

张太雷

青铜
2018 年
高 230cm

左权（1905—1942），中国无产阶级革命家、军事家、八路军高级将领。

左权像

青铜
2024 年
高 220cm

胜利的号角

青铜
2007 年
360cm×210cm×150cm

新四军东进

青铜
2008 年
400cm×140cm×150cm

铸魂

铁军忠

铁军忠魂

青铜
2021 年
高 608cm

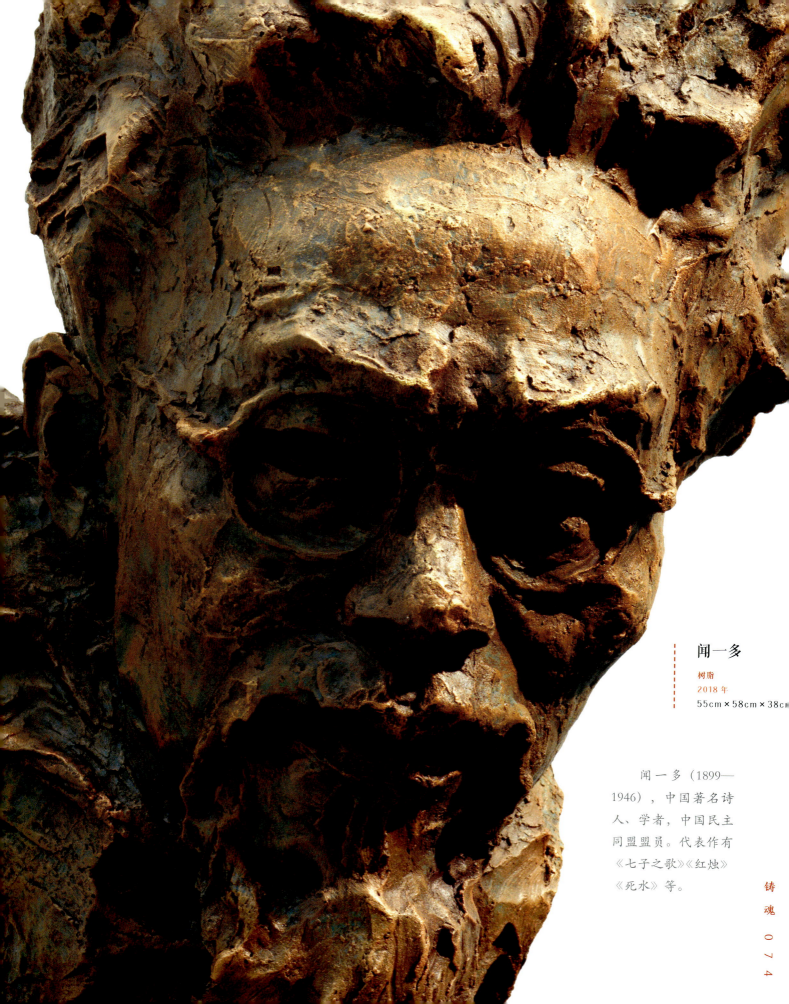

闻一多

树脂
2018 年
55cm×58cm×38cm

闻一多（1899—
1946），中国著名诗
人、学者，中国民主
同盟盟员。代表作有
《七子之歌》《红烛》
《死水》等。

周培源（1902—1993），中国著名流体力学家、理论物理学家、教育家和社会活动家。中国科学院院士，中国近代力学奠基人和理论物理奠基人之一。

周培源

青铜
2007 年
148cm×143cm×105cm

李有源（1903—1955），中国农民歌手，代表作品为《东方红》。

"东方红，太阳升……"

这强音在陕北唱响，

在中国大地回荡！

陆定一（1906—1996），中国杰出的无产阶级革命家。

陆定一

青铜
2007 年
110cm×100cm×90cm

钱学森

青铜
2020 年
88cm×40cm×52cm

钱学森（1911—2009），中国著名航天科学家，中国科学院、中国工程院资深院士、中国航天事业奠基人，被授予"两弹一星功勋奖章"。

聂耳（1912—1935），中国音乐家，中华人民共和国国歌《义勇军进行曲》的作曲者，被称为中国新音乐运动的先驱。其作品大都为反映工人阶级生活和斗争的歌曲。

"冒着敌人的炮火，前进！……"

雕塑试图通过刻画聂耳这个具体的人物形象，来彰显我们民族独立自主、不畏强暴的精神。当中华民族处于最危险的时刻，每个人都会从心底迸发出最后的吼声，这便是这件作品所想要表现的灵魂所在。

《义勇军进行曲》
—
聂耳

青铜
2009 年
220cm×120cm×175cm

费孝通（1910—2005），中国当代著名社会学家、人类学家。

1995 年初，我第一次见到费老。临别时，他挥毫写下"得其神胜于得其貌"赠予我。我不禁思索何谓"神"？费老曾这般诠释："神"，是一代知识分子的风骨与精神风貌。

费孝通

青铜
2006 年
160cm×80cm×75cm

焦裕禄（1922—1964），中国山东淄博人，原河南省兰考县委书记，革命烈士。他带领全县人民艰苦奋斗，植树治沙，取得了显著成效，被誉为"县委书记的榜样"。

"焦裕禄精神"既是对红色革命文化的传承，也是对中华传统文化美德的弘扬，更蕴含着"不忘初心、牢记使命"的新时代内涵。

焦裕禄

青铜
2018 年
80cm×108cm×58cm

王进喜（1923—1970），中国甘肃玉门人，大庆油田石油工人，被评选为"最美奋斗者"。

铁人王进喜

青铜
2020 年
265cm×145×96cm

朱光亚（1924—2011），中国核科学事业的主要开拓者之一，吉林大学物理学学科创始人之一，"两弹一星功勋奖章"获得者。

朱光亚

青铜
2020 年
86cm×50cm×55cm

周光召（1929—2024），中国科学院资深院士，理论物理学家、粒子物理学家，他为我国科技事业发展作出了卓越贡献。

周光召

青铜
2020 年
88cm×44cm×52cm

袁隆平（1930—2021），中国杂交水稻育种专家，享誉海内外的著名农业科学家，中国工程院院士，中国杂交水稻事业的开创者和领导者，"共和国勋章"获得者。

袁隆平

青铜
2009 年
195cm×75cm×60cm

雷锋（1940—1962），中国人民解放军战士、共产主义战士。"雷锋精神"跨越时空，影响了一代又一代中国人，成为中华民族精神谱系中璀璨的坐标。

雷锋，如春风化雨。
一个永远活在人们心中的形象，
也是一个永远激励人们公而忘私的典范。

雷锋

青铜
2012 年
190cm×90cm×88cm

孔繁森

青铜
2008 年
204cm×87cm×69cm

孔 繁 森（1944—1994），中国优秀共产党员。他两次进藏工作，在雪域高原奋斗了十个春秋。在他的带领下，经过广大干部群众的不懈努力，阿里地区的经济实现了较快发展。2018 年 12 月 18 日，党中央、国务院授予孔繁森同志"改革先锋"称号。

使命

汉白玉

2020 年

39cm×16cm×9cm

南仁东（1945—2017），中国天文学家，中国科学院国家天文台研究员。2018年12月18日，党中央、国务院授予南仁东同志"改革先锋"称号，并颁授"改革先锋"奖章。

南仁东
树脂
2018年
200cm×90cm×66cm

文化巨擘

管仲（约前 723—约前 645），春秋时期齐国杰出的政治家、军事家。他助力齐国富国强兵，辅佐齐桓公"九合诸侯"，以礼治天下，开创法家思想先河，被后世尊为"法家先驱"。

孔子曾由衷赞叹："微管仲，吾其被发左衽矣。"

管仲，神来之笔得之。

管仲

青铜
2017 年
64x36x30cm

"上善若水"，水自天穹垂落的韵致，载着我们于万古乾坤间遨游；

　　在我的意象里，其形其态永远印证着伟大自然的存在——师法造化者，实则是将心灵对大千世界的感悟，凝练为艺术与哲思的回响。

上善若水
—
老子
青铜
2006 年
182cm×109×63cm

《问道》中的孔子像浑然高古，造型圆厚，着重凸显体与面的结构关系，整体弥散着礼敬端严的气息，生动展现出儒家中正祥和、仁爱为本的道德追求；老子像则飘逸悠游，造型奇崛，以线条表现为核心，其神韵似"上善若水"般畅然流淌，淋漓尽致地诠释出道家道法自然、天人合一的精神内核。

问道

青铜
2012 年

老子 300cm×180cm×160cm
孔子 290cm×140cm×148cm

孙子即孙武（约前545—约前470，另说前480），春秋时期军事家、政治家。

孙子左手紧握兵书，右手持剑，表情沉郁，一派英气，胜券在握，决胜于千里之外。

孙子
青铜
2017 年
69cm×40cm×29cm

左丘明（前556—前451），春秋末期史学家。相传他所著《春秋外传》《国语》，开创了中国传统史学的先河。

《左传》里记载的三不朽是"立德""立功""立言"，并未将身体形象的流传纳入其中。这充分彰显出中国文化对文字承载功能的笃信，以及对精神面貌记录与传承的高度重视。

左丘明

青铜
2017 年
61cm×33cm×26cm

墨子（约前476—约前390），春秋末期战国初期思想家，墨家学派的创始人。其弟子根据墨子生平事迹，收集整理其语录，编纂成《墨子》一书流传于世。

穿草鞋出行天下，古代辩证唯物主义大家。

墨子

青铜
2017 年
73cm×44cm×24cm

《愚公移山》是战国时期思想家列子创作的一篇寓言小品文。文章叙述了愚公不畏艰难，坚持不懈，挖山不止，最终感动天帝，使山挪走的故事。

雕塑突破传统样式的局限，以单个人物形象彰显愚公移山的精神。人物在巨岩上展现出极限动态，既彰显力量的勃发，更凸显人定胜天、坚持不懈的昂扬精神。

愚公移山

青铜
2017 年
45cm×49cm×20cm

孟子（约前 372—约前 289），战国时期思想家，孔子学说的继承者，儒家学派的重要代表人物，著有《孟子》。

充实之谓美，充实而有光辉之谓大！

孟子

青铜
2017 年
64cm×29cm×23cm

　　庄子（约前369—约前286），战国时期思想家，是继老子之后，道家学派的主要代表人物之一，与老子并称为"老庄"。

　　雕塑旨在表现庄子"天地与我并生。而万物与我为一"的哲学境界。

屈原（约前 340—约前 278），战国时期楚国政治家、文学家，中国浪漫主义文学的奠基人。他的代表作有《离骚》《天问》《九歌》《九章》等。《楚辞》与《诗经》被认为是中国诗歌史上的两部经典作品。

汨罗江畔。40 年前，家父命我背诵《国殇》。今追写其意蕴，并为汨罗江畔的屈子塑像。梁楷曾以寥寥数笔勾勒屈子行吟之态，成就写意绘画之典范。

屈原

青铜
2017 年
71cm×35cm×26cm

荀子（约前 313—约前 238），战国时期思想家、教育家。

《荀子·天论》："列星随旋，日月递炤，四时代御，阴阳大化，风雨博施。万物各得其和以生，各得其养以成，不见其事而见其功，，夫是之谓神。"

塑之以表达对一代大儒之敬意。

巴蔓子，东周末期（约战国中期）的巴国将军，他以头留城、忠信两全的故事，在巴渝大地广为传颂。

《巴蔓子》雕塑巧取三星堆青铜铸像的奇魅之风，将巴蔓子将军忠勇神武、护国爱民、舍生取义的精神，以及巴民族之魂予以艺术表现。

巴蔓子

树脂
2017 年
105cm×54cm×31cm

韩非子

青铜
2017 年
66cm×43cm×27cm

韩非子（约前 280—约前 233），战国末期思想家、哲学家、散文家，法家代表人物，其著作收录于《韩非子》一书中。

铸魂 104

董仲舒（前179—前104），西汉思想家、政治家、教育家。

该雕塑以东方写意精神融入董仲舒的哲学世界，采用古法意象的表现形式，展现一代大儒"罢黜百家，独尊儒术"的政治抱负。

董仲舒

青铜
2017 年
64cm × 35cm × 31cm

司马迁（约前 145—？），西汉史学家、文学家、思想家。所著《史记》是中国第一部纪传体通史。

"究天人之际，通古今之变，成一家之言。"

许慎（约58—约147），东汉经学家、文字学家。其所著《说文解字》为我国字典部首首创之作，对后世影响颇大。

慎析字义，妙释文章。许君著典，天下共仰。

许慎

青铜

2017 年

43cm×53cm×27cm

张仲景，东汉末年医学家，被后人尊称为"医圣"，著有《伤寒杂病论》。

高冠博带，宽袍大袖，面容高古而清癯，头颈前倾，左手持竹简，右手三指轻扰，作沉吟状。

人物形象之塑造生动传神地表达了张仲景的仁心、仁德以及他心忧天下、忘怀己乐的超拔品格。

张仲景
青铜
2017 年
45cm×46cm×29cm

郑玄（127—200），东汉末年儒家学者、经学家。

郑玄治学以古文经学为主，兼采今文经学，遍注儒家经典，以毕生精力整理古代文化遗产，成为汉代经学的集大成者，世称"郑学"。

新手妙得藏玄机，经年一句神入纸。墨含诗境写大哲，对语汉时不觉迟。

郑玄

青铜
2017 年
64cm×28cm×21cm

诸葛亮（181—234），三国时期蜀汉政治家、军事家。

雕塑以写意表现手法，在三维空间凝固"鞠躬尽瘁、死而后已"的仁人君子之心、智勇谋略之才和忠臣义士之节。

阮籍（210—263），三国时期魏国文学家、名士，"竹林七贤"之一。

雕塑以现代写意手法再现"竹林七贤"之一——阮籍的风范。

阮籍

青铜
2018 年
50cm×46cm×44cm

王导（276—339），东晋政治家、书法家，是东晋政权重要的奠基人之一。

王导塑像的创作中，突出其"古意""神韵"，而非单纯追求形体的准确性。参考中国画大写意的精神，运用中国传统艺术语言进行创作，注重"以形写神"之法，通过形体塑造展现人物神韵，赋予塑像独特的生命力。

王导

青铜
2018 年
47cm×17cm×17cm

王献之（344—386），东晋书法家，与其父王羲之合称"二王"。

挺然秀出，多于简易。

隽永而秀逸的墨迹，启示着一个时代的审美。

我梦中的"二王"，尽在秦淮河的灯影中闪耀。

王献之

青铜
2006 年
52cm×36cm×23cm

顾恺之（348—409），东晋杰出画家、绘画理论家、诗人。顾恺之作画意在传神，其"迁想妙得""以形写神"等论点为中国传统绘画的发展奠定了基础。

顾恺之像，呈现出沉静而洒脱的仪态，彰显出丰富充沛的精神境界。那衣袖上如水墨肌理般的雕塑语言，荡漾间蕴含着山水的神韵。

顾恺之

青铜
2005 年
70cm×46cm×40cm

刘裕

青铜
2018 年
45cm×43cm×24cm

刘裕（363—422），东晋至南北朝时期杰出的政治家、改革家、军事家，南朝刘宋开国君主。

陶渊明

青铜
2017 年
61cm×50cm×22cm

陶渊明（约 365—约 427），东晋末至南朝宋初期诗人、文学家。
他是中国第一位田园诗人，被称为"古今隐逸诗人之宗"。

采菊东篱见南山，悠然诗像林木间。

我塑隐逸神相助，笔耕文园墨未闲。

铸 魂 一一六

　　冼夫人（? —602），南北朝至隋初岭南地区的少数民族女首领，她助隋平定岭南势力，被封为谯国夫人。

颜之推（531—约597），南北朝时期文学家、教育家。今以所著《颜氏家训》享誉后世。

家训之祖，金声玉振。

雕塑以东方写意塑造手法，再现了一代文学家的不凡姿态。

吴道子（约680—759），唐代著名画家，史称"画圣"。

吴带当风，一代画圣。

为千年之画史同宗而造像。

道子风范，线韵流长。道法百川，行处非常。

笔下波澜，丹青之源，洪洪渺渺，荡气回肠。

吴道子

青铜
2017 年
60cm×50cm×20cm

韩愈（768—824），唐代文学家、哲学家。世称"韩昌黎""昌黎先生"。

文以贯道，神龙万变，无所不可。

刘禹锡（772—842），唐代文学家、哲学家，有"诗豪"之称。

刘禹锡诗文俱佳，涉猎题材广泛。他与柳宗元并称"刘柳"，与白居易、韦应物合称"三杰"，著有《陋室铭》《竹枝词》《杨柳枝词》《乌衣巷》等名篇。

宾客超然多恬静，诗豪睿智参古今。他，既是诗人，又是哲学家，堪称大唐特立独行的灵魂。

刘禹锡

青铜
2018 年
50cm×29cm×18cm

杜牧

青铜
2018 年
43cm×32cm×24cm

杜牧（803—852），唐代文学家、诗人。

雕塑展现了杜牧英姿勃发的风貌，恰如其诗文，风华流美、神韵疏朗。

司马光（1019—1086），北宋政治家、史学家、文学家。他主持编纂了中国历史上第一部编年体通史《资治通鉴》。

精研极虑，穷竭所有，日力不足，继之以夜。

司马光

青铜

2017 年

63cm×31cm×22cm

苏东坡即苏轼（1037—1101），北宋著名文学家、书法家、画家。

其文纵横恣肆；其诗题材广阔，清新豪健，善用夸张、比喻，独具风格，与黄庭坚并称"苏黄"；其词开豪放一派，与辛弃疾同为豪放派代表，世称"苏辛"。

苏轼亦善书，为"宋四家"之一；擅长文人画，尤擅墨竹、怪石、枯木等。"其身与竹化，无穷出清新。"26年前，周巍峙先生曾书东坡先生此诗句赠我。

苏东坡

青铜
2017 年
73cm×30cm×25cm

陆游（1125—1210），南宋文学家、史学家、爱国诗人。

他的诗歌简洁易懂，结构清晰，既体现了李白式不受约束的豪迈，也具有杜甫式深沉的忧郁。诗歌中强烈的爱国主义情感，对后人产生了深远影响。

陆游

青铜
2006 年
205cm×115cm×78cm

朱熹（1130—1200），南宋理学家、哲学家、思想家、政治家、教育家、诗人。

朱熹著述甚多，有《四书章句集注》《太极图说解》《通书解说》《周易本义》《楚辞集注》等，自南宋以降，《四书章句集注》成为历代钦定的教科书与科举考试的标准文本。

雕塑以古法塑造，彰显一位心仪山水、流连林淑的宋代理学鸿儒形象。

朱元璋（1328—1398），明朝开国皇帝。

塑像取朱元璋骑马奔驰的姿态，通过写意手法，表现出朱元璋的气质和精神。

吴门四家，又称"明四家"，指的是沈周、文徵明、唐寅和仇英四位明代著名画家。他们皆为南直隶苏州府人，且活跃于今苏州（别称"吴门"）地区，因此被称为"吴门四家"。

吴门四家

树脂
2017 年
70cm×95cm×34cm

作为江南文脉中
最负盛名的"吴门四
家"，其塑像注重人
物之间文化气息的传
达：或坐或立，错落
有致；虽聚吴地，各
美其美；以塑铸魂，
诗文书画。

王阳明即王守仁（1472—1529），因曾筑室于会稽山阳明洞，世称"阳明先生"。

"知者行之始，行者知之成"。道器相融，王阳明所阐释的"知行合一"这一中国传统哲学命题，对于当代艺术家也具有灵感的启发性。

李时珍 (1518—1593) , 明代著名医药学家, 著有《本草纲目》。

踏遍青山寻烟草, 只为良药医黎元。

汤显祖（1550—1616），明代戏曲家、文学家。戏剧作品《还魂记》《紫钗记》《南柯记》和《邯郸记》合称"临川四梦"，其中《还魂记》（全名《牡丹亭还魂记》）为其代表作。

"则为你如花美眷，似水流年""西风扬子津头树，望长淮渺渺愁予""良辰美景奈何天，赏心乐事谁家院"——这些跨越时空的文字，在临川这片土地上交织出独特的文化韵味。

汤显祖

青铜
2017 年
66cm×27cm×21cm

胡正言（1584—1674），明代末年书画篆刻家、出版家。

石竹斋书画篆刻流芳后世，
入复社胜国遗民立像时代。

徐霞客（1587—1641），明代地理学家、旅行家、探险家、文学家。他历经30年考察，撰成60万字的地理名著《徐霞客游记》，被称为"千古奇人"。

我所塑徐霞客，头戴巾帽、手持拐杖，身披箬衣随风飘舞；双腿坚实有力，仿佛即将踏上壮游中华的征程。

雕像立于无锡鼋头渚，与太湖的山、水、大地融为一体。

徐霞客

树脂

2007 年

70cm×47cm×33cm

李渔（1611—约1680），明末清初文学家、戏剧家、戏剧理论家、美学家。

百世随园留佳话，笠翁游艺自风流。

李渔，一位艺术天才，终其一生追寻世外桃源梦。笔下才子佳人，成就百代传奇。

李渔

青铜
2018 年
58cm×34cm×17cm

阮元（1764—1849），清代经学家，一代文宗。

古之贤人无像记，不似之似为真似。

粉本程式多雷同，唯于其间捕神气。

曾国藩（1811—1872），晚清第一名臣，战略家、理学家、文学家，湘军的创立者和统帅。

雕塑以写意表现手法，再现了一位中国近代化建设开拓者修身律己、以德求官、礼治为先、以忠谋政的政治情怀。

曾国藩

青铜

2018 年

28cm×28cm×35cm

诗情叙谈

睡吧！宝贝，
梦乡里有一个美妙的梦乡⋯⋯
此刻，你在世界中酣眠，
世界在你的梦乡中沉睡。

睡童

青铜
1998 年
11cm×7cm×8cm

她从远古走来

青铜
1994 年
28cm×14cm×13cm

　　这一作品透发着文明的曙光。她从原始的生命伟力出发，延续红山文化的脉络，是一件表现原始自然力、歌颂生殖崇拜的原创作品，由此唤起人们对生命两极之间的更多思考。

《远古笛声》运用写意手法，将作为中国传统文化核心的书法艺术融入作品形式之中。作品采用整体扭曲却富有骨力的造型，搭配局部淋漓果断的"笔触"表现手法，以远古意象为创作题材，形成强烈的艺术风格，彰显出中国书法文化充沛且浓郁的精神内涵。

古之贤人无像记，不似之似为真似。

和着生命的节律，和着愉快的号子，啊，春的消息由这里远去……

远古笛声

青铜
1998 年
13cm×26cm×13cm

我在台湾岛上与原住民们一起欢快共舞，舞步的节律和嘹
亮的歌声在山谷回荡，在我心灵永驻……

大唐遗韵

青铜
2002 年
96cm×40cm×18cm

中国唐代的盛世华彩，令后人追慕不已。其精神以多种符号
流传至今，古意横生，沁人心脾。

春风

青铜
1994 年
15cm×5cm×5cm

1994 年春，我因病在家休养。女儿从幼儿园回来，小裙子飘起来，小脚丫翘起来，可爱之极。记得她很小的时候便喜欢仰头看天，宛如蹁跹的蝴蝶，在诗园中梦游。

我抓起了一把泥，塑造了这件《春风》。

唱支山歌

青铜
2003 年
73cm×23cm×22cm

　　山歌是人们在田野劳作时即兴抒发情感的纯真表达，饱含深情。作品以我可爱的女儿为原型创作。她天生的歌喉，比百灵鸟的歌声还要动听。

女儿，女儿，你的微笑里，
藏着远古的文明；
恰似一朵野花，在荒原上开了又落。
没想到这小小的生命，
正向着太阳绽放笑颜。

扎小辫子的小女孩

青铜
2004 年
34cm×24cm×15cm

通过对儿童的塑造，作品发现并升华了童心，体现了人类对童年的真实情感。

世界的奇妙，
正是我的神往，
朦胧的眸子里，
闪耀着希望之灯。

童

汉白玉
1999 年
25cm×20cm×20cm

作品以普通人为原型，充满淳朴、健康的气息，同时又富
有诗意的情感。

这个小小少年被美国约翰斯·霍普金斯大学校长"领养"了。

对于一个艺术家来说，最重要的并不是荣誉和头衔，

而是能否在作品中真正表达艺术家的精神和灵魂。

小小少年

汉白玉
1999 年
21cm×14cm×16cm

小辫子

青铜
2000 年
41cm×26cm×19cm

这是我见过的一条不一样的小辫子，两边分叉，梳着小
辫子的孩子头圆圆的，长大后一定是个小美女。

《小背篓》以小女孩为表现对象，她的表情活灵活现、可爱传神，让人印象深刻。

　　背的是希望，
　　托的是未来。

小背篓

青铜
2004 年
47cm×26cm×15cm

我走来了，

妈妈。

我走来了，

向着春天的土地。

作品呈现出质朴、温存、自由与灵动的情态，在拙朴与简约中给予人们丰富且深切的心灵启示，带来温情、遐想，以及贴近自然的幽雅与力量。

学步

青铜
2004 年
51cm×23cm×28cm

在汶川重建的大地，
这位幸福的少年，
有点调皮，
他冲着你笑，
你无法不笑。

希望之二
—
笑童

青铜
2012 年
35cm×21cm×20cm

伟大的友谊
—
马克思、恩格斯

青铜
2015 年
410cm×412cm×270cm

弗洛伊德

青铜
1998 年
15cm×7cm×6cm

西格蒙德·弗洛伊德（1856—1939），奥地利心理学家、精神分析学派创始人。著有《梦的解析》《图腾与禁忌》。

作为心理学家的他，拥有一双洞察人类心灵的眼睛。这双眼睛穿越时间与空间……

　　法国是一个充满浪漫气息的国度。法国人的装扮、思想与言行举止，无不展现出青春的活力。这位法国青年，正是法兰西民族浪漫情怀的真实写照。

混沌，
苍厚，
来自太平洋彼岸的教授。

作品以开阔的创作视野、独具中国文化特色的艺术语言，描绘出和而不同的人物形象。

他来自毕加索的故乡。中西方艺术家在交流、融合的基础上，都形成了更具世界性的绘画意识，他们都在以"美"来认识和表现世界。

西班牙青年
青铜
2005 年
140cm×40cm×27cm

南京大屠杀组雕

侵华日军南京大屠杀遇难同胞纪念馆
扩建工程主题雕塑之家破人亡

青铜
2007 年
165cm × 180cm × 115cm
250cm × 73cm × 83cm

被杀害的儿子永不再生，
被活埋的丈夫永不再生，
悲苦留给了被恶魔强暴了的妻子，
苍天啊……

侵华日军南京大屠杀遇难同胞纪念馆扩建工程主题雕塑逃难之一
—
求生

青铜
2007 年
105cm×240cm×60cm

1937 年 12 月 13 日，
灭绝人性的大屠杀开始了！
手无寸铁的平民啊，
逃难，
是求生的唯一途径。

侵华日军南京大屠杀遇难同胞纪念馆扩建工程主题雕塑逃难之二
挣扎

青铜
2007 年
120cm×184cm×113cm

惨啊，我可怜的妻！

恶魔奸污了你，又捅向了你……

我们死也要在一起。

——一个无奈的知识分子临终前的挣扎。

侵华日军南京大屠杀遇难同胞纪念馆扩建工程主题雕塑逃难之三
｜
孤儿

青铜
2007 年
162cm×274cm×94cm

恶魔的飞机又来轰炸了⋯⋯

失去双亲的孤儿，

在恶魔禽兽般的叫嚣声里，在尸

横遍野的巷道里，

在早已麻木的惊吓与恐惧中⋯⋯

侵华日军南京大屠杀遇难同胞纪念馆扩建工程主题雕塑逃难之四
|
祖孙

青铜
2007 年
148cm×110cm×86cm

13 岁的少年背着被炸死的奶奶，

逃难——

逃难——

逃难——

侵华日军南京大屠杀遇难同胞纪念馆扩建工程主题雕塑逃难之五
—
母与子

青铜
2007 年
173cm×85cm×95cm

逃啊！

恶魔来了……

侵华日军南京大屠杀遇难同胞纪念馆扩建工程主题雕塑逃难之六
—
老母亲

青铜
2007 年
220cm×190cm×110cm

80 岁的老母啊，
赶快逃离这恶魔的血腥！

侵华日军南京大屠杀遇难同胞纪念馆扩建工程主题雕塑逃难之七
—
圣洁

青铜
2007 年
195cm×70cm×70cm

寒冷、惊恐将这哭僵的孩子凝冻！
可怜的宝宝怎知母亲已被捅死？
血水、乳水、泪水，
已结成永不融化的冰……

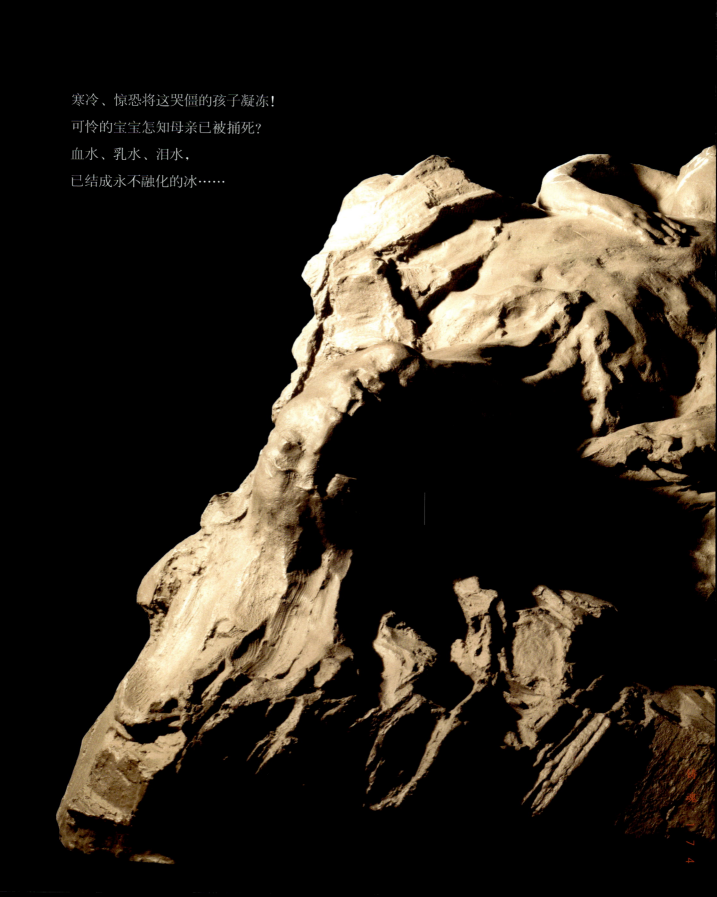

侵华日军南京大屠杀遇难同胞纪念馆扩建工程主题雕塑逃难之八
—
最后一滴奶

青铜
2007 年
223cm×140cm×75cm

侵华日军南京大屠杀遇难同胞纪念馆扩建工程主题雕塑逃难之九
丨
小孙子

古铜
2007 年
154cm×114cm×70cm

纵火、抢劫、强奸、活埋……
3 个月的小孙儿也被那恶魔杀害了。

侵华日军南京大屠杀遇难同胞纪念馆扩建工程主题雕塑逃难之十
|
抚魂

青铜
2007 年
84cm×187cm×93cm

啊，

闭上眼睛，

安息吧！

冤魂，

可怜的少年！

——一位僧人逃难时的路遇。

侵华日军南京大屠杀
遇难同胞纪念馆扩建工程主题
雕塑之冤魂呐喊

我以无以言状的悲怆，

追忆那血腥的风雨；

我以颤抖的手，

抚摸那 30 万亡灵的冤魂；

我以赤子之心，

刻下这苦难民族的伤痛。

我祈求，

我期望，

古老民族的觉醒，

精神的崛起！

文心

传统是源流，它在传承嬗变过程中不断拓展原本的系统。它既

不是过去的代名词，也不是未来的代名词，而是奔腾不息的自然、

历史、社会之脉搏。人类社会的前进离不开传统，在逐步的积累、

逐步的否定中修正、改造，从而臻于创新，为后来者创造新的传统。

美术是人类精神的产品，其发展轨迹正反映了新与旧、情与理、美

与丑，以及保守与进步的交锋。

艺术作品与时代精神互为印证，艺术以其形式表现精神，时代

精神是宏观的、理性的，同时它也恰恰是艺术家个性的外化过程。

谈创新必然离不开传统。但凡能将优秀传统继承发扬之人，无

一不是在各自领域开疆拓土的创新先锋；反之，创新者也必然是扎

根传统汲取养分的传承者。传统与创新宛如共生的连理枝，绝非彼

此孤立的存在。它们相互交织，互为因果，共同推动着时代巨轮滚

滚向前。

天地间，

倏忽，

穿透光的折射，

是那如花的羽毛。

当余晖映照，

它幻化成'

夺目的五色华彩。

吴 为 山

文心

辑二

問道

孔子尝问道
于术老
子道兄弟子
曰

花子偏去
就也

與住孔子向之於老子肥像
凡表千尊正以外民我舍
己查山己巳未新著周草
吴為山揮

问道

纸本设色
2015 年
97cm×178cm

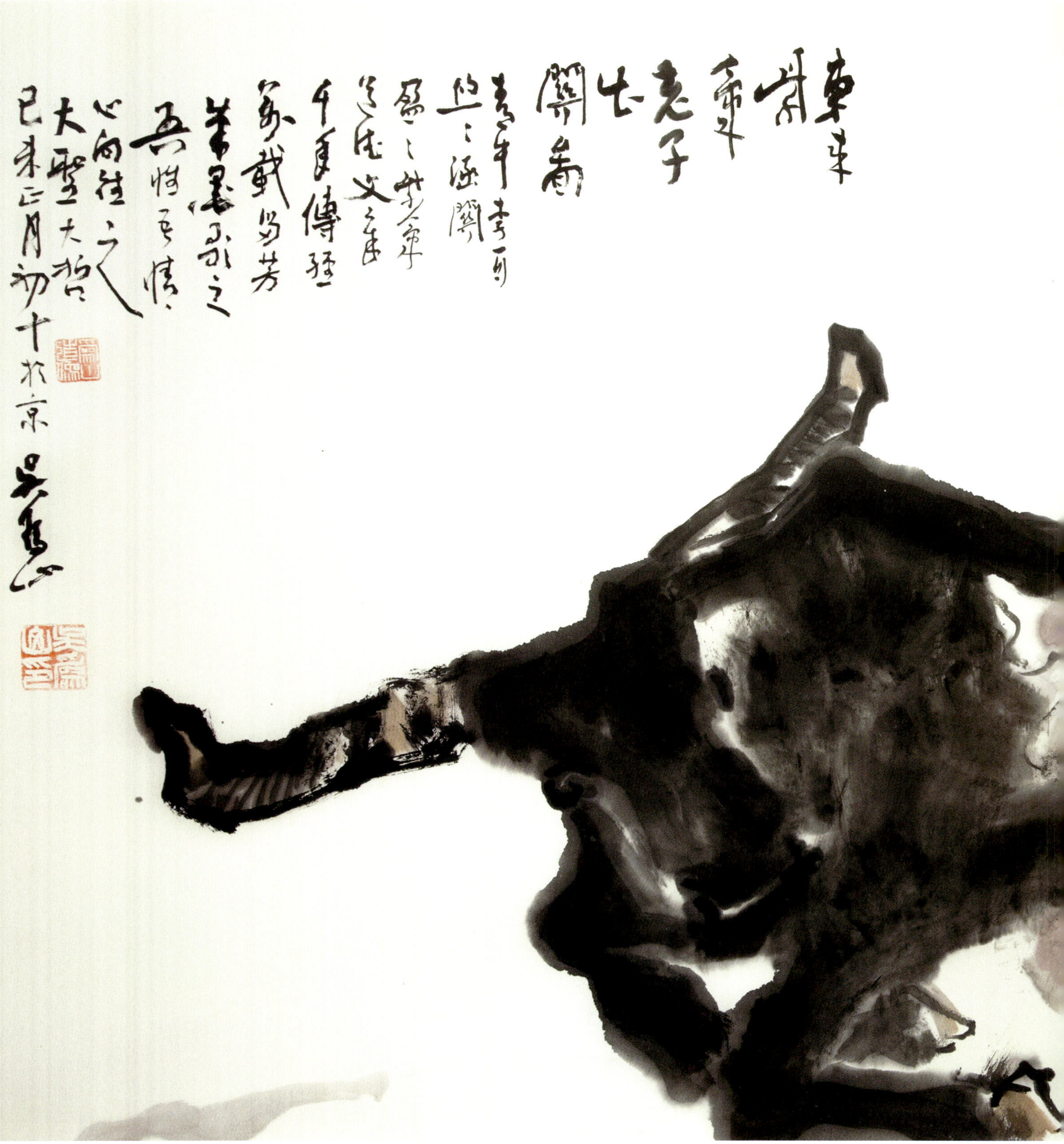

老子出关

纸本设色
2015 年
97cm×178cm

山中佳色象来
墨中世界
为之惊戒吞
师时入古境
信手拈来
偹贤哲
内意吞
家诗海气派
乙未之夏
日写於
中南玉法嚴
之而窗
久方此

山中佳气

纸本设色
2015 年
69cm×138cm

又是梦见林散耳
纸本设色
2015 年
69cm × 49cm

又是梦见林散耳

梦才扎在亦了执枝梦庭雁迟如称陈陀草居风石起说此腾石推翻马扬手江去个纤欹尚顶神古金海尤恍差草像敷似罗藦神弄者大福百一剧长寿眉两气眚去江上写诗存

己未五月画心言石王水气极己乱陀

风静月明流水潺

纸本设色
2015年
69cm×49cm

纸本设色
2015 年
69cm×49cm

家在梦中何日到

秋林如诗

纸本设色
2015年
69cm×49cm

此白石翁颇似民间绝画任品中的老

星巳未之春日 吴山试写于 甫草堂银

此白石翁

纸本设色

2015年

69cm×49cm

云林逸兴
纸本设色
2015年
69cm×49cm

牵着牛鼻子的农夫

纸本设色
2015年
69cm×49cm

父亲的船

纸本设色
2015年
69cm×49cm

古寺山中林木深

纸本设色
2015年
69cm×49cm

我的家乡
纸本设色
2015年
69cm×49cm

丹青意象

山色
纸本设色
2013年
69cm×69cm

青山红马

纸本设色
2014 年
45cm×68cm

与牛为友

纸本设色
2016年
70cm×45cm

中国人与耕牛为友
钱立西路了以就有这艺法

文 心 2 0 4

中国人多牛为友
我立西游乃如就有言故法
弘一而军

風雨不動安如山

雪屋一度至友
畫之而作
吳冠中

风雨不动安如山

纸本设色
2016 年
45×84cm

万松一叶花世界

纸本设色
2018 年
46cm×83cm

罗汉图

纸本设色
2018 年
40cm×137cm

草原阳光
真盃啊
我们勾搭啟走
大榛了
许多…此寫
三六月七月十七吉

草原阳光
纸本设色
2018年
138cm×69cm

摔跤手

纸本设色

2018年

138cm×69cm

牧民潘建兵

纸本设色
2018年
39cm×27cm

潘建兵

锡盟 西苏旗
阿尔善图嘎查
2018.7.17

2 1 5

乌兰牧骑队员

纸本设色
2018年
39cm×27cm

草原写生

纸本设色

2018 年

39cm × 27cm

乌兰牧骑女歌手

纸本设色
2018年
39cm×27cm

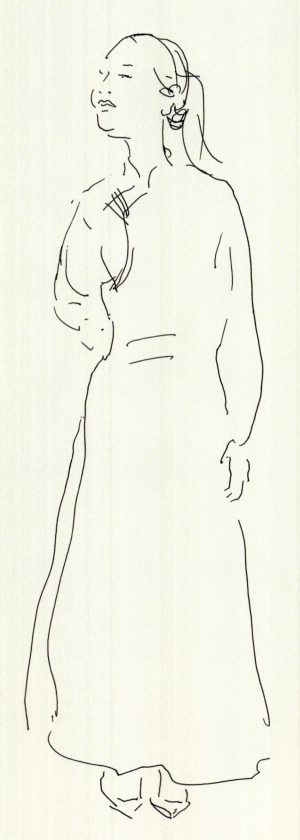

纸本设色
2018年
39cm×27cm

草原速写之三

纸本设色
2018年
39cm×27cm

草原速写之四

纸本设色
2018年
39cm×27cm

草原速写 之五

纸本设色
2018年
39cm×27cm

草原速写之六

纸本设色
2018 年
39cm×27cm

民字有牛
羊豕馬不
言此牛不
似唐以前
不似字此
其此牛此牛
乃我夜半
□□□□於
錫林郭勒
二〇〇八·七·二十九

草原速写之七

纸本设色
2018 年
27cm×39cm

内蒙古
草原有
许多地
方

草原速写之八

纸本设色
2018 年
27cm×39cm

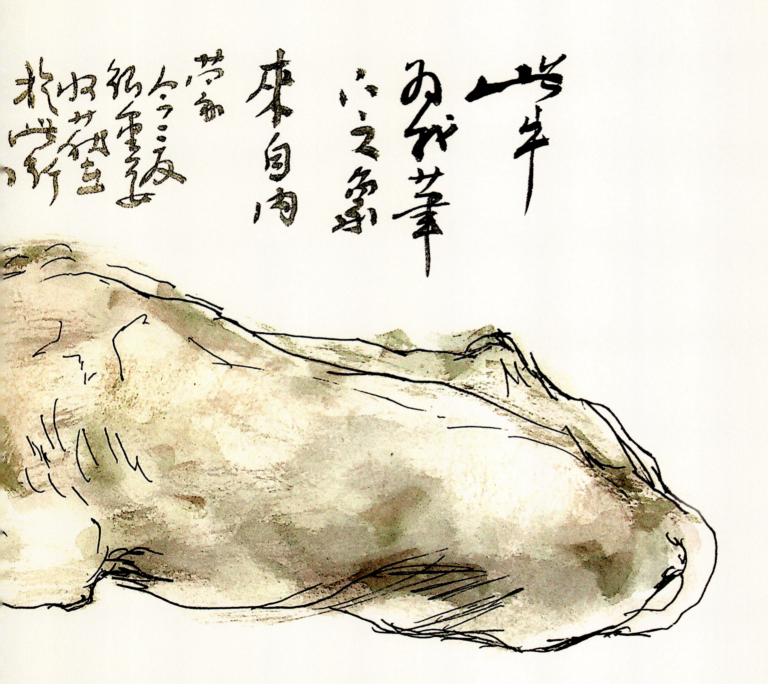

纸本设色
2018 年
39cm×54cm

彩墨（花）

纸本设色
2016年
50cm×30cm

彩墨（鸟）

纸本设色
2020 年
47cm×47cm

彩墨（家门前）

纸本设色
2002 年
40cm×68cm

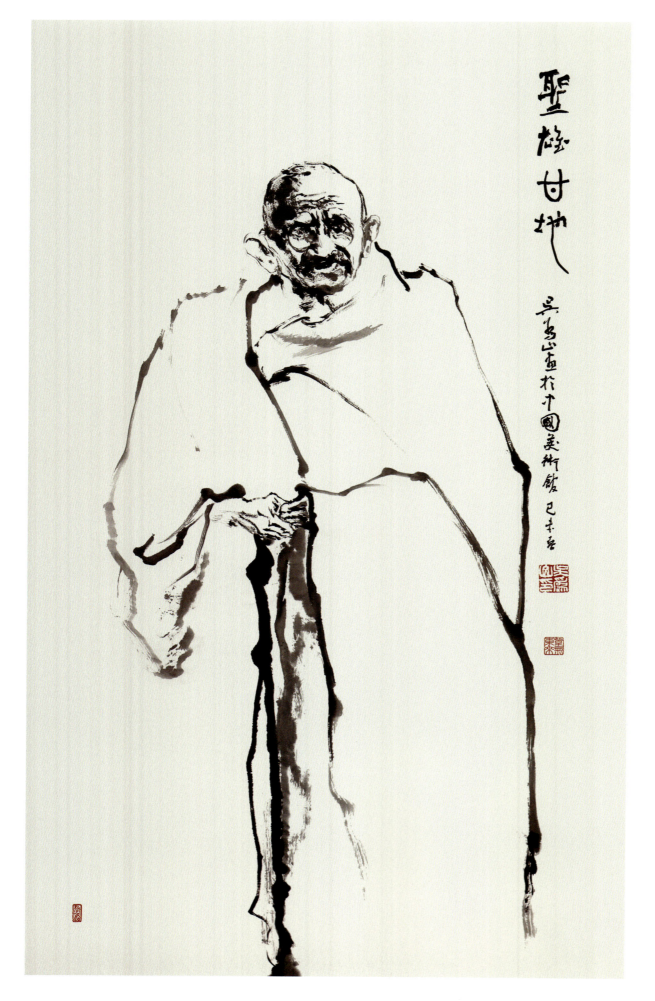

圣雄甘地
纸本水墨
2015 年
136cm×69cm

向着真理笑
——
甘地

纸本水墨
2015年
136cm×69cm

素描
素描
1984 年
54×39cm

人体素描

素描
1984 年
100.86cm×78.1cm

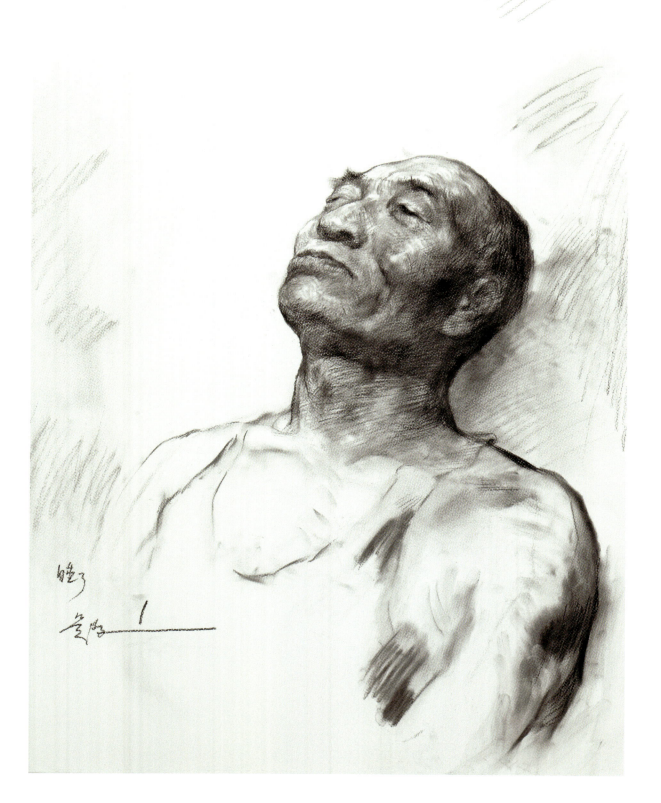

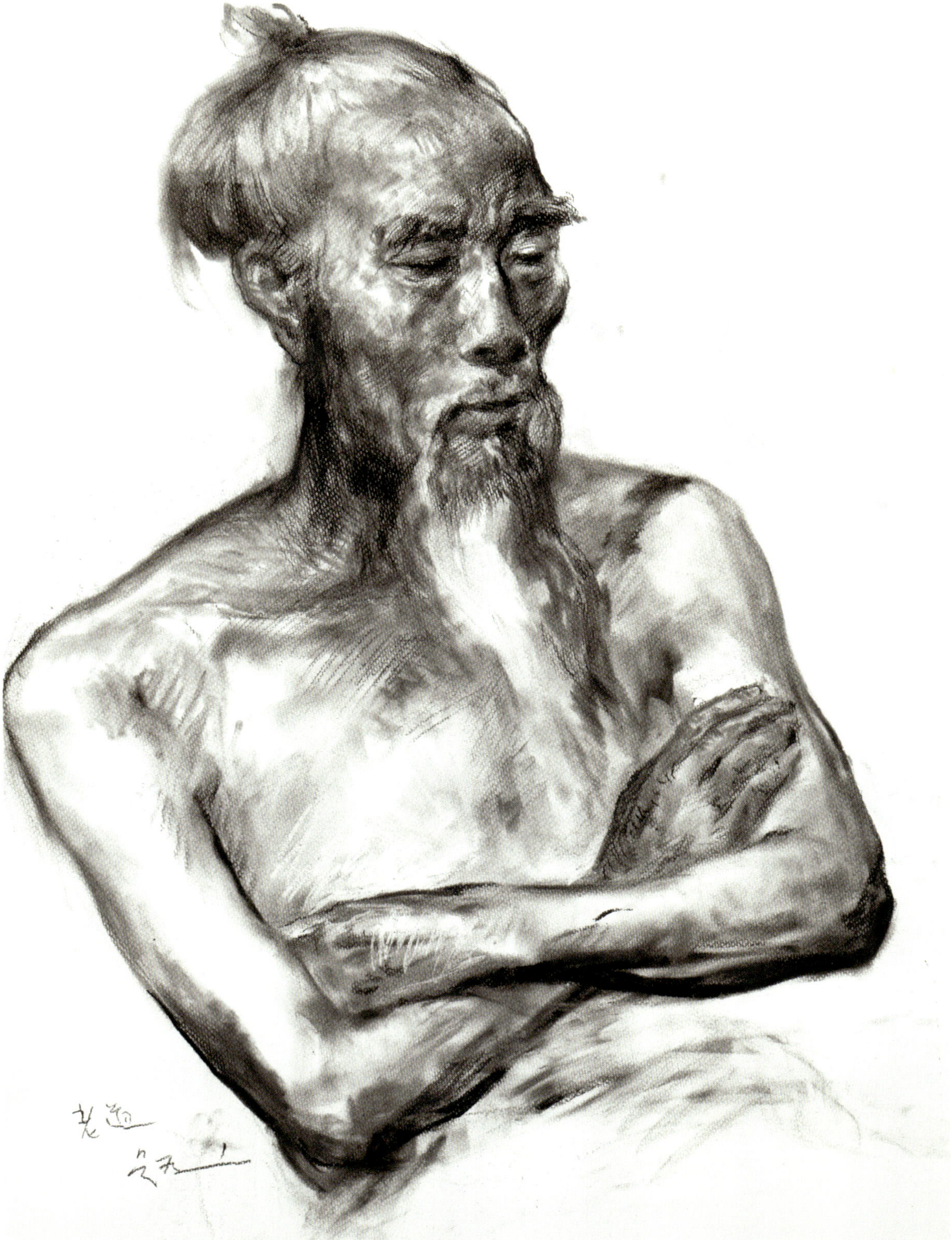

老道

速写
2021 年
100.86cm×78.1cm

扬子江边

油画
1983 年
38cm×46cm

紫霞湖的秋阳

油画
1983 年
45cm×48cm

南师校园

油画
1984 年
55cm×80cm

南师木工房

油画
1984 年
55cm×45cm

南师木工房小路

油画
1984 年
40cm×40cm

南师西山一角

油画
1984 年
25cm×30cm

马鞍山江边的树林

油画
1984 年
40cm×40cm

皖南山村

水粉

2002 年

40cm×48cm

2007.3

采石矶江边

油画
1984 年
40cm × 40cm

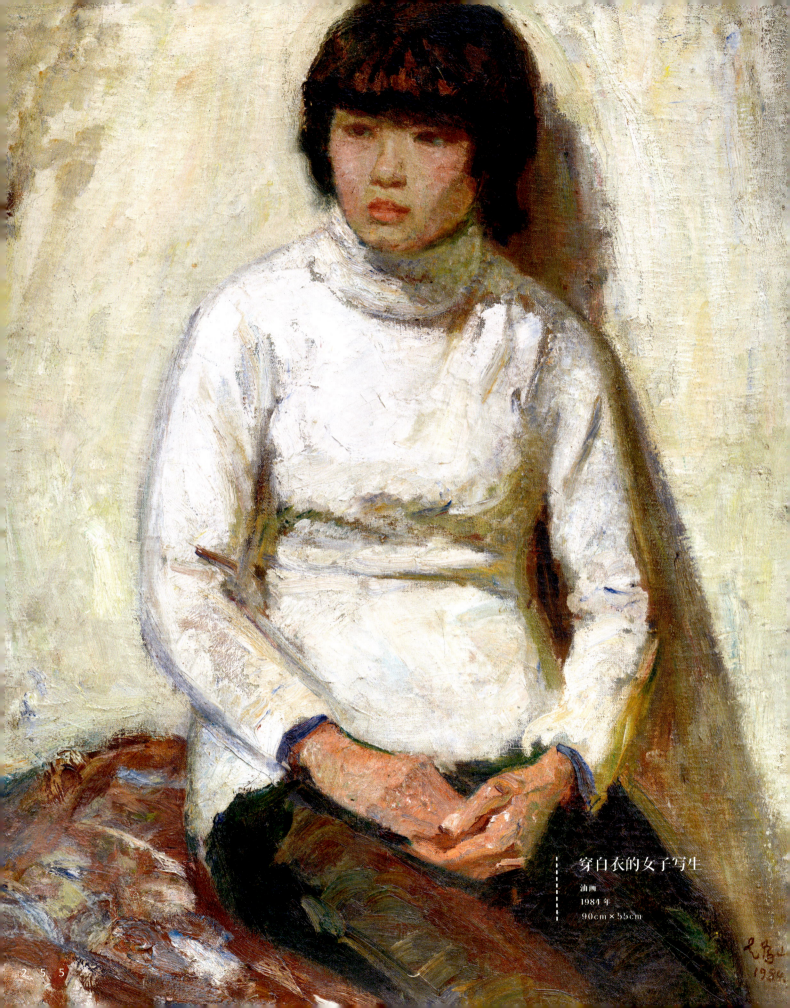

穿白衣的女子写生

油画
1984 年
90cm×55cm

女子肖像写生

油画
1984 年
80cm×60cm

女人像写生

油画
1984 年
80cm×60cm

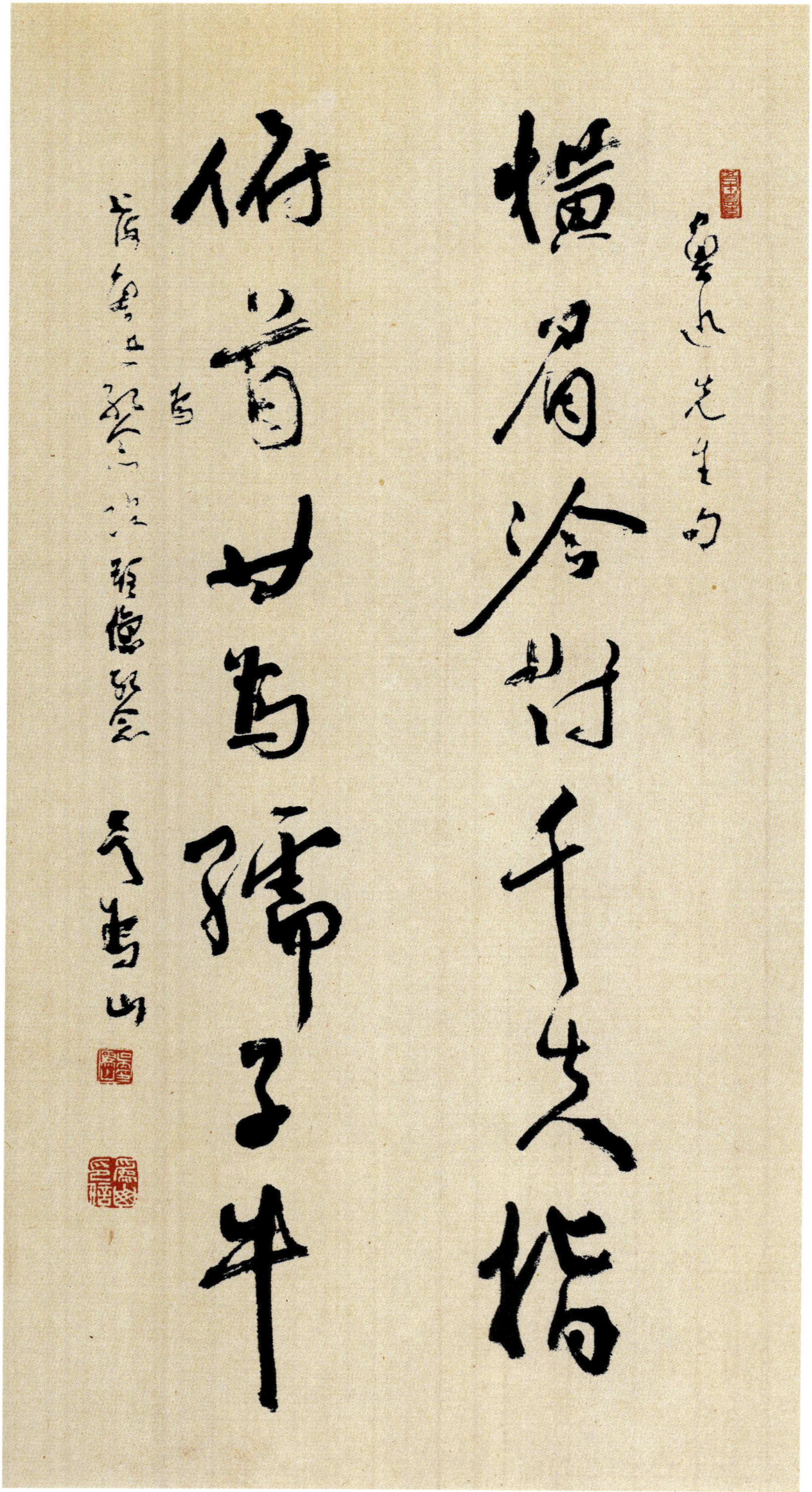

横眉冷对千夫指

俯首甘为孺子牛

鲁迅先生句

甲午之秋王晓山书

对联
宣纸
2013年
180cm×97cm

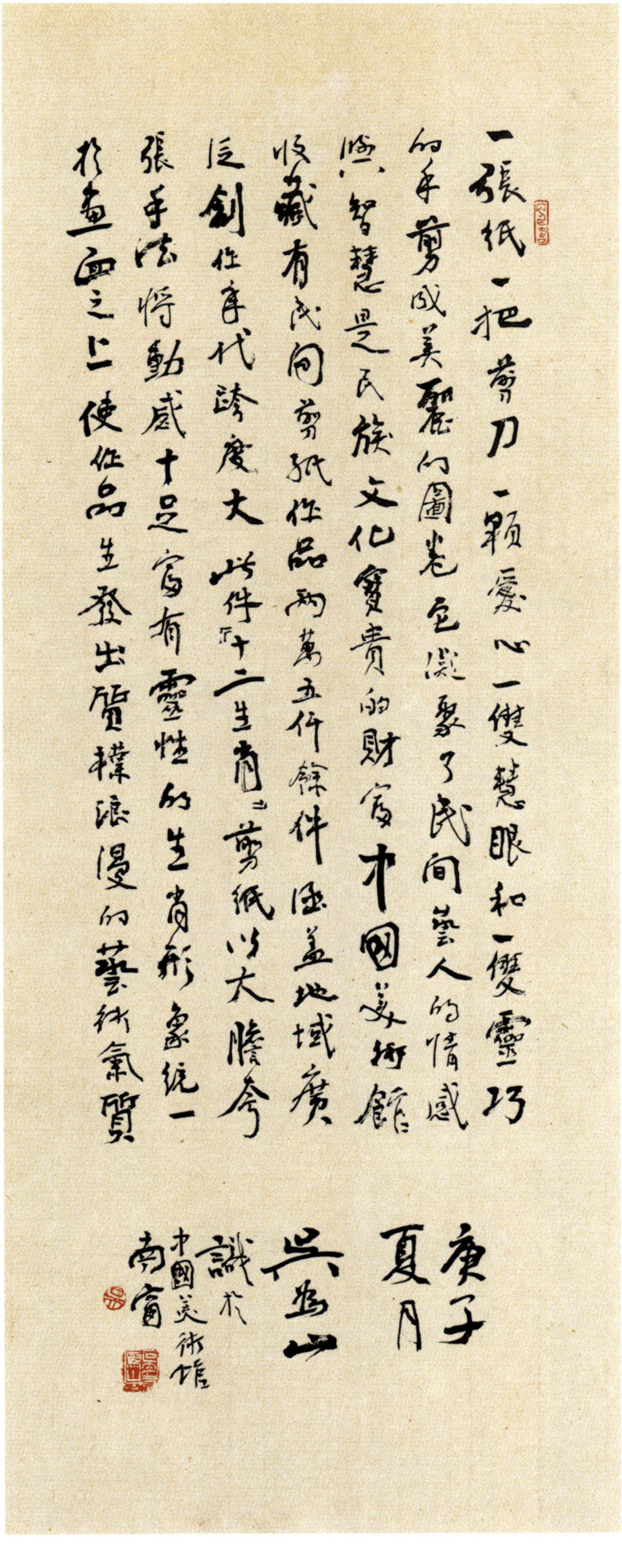

一張紙一把剪刀一顆愛心一雙慧眼和一雙靈巧
的手剪成美麗的圖卷包涵著了民間藝人的情感
與智慧是民族文化寶貴的財富中國美術館
收藏有民間剪紙作品兩萬五仟餘件涵蓋地域廣
這剪紙作年代跨度大此件於十二生肖剪紙以大膽今
張手法悍動威十足寫有靈性的生肖形象統一
於畫面之上使作品生發出質樸浪漫的藝術氣質

庚子
夏月
興為山
誠於
中國美術館
南窗

中国美术馆围墙铁剪纸铭文
宣纸
2020年
69cm×35cm

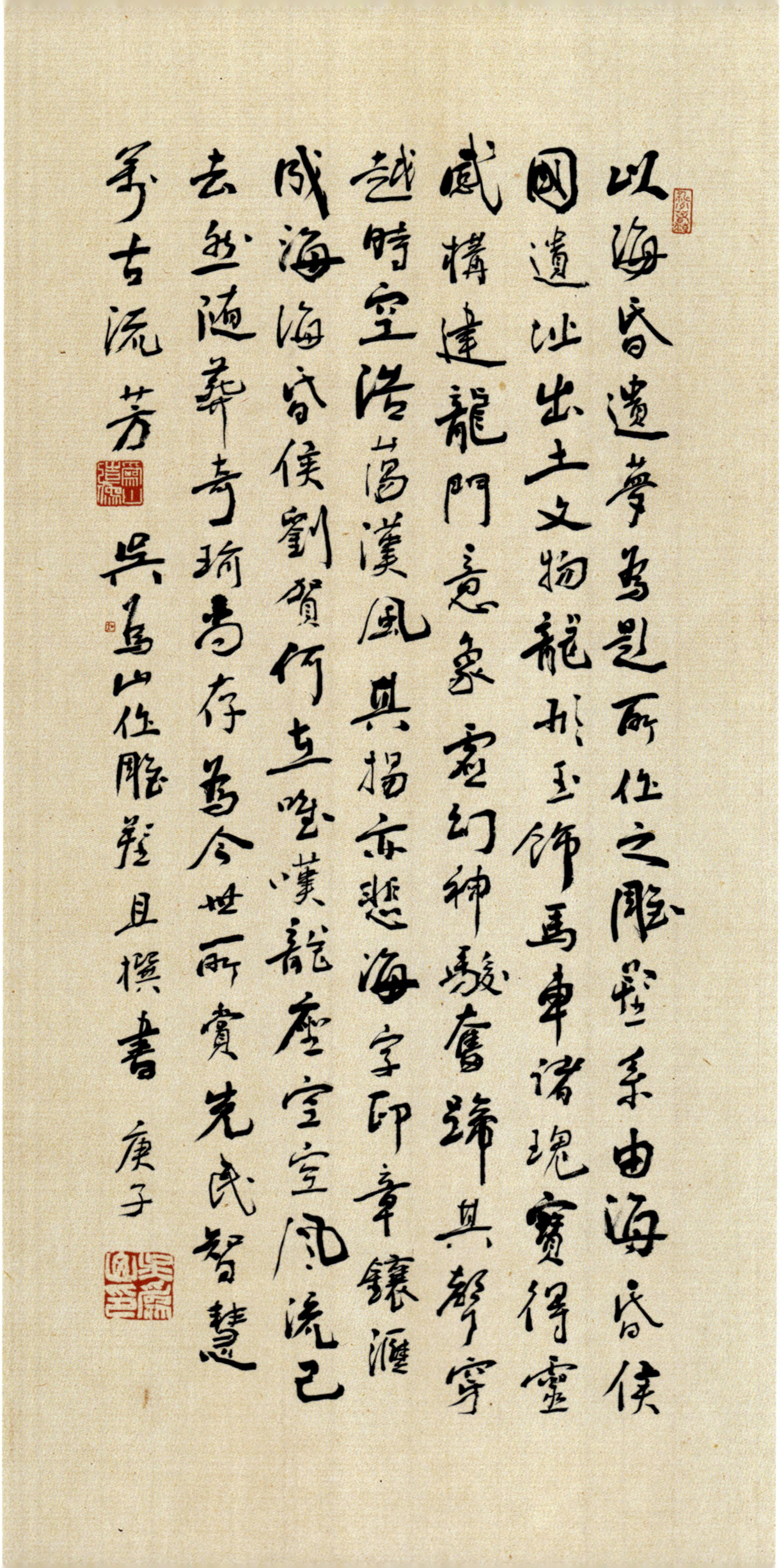

以海昏遗梦为题所任之职繋柔由海昏侯
国遗址出土文物龙形玉饰马车诸瑰宝得灵
感构建龙门意象窗幻神骏奋蹄其声穿
越时空潏山沔汉风其指亦悬海宇印章镶滙
成海海昏侯刘贺何去唯叹汉龙尘空室风流已
去然随葬寄琦尚存为今世所宝先民智慧
等古流芳 吴为山任职兼且撰书 庚子

立言

每每读到艺术家们自然清新、富于洞见的美文，就好像听见他
们在自由地歌唱——没有套路，没有滥调。于深郁沉静中见昂扬新锐，
于跌宕峥嵘中见平实素朴；于文字中见形象，于形象中见思想……

回溯20世纪，那是一个中西文化激烈碰撞、相互调和的时代浪潮。
国学于西学汹涌的冲击下，砥砺前行，直面重重考验。彼时，一批
国学底蕴深厚的知识分子挺身而出，他们匠心独运，以半文半白的
新式文体挥毫泼墨，书写时代篇章。这般别其一格的文风，恰似一
面镜子，映照出西学东渐的宏大历史背景，承载着传统与现代交织
的文化张力。

我对傅雷作品中辩证古今中外的深刻洞察、真言满纸的赤诚表
达、新见迭出的非见智慧所呈现出的灿烂文风而深深折服，对徐悲
鸿慷慨陈词、复兴中国美术高远理想的激情由敬而慕，心向往之。
文与艺如鱼得水，紧密交融，彼此成就。自幼我便痴迷文学与艺术，
崇文尚艺之心笃然。闲暇时，我或沉醉于塑泥的质朴触感、泼墨的
肆意洒脱，待激情稍褪，便欣然伏案，以笔为舟，在文学的海洋中
畅快遨游。

近年，繁忙的行政事务占据了我大量时间。即便如此，我仍会
在行船走马的间隙整理思路，记录感受，于乡野采风、异域考察之
时挑灯写作。我常对朋友笑言：「这篇文章又是在飞机上完成的。」

在三松堂的一次交谈中，宗璞先生、熊秉明先生与我论及为文
之道。宗璞先生以「真情、洞见、美言」六字概括，并推介了吴冠
中文与画的同构之妙。

文以载道，文亦通艺……

「山花春世界，
云水小神仙。」

吴为山

写意雕塑

写意雕塑的文化意义

　　写意雕塑的文化概念是 20 年前我在第 8 届中国雕塑论坛上演讲的主题。当时，对于这个概念的提出引起了众多争议。十多年来随着人们对传统的重新认识与反思，对价值的判断与审定，以及通过创作实践的佐证，写意雕塑已被更多的专家学者和艺术家所认同。近年来，更是有不少人将写意雕塑作为活化传统的代名词而加以研究。

　　一个文化概念和文化命题的提出必然与当时的社会文化背景密切关联，否则只是空泛的概念而已。而概念的真义和价值是需要通过探索与实践去实现的。历史上，有许多概念先于实践，也不乏根据实践而归纳、总结出概念。当然，一些概念和学术主张及艺术追求常常为流派的名称所代替。如"印象派""巡回画派""扬州八怪""金陵画派"等。透过流派名称，其内涵是很丰富的，与它们的形式、风格水乳交融的是学术主张、创新理念、人文精神，还有富于创造力的艺术家。可以说一部美术史是由若干流派与代表性艺术家所写成。

20世纪初叶，中国留学西洋的雕塑家将写实造像法和建造纪念碑法带回国，为现实人物塑像、为历史建纪念碑，延传了来自古希腊、古罗马、文艺复兴、巴洛克以及19世纪以来的传统，使得西方写实艺术得以在中国弘扬。20世纪50年代随着留学苏联的一批雕塑家学成归来，将社会主义、现实主义与中国社会文化建设和政治运动紧密结合，形成了革命现实主义的雕塑风格。为树立工农兵形象和领袖丰碑建立不少功勋。"高、大、全"的审美标准致使这一时期的艺术形象呈现脸谱化倾向。改革开放后，西方现代主义涌进，抽象主义、表现主义等风靡美术界。近年来，当代主义思潮更是影响着年轻一代的艺术追求。

在以抽象表现为代表的现代主义和以装置为代表的当代主义的影响下，曾经被视为主流的写实雕塑逐步被边缘化。

世界的丰富，创造了多元文化，相互借鉴会促进艺术的深厚与博大。但是，倘若一味地接受他人而失去了自己，则将产生新的危机。我们一方面在肯定近百年来西学东渐给我们带来的新的文化生机，另一方面令人担忧的是，由于外来文化的作用，中国雕塑的传统被置于主流之外。这主流指的是官方大型展览，重要的学术研究、学院的主干教学以及艺术评价体系。传统雕塑大有成为恐龙化石的趋势，这与有了计算机之后，书法曾一度被基础教学所忽视一样，应当引起我们的深思与反思。因为，它不仅仅是方式与形式的问题，从深层分析，是内在文化心理结构的断层，是民族自信心的弱化。有责任感的文化人当以自己的情怀和心力去挖掘深藏于传统之中的文化价值，并使之融入不息的艺术创新。所谓民族文化，其核心是精神与灵魂，历史传承与现实生活是丰富和滋养这种精神与灵魂的重要因素，而文化的诸形态、诸样式则是它的表征。很显然，作为人类最古老的雕塑艺术，从原始时代到当代，都伴随着人类生产力和生产关系的发展而变化，并以不同时期的代表作品和独特风格呈现出时代的精神。它是艺术智慧、审美观、创造力的结晶。从这个意义上看，尊重先民的创造就是尊重历史，就是珍视我们民族进步的每一个足印。只有这种自我欣赏和自我肯定，才不至于在吸收外来文化过程中失重。

找到支点，保持平衡，将在一个平和、包容的文化生态中使每一个艺术家的潜在价值和每一种风格、流派生长的可能性都得到发挥。

雕塑由雕与塑组成，雕者，由外而内，乃减法。如石雕、木雕等。塑者，由内而外，乃加法，如泥塑。加与减，反映了人对事物的认识、评价，也折射着审美观。有着五千年文明史的中华民族，在自强不息的上下求索中，不仅将一个精神史写在文字里，也铸刻到雕塑中。因此，系统、科学、客观的研究传统是增强民族自信、文化自觉的必需条件。所谓承与传也只有在此基础上，才可以持续发展。对于浩瀚的雕塑史，我曾在《我看中国雕塑的风格特质》一文中，从艺术形式本体的角度，将其归纳为八大风格：原始朴拙的意象风、三星堆诡魅抽象风、秦俑装饰性写实风、汉代雄浑写意风、佛教理想造型风、宋代俗情写真风、帝陵程式夸张风和民间朴素表现风。以上八大风格，均有大量丰富的作品与之对应。相对于西方古典雕塑的写实，相对于欧美现代雕塑的抽象，很显然中国雕塑的特质在写意。

写意的形成源自原始先民主客不分的混沌思维；源自万物有灵及空间恐惧心理所生成的原始意象。

源自老庄哲学的"恍惚"。王弼的"得意而忘象"出自庄子。他提出的"意以象尽，象以言著。故言者所以明象，得象而忘言。象者所以存意，得意而忘象。"，阐释了"象"与"意"的辩证关系，启发我们的审美观要超越于有限物象。

源自中国书法中天象地脉的造型意象。文字的演化和书法的演变，在结构上逐步趋向简化，也可以说由具象逐步过渡到意象。而书法以其"法"将文字的构成升华为艺术的表现，它的点划之美，同化于自然的一草一木；它的开合之度，对应于天地的阴阳互补；它书写的节奏则合拍于江河湖海生命的律动。因此，有着气脉贯通的自然气象。不同书体的流变对应于当代的审美，可以说书法是文字的雕塑。相应的，雕塑也是立体的书法。二者皆不离意象。

源自于中国传统绘画中"意"的表达。中国古代天人合一的大宇宙生命理论，表现为象、气、道逐层升华而又融通合一的动态审美。特定的形象是产生"意"的母体。"意"往往具有超以象外的特征，具有因特定形象的触发而层层涌现的特点。它常常由于象、象外之象、象外之意的相互生发与传递而联类不穷。从原始洞窟壁画到墓窟壁画，从彩陶纹样到帛画，再到宣纸上作画，由于工具与材料的变化促进了表现方式的变化，其"意"、其"象"也各不相同。人与人、人与山、山与水、水与云的意象表达，都对雕塑造型产生了重要影响，尤其是佛教雕塑所依托的绘画粉本，画史上所谓"吴带当风""曹衣出水"对雕塑的直接作用，都说明了雕塑与绘画的姻亲关系。

种种因素，使得以"意"贯之的中国雕塑在其发展中有着厚重的文化支撑。正如前文所述，恰恰因为雕塑在20世纪上半叶，社会功用发生了变化，主要是造像、纪念碑的需要，所以传统雕塑的意象为写实所取代，继而作为审美范畴的意象也逐渐疏淡。百年过去了，回顾我们的先辈李金发、江小鹣、刘开渠、滑田友等从西方引来的雕塑体系，钱绍武、王克庆等从苏联传来的现实主义，对丰富、发展现代中国雕塑起到了不可替代的作用，为中西融通的"破冰之旅"作出了卓越贡献。滑田友早在他的代表作《轰炸》中融入中国传统木雕的装饰意趣，并在教学中以谢赫的"六法论"作为雕塑创作的理论指导。雕塑家、美学家王朝闻在其著作《艺术美学丛书：雕塑雕塑》里，以诗歌的比兴手法、意境来阐释雕塑造型蕴含的形外之意，还探讨了写实雕塑该如何借鉴中国彩陶造型的抽象元素，使其为己所用。而法籍华裔雕塑家、哲学家熊秉明更是通过对中国俑和西方雕塑的比较，通过对中国书法造型法则和审美特性的分析，强调中国文化在雕塑中的精神主导。提出中国雕塑的造型可依据中国人长相而为，其朦胧、圆厚与混沌不失为一种审美标准。在他的学术观点与创作中，更多强调的是书法意象在雕塑中的移情作用。10多年前，他在巴黎时收到吴为山先生的信，信中说他创造了一个新词语——写意雕塑，我说，造得好！这是中国艺术的真精神！

这说明，中国、中国文化、中国艺术中有无尽的文化矿场。老一辈学者、艺术家国学底蕴深厚，在跨越中西的文化比较中，深谙中华文化价值，明晰中国文化在世界多元互补、多元共存格局里的角色。故而，他们早已明确的文化观与艺术立场，足以为我们所遵循。当然，历史赋予我们的不仅仅如此。在信息化时代，挑战与机遇更为激烈。空间上全球化，聚焦国家与地区、人类与种族的关系；时间上着眼永恒性与阶段性的关联，关注当代人的生命状态；艺术上留意普遍情怀与个人情感、经典艺术与当代创造的关系。

近30年来的艺术，现代主义、后现代主义异彩纷呈、光怪陆离，新样式及其观念层出不穷，旧价值观和秩序被打破。社会转型期出现这种现象具有普遍性，也是历史发展的必然。折腾也好，动荡也好，创新也好，历经岁月沉淀，总会留下相对稳定、恒久的价值。这恒久性与一个民族历史、民族精神同构，能产生不息向前的巨大力量。我们探寻的，正是造型艺术中的这份价值。

原始时代模糊中的写意，商周青铜诡异中的神化，秦的严整恢宏，汉的豪放雄浑，唐的厚实圆润，明的简约工致，清的纤巧玲珑……此皆成为种族集体的记忆，化为潜意识而绵延繁衍，这便是所谓文化的生命力！种族与种族、国家与国家、时代与时代、地区与地区的区别，便在于文化。

在雕塑领域，我们今天可以从老祖宗那里拿来，又能通过时代而再创造的是什么呢？

是写意雕塑，是现代写意雕塑！

本文在论及传统写意雕塑的来源时，已经分析了它的本质及特质。而现代写意雕塑不仅仅从传统文化艺术中吸取养分，还从西方写实雕塑中学习塑造、解剖、透视，并感受到作品中所渗透的人本主义。从古希腊雕塑的静穆与单纯，到罗丹雕塑深刻的人性表现，这一系列外来雕塑风格及内涵，丰富与强化了中国雕塑家的塑造表现力，为人物塑像既生动又深刻创造了必须的条件。同时，现代写意雕塑还从现代主义当中学习形式构成，于体、线、面里体悟造型之"造"。像亨利·摩尔、马里诺·马里尼、阿尔贝托·贾科梅蒂、康斯坦丁·布朗库西、贾科莫·曼祖等一众大师，他们凭借心灵去解读、规整并精妙塑造自然，其独特的艺术实践为中国雕塑家的写意创作拓宽了形式的边界，提供了更为广泛的选择。

"仁者乐山，智者乐水"，中国传统山水观为现代写意雕塑师造化指引方向，助力其把山川的势、态、质融入雕塑体构造，注入精神力量。

"天行健，君子以自强不息"这一深邃的精神理念，宛如源头活水，为现代写意雕塑澎湃跌宕、一泻千里的艺术表现，以及艺术家尽情彰显主体精神特质，提供了不竭的艺术生命源泉。

开放的时代，为现代写意雕塑博采众长创造了条件，使其能被世界欣赏、接受，拥有广阔空间。追梦的时代，为现代写意雕塑提供了理想环境，助力其实现中国艺术在人类文化史上确立新坐标的愿景，以雕塑讲述中国、中国人以及中国艺术家的梦想。

当然，一个正待建构、发展的艺术，需要理论的支撑、需要理论的实践与创新。相对于中国画论，雕塑理论则显得薄弱。古代雕塑为匠人所为，文化人介入而成为雕塑家的史实不过一百年。雕塑乃艺术，艺术乃文化，文化乃意识形态，没有纯手艺的艺术，因为由技入艺而进乎道，方为真艺术。因此，雕塑家、理论家、文化学者以及各艺术门类专家，理应共同聚焦写意与雕塑，深入探究写、意、雕、塑内涵，将其置于社会文化的宏观视野下审视品察，如此才能实现超越，建立理论自信，避免一味因循古人、洋人之论而陷入生搬硬套、教条主义。与此同时，建构现代写意雕塑的理论体系，需从中国古代画论、美术理论、哲学乃至现代心理学等理论成果以及当代艺术创造中探寻理论依据与创作经验。动态的实践与发展的理论相互映衬，是推动事业前进的最佳模式，由此，我想起十多年前为写意雕塑写的只言片语：

写意，处于写实与抽象之间，它既不会使人产生一览无余的简单，也不会令人有望而却步的深奥，它引导人们在一种似曾相识的心理作用下，去把玩、体味、感受艺术作品的整体及每个局部的意味。当事物的本质与艺术家的精神高度对应时，艺术家在创作的过程中便自然摒弃表象，突出实物的主体而抒发情意，这样作品就更趋于符号化，拥有了永恒性。

写意不是逸笔草草的任性塑形，而是对客观对象精微观察之后的神妙表现和诗性表达。就本质而论，它是深入而深刻的，它的文化含量不同于速塑，就好比写意画不同于速写一样。

神、韵、气是意象生成且真力弥满的写意雕塑特征。神乃客体之神、主体之神、作品之神。韵，一般以线贯之。其具道家如水之性，与物推移、沛然适意、彰隐自若、任性旷达；含禅家风韵，若风不羁于时空，自由舒卷、触类是道；更兼儒家中和、阳刚、狂狷之气。由神与韵化生的"气"无处不在，尽显文化与宇宙气象：空灵宏宽，寂静缥缈，聚散、氤氲、升降、屈伸，浩浩然充天塞地。其体属形而上，关乎心理、意理、情理，是精神之体、真如之体、心性之体，宛如以儒家为本位的大地，意蕴深厚，敦厚沉郁，静穆中和，大方醇正。

关于写意雕塑的本质，伟大的科学家杨振宁更是论述精辟：是从中国三千年漫长而复杂的历史中探索中国二字的真义。打造了一种神似与形似之间的精妙平衡。而这种平衡正是中国艺术的立足之本。

当然，任何一种文化的主张、一种艺术的创造，它总包含着精神。写意雕塑传达的是中国精神。什么是中国精神？习近平总书记在文艺工作座谈会上深刻指出："中国精神是社会主义文艺的灵魂。"作为文艺工作者，在我看来，中国精神既蕴含深厚传统文化底蕴，又彰显以改革开放为典型的创新精神，它是中国人勤劳朴实的创造展现，是自主自强的独立彰显，是兼容并蓄的文化映照，是善良开放的博大诠释，更是持续自主创新的有力例证。把这种精神融入艺术创作，便能孕育出新的生命气象，使其成为我们在世界多元化浪潮冲击下的立足根基，它向世界传达了作为雕塑的"意"和作为写意雕塑的"意"。

（原文发表于《美术观察》2020年第9期）

写意雕塑论

什么是雕塑？

笔者在《雕塑的诗性》一文中曾有阐释：

雕的过程，就是删繁就简的过程，是减法，减得只留下筋骨、灵魂。

塑的过程，就是添加的过程，是加法，加上原本属于作品的那部分。

雕塑就是推敲，过程无论是长是短，终是以一泻而下，或是以天然去雕饰而呈现。

中国雕塑有史以来以两种存在形式最为显著：室内为佛教造像；室外为陵墓道前的石人、石兽。前者由于有严格的造像法限制和虔诚的宗教情感制约，故大都合于法度，不似后者超然、豪放、自在而为之。也许是置于室外的缘故，若刻画得太实了，就失去了与天地争空间的雄强之势，所以古代大量的陵墓雕刻总是保持着一定的自然形态，稍加雕琢便神气活现，巍然磅礴。这种风格至汉代达到鼎盛。所憾的是汉代以降，此风渐减。至近现代，又因西洋雕塑传统的介入，中国雕塑大有以西方写实主义为体、为用的倾向，当代以西方现当代艺术为参照之势愈烈。故那种原本存在于我们传统文化中的写意精神未能得到很好的继承和发扬。

写意，先有意，而后写之。

作为一个概念范畴，"意"在哲学、文学、艺术等领域中所涵纳的意义不尽相同。

在雕塑乃至整个造型艺术范畴里，"意"和其他艺术门类中的"意"有着颇为显著的差别，其关键在于造型艺术的"意"是同"象"紧密关联的，更确切地说，是呈现为 意象。

"意"的因素使雕塑与理想贴近，"象"的成分，使雕塑与现实相联系。

这种意象的表现形式是"形"与"型"，它是创作者在综合了各种因素后瞬间生成的，带有强烈的感情色彩，超乎现实之外。它更是作者对内心生成的意象的肯定。

写意，处于写实与抽象之间，它既不会使人产生一览无余的简单，也不会令人有望而却步的深奥，它引导人们在一种似曾相识的心理作用之下，去把玩、体味、感受艺术作品的整体及每个局部的意味。智慧生成形式，写意凝结瞬间感悟、凝固生命激情，由于写意速度的迅捷，决定了它无矫揉造作，无"深思熟虑"，从而更接近本质。当事物的本质与艺术家的精神高度对应时，艺术家在创造的过程中便自然地摒弃了表象的细节，抓住并突出客观事物中与创作主体相契合的那些特征来表现情感、抒发意兴。这就使得作品更趋于符号化并与感觉、理念融为一体，从而增强了其在空间、时间上的恒久性。所以，写意雕塑的特质，即是在雕塑中将人与事物之间的那种超越精神的表现凝固化、物质化，使之极富感召力。

雕塑的写意，有三个方面的特征：一是形态的夸张意象，二是形体凹凸隐显的质感意象，三是人物瞬间神态的意象。

西方的写意注重外部造型。他们仿若建造教堂那般，以意志和信仰作基石，在理性的反复锤炼中，塑成一个承载精神的实体。因而，西方写意雕塑在很大程度上是从形而上出发进入形体塑造的，它摆脱或拆解客观对象，重构出一个主观意象作品，无论形态还是意念都趋近抽象，毕加索、布朗库西的作品便是例证。

中国写意雕塑则不然，注重生活的原型，所谓"外师造化，中得心源"是中国写意雕塑的理论表现。注重主体对生活对象的感受，并把感受融进作品。作品的生成往往是急速的，外形呈发散状，区别于几何化。另一方面，更注重神的写意，集中体现在对瞬间表情的捕捉，并把这种表情理想化、夸张化、诗意化。民间泥塑、汉俑中表现得尤为明显。中国写意雕塑并非作者对着对象写生以即时生发"意"，但作品各处都彰显着作者对生活的洞察与热忱。所以，从外形来看，不见主观解构对象的明显印记，反倒在外部塑造的手法上，留存着作者深沉的情意，诸如自然的肌理、潜意识里的变形等元素。

齐白石说得很明确："太似为媚俗，不似为欺世。"这一观点，深刻体现出中国传统中庸哲学的智慧。

当前中国雕塑界有种倾向，以西方潮流为参照。在国际上能博得认同的往往是一些政治波普的作品，形式上已是泛滥了的国际化，并不能反映中国的声音。这些作品在中国本土也未曾得到认可，只是西方人站在他们的角度，用他们的眼光选择了在文化上迎合他们的典型而已。这种倾向与"文化革命"中通过政治题材体现主题而不重视艺术自身规律一样的可怕。多少艺术家在风潮中迷茫，认不清传统，也看不到现代，最后成为风头主义。风头主义活跃，也多新意，但一阵风过后，往往什么都没有，我们呼唤直接从根上长出的新芽。今天乃至未来雕塑发展的空间越来越大，它走向大地与天空之间，人们不得不接受它。它反映着时代又召唤着时代，写意是中华民族的艺术观，是中国艺术的艺术方式，是迥异于西方的另一个美学体系。写意不是为写意而写意，更不是追求表面颤动、诗意、变形，而是要融化、渗透、张扬精神。有了精神，作品才有了构架，才有了灵魂及内在的气，才有了那种一目了然而又意蕴无穷的艺术形式。

（原文发表于《美术研究》2004 年第 1 期）

古法塑孔子

　　对人的价值的评述，往往需要置身于一定的时空维度之外。当我们回望历史人物的背影，便会自然而然地追问：他为这个世界带来了何种启迪？就拿孔夫子来说，毋庸置疑，他对一个伟大民族的深层心理以及道德伦理，产生了极其深远且持久的影响。

　　20多年来，我痴迷于现当代历史文人雕塑创作，常以耄耋之年的学者、艺术家为原型。可塑性极强的泥巴在我饱含深情的手中肆意变幻，畅快淋漓地展现出生命的跃动，如此创作留下的塑痕清晰，极具流动性，能瞬间定格变化与感受。起初塑造孔子时，我下意识地沿用这种手法，可塑着塑着却发觉，孔子作为中国古代文化的标志性人物，在作品中本该有的那份凝重、浑朴却不见了踪影。

　　匡亚明先生曾说："世界历史三大名人，耶稣、释迦牟尼、孔子，前两者搞宗教，而孔子一生为人类，我看孔子更伟大。"古书中对孔子的形象早有记载，唐代吴道子、宋代马远也都有画本流传于世。然而，在老百姓心底，却始终存有一尊孔圣人像，那是一种只可意会、难以言传的印象。文字里提及的孔子形象多有奇异之处，马远所画太过夸张，孔子前额就如同年画里的 老寿星；吴道子笔下的孔子飘逸若仙，可要是转化成雕塑，又显得 分量不够。若采用西方雕塑的写实手法塑造孔子，尽管高额、垂耳、长须等特征都能呈现出来，却又缺失了古意。要知道，文化人的外貌往往与其文化特质相呼应，而文化的孕育受时间、空间以及种族等诸多因素影响。但凡伟大的哲人，都是某一文化的代表，因而呈现出异相、奇相，并非用一般意义上的比例、结构就能精准刻画。所谓古意，承载的是岁月的悠长，是古代文化留给后人那萦绕于心、难以磨灭的想象与意象。

　　由此，我想到中国古代石窟雕塑。其体积的稳重与平衡，精神的恒久与深邃，皆因不拘泥于生理结构，注重整体体量对比而成。这些雕塑，承载着历史的悠远与静穆。这便是古法，是我们文化中的生命音符，是古代匠师对天、地、人认识的朴素体现。以此法塑孔子会获得文化背景与文化符号的谐和，会形成内容与形式的同构，就如同在古代的歌谣中寻找一个古代的人和事。

找到了形式的框架，碰到的是如何具体塑造孔子这个问题。为此，我专门找到了孔子嫡传后代的照片，但令人失望，并不是我心目中的孔子相。倒是冯友兰、匡亚明身上有这种影子，特别是冯友兰由内到外的一股儒气，浓密丰茂的胡须、匡老饱满的天庭……这是儒学精神熏出来的！从这一点，我们也可以看到文化的源流、渗透是何等的潜移默化，甚至影响到人的长相。仔细回味，我所熟识的大文化人，几乎或多或少有孔子的影子，未必全在长相，有的体现在举止言谈中，即我们所说的儒雅之气。

在我的创作中，将孔子塑造成了一位循循善诱的长者形象，他面容慈祥，学识渊博。于外在形式上，力求做到极致的单纯，摒弃所有不必要的凹凸造型，让轮廓呈现出柔和的弧线，以半圆体来象征儒家所倡导的中和之道；衣纹处理则运用阴刻线手法，使之显得简朴且纯粹，如此一来，整尊雕塑古韵四溢，孔子的神韵仿佛呼之欲出。

这尊于1994年塑成的孔子胸像，造型上，头部微微向前躬着，尽显谦恭与大度之态。见过这尊胸像的人，都不禁感叹，眼前的孔子仿佛就是从"春秋战国时的鲁国"走来的真实人物一般。

2006年，我的雕塑展在中国美术馆举办，主题为文心铸魂，重在展示古今贤人雕像。孔子像的意义不言而喻。在时空里，他是云中之巅峰；在文化里，他是和煦之春风。当然，它更似一尊凛然的化石，那源自心底的仁慈，从脸上一道道皱纹中徐徐绽出，恰似绵亘的山脉、蜿蜒的水系，流淌的韵味悠长不绝。其手部所呈现的礼仪姿态，无声地传达着"仁"的内涵，孔子所倡导的"仁"，讲究二人成仁，实质是人与人、人与社会之间应有的伦理关系。

塑像以大方纯正为造型基调，形体的线面变化在敲塑、压塑中呈现。创作的快捷和感觉的敏锐成为二重奏，在拍、削、切、揉等手法的交响里锤炼出平实、大方、温和、仁慈的孔子形象。体量的厚实与凝重，外化了大哲大圣的文化内涵，我曾作诗：

春风宣圣煦千秋，

仁者爱人励索求。

盘古当今弘教化，

和谐日月满神州。

这尊 2 米高的孔子像意义非凡，它不仅是文心铸魂展"和"主题单元的核心展示品，还傲然屹立于英国菲茨威廉博物馆雕塑广场的中心位置，成为一道独特的文化景观。不仅如此，它也为我近期创作 8 米高的孔子像提供了宝贵的借鉴经验，助力新作品的构思与雕琢。

　　著名古典主义雕塑大师、英国皇家肖像雕塑家协会主席安东尼，在南京博物院吴为山文化名人雕塑馆见到一尊孔子像后，感慨写道："此刻我坐看孔夫子，越看越觉得他就该是这般模样，悠远如我国的莎士比亚，似中国文化长河之源。将其置于中心，妙不可言，周边雕像的意蕴仿佛都源自于他。"安东尼之言，点明此"中心"既是空间上的焦点，更是精神上的核心，这大概也是西方公共广场中心理念于文化层面的延展。

　　我塑造的这尊 8 米高孔子像，即将立在室外广场。室内、室外雕塑差别不小，并非仅尺度不同，关键在于室外雕塑是以天地作参照。这尊孔子像背靠雄伟建筑，面朝熙攘街衢，尽显元气淋漓、壁立千仞之感。所以雕塑必须得有大气象，这里的"大"，不单指尺寸，更在于气度、气象，体现在造型各部分的体量对比，还有轮廓线角度、线面交接关系的处理上。说到底，本质是创作者的胸襟，要胸纳乾坤，以天地为画布。不然，即便尺度够大，也不过是个小模型罢了。

　　我按自己创作的 80 厘米孔子像小稿等比例放大，没想到，十倍于模型的大稿看起来并不显大。这是因为放大后，雕塑的视觉方位改变，观赏者的心理感受也不同了，必须延展竖向线沟，强化高远之感，才能让人产生"仰止"之意。

　　研究乐山大佛、云冈石窟、龙门石窟，能感悟其中造型规律，蕴含以小见大、以大观小的宇宙观与造型智慧。北魏时，高僧昙曜雕造云冈石窟主佛，妙用线体关系，以雄阔量体搭配疏密经纬，生出庄严肃穆、神秘崇高之感，这是我们民族的古法。

　　立于现代都市广场的孔子像，若形体、衣纹表现得相对写实，在视觉上会与现代建筑格格不入。古代衣冠是古代文化的样式，它在反映时代精神的同时将封建文化的信息传递给观众。而孔子的概念已超越作为古人的孔子，它是跨时空的精神坐标，是一座文化泰山。今天立像远非"像"的意义，更在于立碑。立意既定，形式天成。故而，孔子的造型便在人的生理结构与山体之间找到了结合点。自上而下纵观山脚、山腰、山顶，层层递进；自左而右横看，道道天沟，一泻而下，纵横万里。或峭壁奇凸，或峰壑互生。孔子面含春风，满怀慈爱，智者仁相，巍然山巅。这种文化与自然的双重意象使得它与现代都市环境虚实共存，古今相融，这是自然之法。

　　古人擅长在主体与客体间寻得平衡，从人与自然的和谐相处中获取意象，进而由诗性表达深入哲学反思。如今，科学理性与现实功利让诗性和哲学渐行渐远，反映在造型艺术上便是俗相频出。当下文化复兴的意义，就在于唤回失落的精神魂魄。唯念惟此，像成诗成：

其一

注经立传"易"乾坤，

德润中华蔚国魂，

治乱兴亡多少事，

崇儒浴日正逢辰。

其二

铁树扬花吟杏雨，

至圣大哲寿尧天，

国学苑里群贤起，

构厦华章日益妍。

　　孔子像的正气，源自于中华文化厚重的大象，来自大自然的磅礴，得益于山脉构造的伟力。中国画论中强调"师造化"，其实更适于雕塑艺术。关于法，我以为：

法古之法始成法，

变法求法我为法，

法由有法至无法，

方得法中之真法。

2010 年 11 月于中国雕塑院

塑老子

老子，作为道家思想的开创者与代表人物，宛如一座卓然矗立在中华文化史上的精神奇峰，散发着恍惚悠然的独特神韵。

正如诗言："高山仰止，景行行止。虽不能至，心向往之。"以雕塑艺术礼敬老子，力求通神于其渊深玄妙的哲思，这是我20多年研究历史文化名人造像的执念，也是内心涌动的渴望。

老子的形象何如？《玄妙内篇》里记载，老子一生出来就生而皓首。葛洪《抱朴子内篇·杂应》载"老君真形者，思之，姓李名聃，字伯阳，身长九尺，黄色，鸟喙，隆鼻，秀眉长五寸，耳长七寸，额有三理上下彻，足有八卦……"类似葛洪笔下这般充满神话色彩的描述，虽不符客观世界规律，却承载着人们对圣人的尊崇与仙化期许。相较而言，"孔子问礼于老子"有确切文献记载。公元前518年，孔子前往周地，向时任周守藏室史的老子请教。彼时老子刚沐浴完，披散着头发，与孔子畅谈深藏若虚、顺势而为的道理。借孔子对老子的赞誉，老子作为精神象征的形象得以凸显。这次儒道圣哲的会面，对中国乃至世界思想文化都影响深远。

《庄子·田子方》侧面记孔子见老子印象："慹然似非人，向者先生形体，掘（倔）若槁木，遗物离人而立于独。""慹然"指不动貌，形如枯木之态正如鲁迅《故事新编》所写老子"好像一段呆木头"，末句则凸显老子超然物外的境界。

《史记·老子传》记载，孔子问礼于老子之后，"孔子去，谓弟子曰：'鸟，吾知其能飞；鱼，吾知其能游；兽，吾知其能走。走者可以为罔，游者可以为纶，飞者可以为矰。至于龙，吾不能知其乘风云而上天。吾今日见老子，其犹龙邪！'"借孔子之言，以烘云托月之法，尽显老子超凡风姿。

《道德经》提到："道之为物，惟恍惟惚。惚兮恍兮，其中有象；恍兮惚兮，其中有物。"老子形象悠远模糊，混沌中时现光明，身影虚幻缥缈，细微如流光，广阔似宇宙，沉静似深潭，激昂如雷电。为其塑像，需思接千载、神与物游，在无形与有形间自如转换，方得神韵。

近年来，我以《上善若水——老子》《紫气东来——老子出关》《天人合一——老子》为题材塑造老子形象，分别从他哲思的不同概念切入，在内容与形式上精心构思，以塑载道，借有限的形体与空间，探寻老子思想的真意。

体如流韵水为德

老子是第一个提出了"道"并将之作为哲学最高范畴的哲学家。"道"字本来是人走的道路，有四通八达的意思。这一意义引申为"方法""途径"已初步具有规律性、普遍性的意思。

在老子"道"的世界中，"水"是关键元素。孔子问礼时，老子手指浩浩黄河，问孔子："汝何不学水之大德欤？"孔子反问："水有何德？"老子答："上善若水，水善利万物而不争，处众人之所恶，故几于道。"这意味着最高境界如水性，泽被万物却不逐名利，能处于众人厌弃之地，就近乎道。正如"江海所以能为百谷王者，以其善下之，故能为百谷王""天下莫柔弱于水，而攻坚强者莫之能胜，以其无以易之"。在老子哲学里，道如水，水即道，我们既要认清道体如水特性，也要以水的心态规范行为、调适心态，"居善地，心善渊，与善仁，言善信，正善治，事善能，动善时。夫唯不争，故无尤"，此中尽显氤氲浩渺之意境。

我所塑的《上善若水——老子》像正是在表述老子"上善若水""渊兮似万物之宗"的理念。他寂坐不动，大千入怀，雍容高古，须发垂逸，如悠悠青云，在山之巅。全身衣纹仿若依山而下的山泉瀑布，淋漓畅快、浮光跃金。创作时力求神似，秉持妙在"似与不似"之间的理念，于老子内在哲思方面，不粘不脱、若即若离，既呈现事物本真，又超越事物本身，实现意象的形神合一、物我交融。

水看似柔弱细微，却有着独特智慧，以不争来达成争的效果，用无私实现自利，此即水的特性。

因此，我塑《上善若水——老子》像，其意其境在于：

水韵潺潺，

缓流山涧，

慧如涌泉，

生生不息。

老子之像，

恍兮惚兮，

物在恍惚中，

象在恍惚中。

函关青牛乘紫气

《史记·老子韩非列传》记载，老子"居周久之，见周之衰，乃遂去。至关，关令尹喜曰：'子将隐矣，强为我著书。'于是老子乃著书上下篇，言道德之意五千余言而去，莫知其所终。"

老子出关，紫气东来！

老子到何处去？莫知所终。只留下了洋洋洒洒、煌煌五千言的《道德经》。

经中有云："反者道之动""周行而不殆"，这些都表明了老子认为道体是恒动的。经中又云："归根曰静""致虚极，守静笃。万物并作，吾以观复。夫物芸芸，各复归其根"，这表明道体是静止的，或者说道体在变动性中是稳定并蕴含法则的。

我所塑的《紫气东来——老子出关》着力表现了老子哲思的动静观。

函谷关前，紫气东来，光华东射。仙风道骨的老子骑青牛而来，人牛皆显沧桑，似已超凡入圣。老子低头，长髯垂胸，神色安详深邃；青牛仰头，望向远方，二者都未回望。牛似也得道成仙，与人一同沉浸在物我两忘之境。塑像中的老子，线条遒劲舒缓，面容安详且有张力，尽显其超凡风姿。

远观，青牛摇首扭躯，奋力前行，老子衣袂飘飘，似奔逸绝尘而去；近看，只见青铜铸就，定格瞬间成永恒。正如"来如雷霆收震怒，罢如江海凝清光"所描绘的那般震撼。我曾作诗：

悠悠间，

如紫气东来，

仙翁飘然，

青牛蹄迹，

不见踪影，

惟恍惟惚兮，

塑形以记。

空谷无声接千古

《天人合一——老子》的塑像高 18 米，安放在我的故乡江苏淮安钵池山。老子一手指天，一手指地，渊兮湛兮，恍兮惚兮，象帝之先；其静穆幽冥之态，恰如其分地体现了老子"多言数穷，不如守中"的哲思。

该雕塑整体造型中空，其中我把老子的胸腔设计成一个开放的"空"字形山洞，表征老子"无，名天地之始""有生于无"的道家思想。昭示天地之间，犹如橐籥，虚而不屈，动而愈出，体现中国文化生生不息的强盛生命力。穿越老子的"空"进入老子雕塑的世界中，同时也进入"玄之又玄，众妙之门"，徜徉悠游，玄览鉴照，领悟中国传统文化和艺术的精美之处。

"空"是宇宙乾坤之象，是大境界，它吐故纳新，包罗万象。智者得空则思接千古……

"有"与"无"作为哲学史上的一对关系范畴，始于老子。他由此提出"有无相生""有生于无"两个重要命题。《道德经》第十一章："三十辐共一毂，当其无，有车之用。埏埴以为器，当其无，有器之用。凿户牖以为室，当其无，有室之用。故有之以为利，无之以为用。"此处为有与无的相互依存关系。老子将有、无提升为本体论的最高范畴，同时也让有、无成为宇宙论中不可或缺的概念。

老子提出的重要处世原则是虚怀若谷。人要有像山谷一样深广的胸怀和宽容的胸襟，居上谦下。老子所言"上德若谷"，意为最高境界的"德"，恰似山谷般幽深空阔，秉持谦虚之态。这种内藏生机、蕴含力量的"虚怀"，对中华民族美德的形成有着重要影响。

虚怀若谷，重在能容。老子说："知人者智，自知者明，胜人者有力，自胜者强。"唯有容纳万物、包容豁达，方能至"大"。

虚怀若谷，要能谦。老子说："我有三宝，持而宝之：一曰慈，二曰俭，三曰不敢为天下先。"老子"道"的发扬，开阔了中华民族宽广的文化襟怀。巨川非一源，容而后大。在此我强调的是我们文化心理构成的基础。任何一个人，一个民族，其文化发散的方向与发散原点的方位有着密切关联。因此，根植于中国人心理深度的处世原则是包和容。我塑老子以虚怀若谷为造型特征，雕塑满刻《道德经》，谓之满腹经纶。这"空谷"接天地正气，幻化自然。

"道生一，一生二，二生三，三生万物。"

"人法地，地法天，天法道，道法自然。"

双手随泥土自然流转，内心追寻"与物推移，人性旷达"之境。雕塑虽为具象，却将抽象哲学化为可触可摸的直观呈现。

老子在哲学上最重要的贡献，在于提出"道"这一超越性范畴。这一范畴蕴含自然无为、自长自动、自己如此的内涵。老子的最大功劳，在于超越天地之限，另设"道"

的概念。此"道"无声无形，独立恒存，却又周行于天地万物之间；它先于天地万物而生，是万物本源。其作用正如老子所言："大道泛兮，其可左右。万物恃之而生不辞，功成不名有，衣养万物而不为主。"道的作用并非出于意志，而是"自然"，"自"为自己，"然"为如此，"自然"即自己如此。老子强调"道常无为而无不为"，道的作用本质是万物自身的作用，所以说"道常无为"；但万物得以生成的根源又皆在于道，故而称"而无不为"。

"老子的哲学思想以道论为核心，其义涵盖万物生成本原、存在本体以及人生价值等方面。构成老子哲学体系的重要范畴，如有无、动静、体用等，都包含道与现象界两个层面。"正是基于老子的哲学思想，我创作了《上善若水——老子》《紫气东来——老子出关》《天人合一——老子》3 尊雕塑作品，借此展现老子哲学中自然、动静、有无等思想观念。

道，幽微精妙，难以言尽。日日求道，踏破铁鞋无觅处；以艺修道，方悟道在自身，须臾不曾分离……

唐风渡鲸涛　真心鉴真情

　　有史以来，求法传法的中国僧人前赴后继，代代不绝。他们艰难跋涉于漫天黄沙、皑皑雪山，辗转漂流于碧波万顷、惊涛骇浪，用生命和信仰铺就了人类精神和文明交流互鉴的大道。东渡日本传法的唐代高僧鉴真，正是其中的代表。

　　　　一

　　鉴真俗姓淳于，公元 688 年出生于江阳（今江苏扬州），14 岁时出家，46 岁成为一方宗主，持律受戒，名满天下。733 年，日本僧人荣睿、普照慕名来到扬州大明寺，恭请鉴真赴日"为东海之导师"。

　　鉴真被日本僧人请法的真切意愿所感动，慨然应邀，翌年初夏，他即欲启程，却因行动泄密未能成行。同年，鉴真率众再次举帆东航，可惜渡船被风浪袭毁，被迫折返。其后第三、四次东渡又连遭失败。748 年初冬，鉴真第 5 次东渡，竟被暴风从东海吹到海南岛。返途经过端州时，日本弟子荣睿病故。鉴真哀恸悲切，忧劳过度而致双目失明。眼前世界虽遁入黑暗，但鉴真并未动摇志向，传法之心反而更加坚定。他以一片精诚感化天地，终于第 6 次东渡成功，到达了日本九州。此时的鉴真已 66 岁高龄。

　　鉴真将唐代《四分律》与天台教义传至日本，为上至天皇下至众僧授戒，奠定了日本佛教戒律与教法的基础。从此，日本始有正式律学传承。755 年 2 月，鉴真进京（奈良），入东大寺。日本孝谦天皇下诏敕授其"传灯大法师"位，并任命他为"大僧都"，统理僧佛事务。759 年，鉴真率弟子在奈良建成日本律宗祖庭唐招提寺，此后便在该寺设戒坛传律受戒。千余年间，唐招提寺历经无数地震等灾害，至今依然屹立，被列为日本国宝。据《唐大和上东征传》记载，随鉴真赴日人员中，有精通各行业的才俊：精于琢玉者、雕塑者、镌碑者、建筑者、医药者，精通书画者亦不在少数。他们将唐代最先进的建筑、造像、医药、园艺等技术传入日本，成就了日本天平时代的精神文化巅峰——天平之甍。公元 763 年 5 月 6 日，鉴真于日本奈良面西坐化，享年 76 岁。鉴真圆寂后，中日两国很多官员、僧人、居士、文人都曾作诗称颂，其不朽之功绩为中日两国人民的友谊史册书写了灿烂的篇章。

二

2019 年，时任日本驻华大使横井裕先生邀请我创作《鉴真像》雕塑，以推动中日文化交流，增进两国友谊。我本人表示愿意向日本东京都捐赠。此事随即得到了日本驻华大使馆、日本外务省、东京都、中国驻日本大使馆以及东京中国文化中心的关注与支持。2022 年 3 月，我与东京都知事小池百合子女士共同签署了雕塑捐赠协议，确定《鉴真像》于中日邦交正常化 50 周年在东京正式落成。

我曾经创作过不少高僧大德像，如开凿世界艺术瑰宝云冈石窟的高僧昙曜；在南京雨花台设坛讲经说法而感得天雨赐花的云光法师；乐山大佛的第一代建造发起者海通禅师；东渡扶桑传法弘道的隐元禅师；才华冠绝却严于律己的弘一法师；以笔墨纸砚广结善缘、慈悲济世的茗山法师、圆霖法师；兴办教育、慈善为怀的真禅法师等。

鉴真与他们，既有相同亦有不同。

相同处，他们都是一种精神性的存在。鉴真大师的身形，可塑造成一座山、一口钟、一方石，如浑金璞玉，清凉超尘，精严净妙，朴拙中见风骨，以无态备万态。

不同处，《鉴真像》不仅有独特的个人样貌，还能折射特定的时代风神。先说时代风神。唐代富庶繁华、热情开放、气度雍容、活力四射。城乡内外、宫廷上下、大街小巷，随处可见诗人、舞者、乐师、画家。泱泱中华，处处充满生机动感，以海纳百川的包容姿态体现着蓬勃旺盛的创造精神。如果用一种艺术技法、一种艺术风格来表现唐代，写意无疑是最合适的。因此，我决定用写意的手法与风格表现鉴真身上蕴含的唐风。但同时，又有一对矛盾摆在了我面前：作为一位得道高僧，个人心性的"静"与时代风神的"动"应如何统一？我要做的，是动静有法。

鉴真是律宗大师，从戒律精神入手塑造最为合适。戒律的本质，不是呆板，而是活泼，是让慈悲心活泼，是帮助众生身心安乐。戒律，可让人得禅定。红尘泛舟，心在静中。安耐毁誉，八风不动。同为律宗大德的弘一法师曾说："律己，宜带秋气；律人，须带春风。"鉴真授戒律人，亦如春风。塑其像，"风"可为审美意象，但前提是不能影响整体之"静"。于是，我为《鉴真像》设计了一个站立船头临海凭风的情境：面对大海风高浪急，大师收视反听，绝虑凝神，如如不动，飘起的宽大袖袍裹挟着浩荡唐风，仿佛海波扬帆，与如山、如钟、如石般岿然的身体形成鲜明的对比。

但"风"之于鉴真，绝不仅限于形，更在神！此神，落实在人、在民族、在文化。鉴真是一位地道的中国高僧，长期浸润于儒家"君子之德风""风以动之，教以化之"等传统观念氛围，其与佛教体验人间忧苦的菩萨行相结合，使"风"既有现实情境，又有文化濡染，还有佛性真如之映现。此"风"虽动，却源于静，祥和安宁，一派生机。而鉴真渡海的坚忍不拔，实为面对"风"却不改坦然、淡然和释然之境界——思忖向来萧瑟处，是非成败皆为空。这，便是我动静有法的入手处。

再说个人样貌。所幸鉴真大师竟有真实样貌传世！日本奈良的唐招提寺至今保存着千年之前制作的鉴真坐像。其弟子据师尊坐化后形象，用一种称为干漆夹苎的技法制作而成，该技法也是由鉴真传至日本。我所创作的鉴真样貌，主要以此坐像为参考依据：高凸的山根下，鼻直而宽厚，与广额通连。慈眉如月，双瞳微闭，神态坚定。

整尊《鉴真像》躯体雄健伟岸，衣褶单纯厚重，轮廓简约、劲健、洗练、明确。由上至下，没有丝毫混浊，似水银泻地，若顿悟般爽然决然。由下至上，又仿佛攀山登峰，如恪守戒律，步步艰难却步步明确，通过真如本具的智慧而得大自在。于此，即便采用写意手法与风格，却在"写"中有意识地保持了一份定和静，如沧桑粗犷在岁月的风剥雨蚀中散尽火气，心正气和，默契于妙。

三

2022 年 7 月 20 日上午，我所创作的这尊《鉴真像》永久立于东京上野恩赐公园的不忍池畔。像高 250cm，黄铜铸就。中国驻日本大使孔铉佑、东京都知事小池百合子女士、日本外务大臣政务官三宅伸吾等中日嘉宾共同为塑像揭幕。

上野公园建于 1873 年，是东京的第一座公园。园中湖光山色，随处可见苍松翠柏，江户和明治时代的建筑古迹散落其间。除灵秀的风景外，上野公园之美，更在于厚重的历史人文积淀。东京国立博物馆、国立科学博物馆、东京都美术馆、国立西洋美术馆、东京文化会馆、上野之森美术馆等最重要的文化艺术场所皆云集于此。在这里，可以看到古今并置，体会历史文化的变迁，享受人间闲逸的美好。待到樱花烂漫时节，鉴真大师的身影将在公园中片片"绯红的轻云"映衬下，向世人诉说中日两国的千载友谊传承。

虽于日本传法十年，鉴真大师却从未亲眼见过日本风景。这一次，他走出寺院禅堂，观照着眼前的无边风月与人伦万象。诚然，在大师的法眼中，滔滔浊浪与禅心云水本非二相，空色一如。即便洞明世相因缘，他亦始终对众生抱有深情，对万物心怀悲悯，坚定地引领众生同登佛国——恰如"不忍池"之名所蕴含的殊胜寓意。

不忍池，其名称由来众说纷纭，不一而足。但在东方文化中，不忍二字别有深意。当年，佛陀证道后，正是因不忍众生沉沦，不忍众生受苦，不忍众生无明，不忍放弃才住世传法。当年，鉴真大师心怀不忍，才排除万难，鲸涛千里传梵典，不仅点燃了如来教法的明灯，也点燃了自心的明灯，更点燃了此岸、彼岸、今生、后世无数人的心灵之灯。不忍，即菩提，即仁心，即良知。

七月，正值莲花盛开。不忍池中碧波潋滟，荷叶田田，无数莲花接天映日，香远益清，亭亭净植。莲花是佛教圣物，象征离污生净，喻示出世与入世的并行。在生命怒放的季节，《鉴真像》立于池畔，背倚莲花净土，面对滚滚红尘。此幕场景，既是机缘巧合，也是随缘应化，不正是鉴真大师不耽于禅悦清净，以舍我其谁的大无畏勇气跃入尘世、利益众生的象征吗？瞻仰其自若的丰姿，感受其如缕的气息，世人仿佛听闻经诵梵呗、晨钟暮鼓依稀传来，不禁在喧嚣的尘世中放缓匆忙的脚步。

　　青山一道同云雨，明月何曾是两乡。中国和日本人民曾以信念和智慧架起友谊的桥梁。今天，鉴真大师再次东渡，依然能够隔海相望欣同风。这位两国千年缘分的见证者，沐浴着时代之清风，撒播着和平之新绿，必将再次唤醒性灵淤塞者。

（原文发表于《光明日报》2022 年 12 月 23 日 16 版）

写意精神与雕塑

雕塑中的写意

写意，是中国美术的灵魂所在。

写意，源自原始先民主客不分的混沌思维，源自万物有灵及空间恐惧心理生成的原始意象，更源自老庄哲学的"恍惚"观。王弼的"得意忘象"就出自庄子的"得意而忘言"，他在《周易略例·明象》中提出："意以象尽，象以言著。故言者所以明象，得象而忘言。象者所以存意，得意而忘象。" 这一论述深刻阐释了"象"与"意"的辩证关系。"意"需借"象"表达，但审美应超越有限物象的束缚。

写意又源自中国书法中天象地脉的造型意象，文字的演化和书法的演变，在结构上逐步趋向简化，也可以说由具象逐步过渡到意象。而书法以其"法"将文字的构成升华为艺术的表现，它的点划之美，同化于自然的一草一木；它的开合之度，对应于天地的阴阳互补；它的书写节奏，合拍于江河湖海生命的律动。因此，书法有着气脉贯通的自然气象。不同书体的流变对应于当代的审美，可以说书法是文字的雕塑。相应的，雕塑也是立体的书法，二者皆不离意象。我认为，中国造型艺术的基础是书法，西方造型艺术的基础是素描，自然科学的基础是数学，因而，中国画家（尤其是水墨画家）若书法功底不足，其笔墨的深度与文化含量必然有限。历代文人通过不断创造，使书法与文字从具象符号升华为抽象艺术，而文字的间架结构、空间构成及其意象特征，均为艺术家应掌握的要素。

写意还源自于中国传统绘画中"意"的表达。中国古代天人合一的大宇宙生命理论，表现为象、气、道逐层升华而又融通合一的动态审美，特定的形象是产生"意"的母体。"意"往往具有超以象外的特征，具有因特定形象的触发而纷呈迭出的特点。它常常由于象、象外之象、象外之意的相互生发与传递而联类不穷。从原始洞窟壁画到墓窟壁画，从彩陶纹样到帛画，再到宣纸上作画，由于工具与材料的变化促进了表现方式的变化，其"意"、其"象"也各不相同。人与人、人与山、山与水、水与云的意象表达，都对雕塑造型产生了重要影响，尤其是佛教雕塑所依托的绘画粉本，画史上所谓"吴带当风""曹衣出水"对雕塑的直接作用，都说明了雕塑与绘画的姻亲关系。

中国传统雕塑在几千年的发展历程中，逐渐形成了写意的传统和样式，以其独特的审美形式区别于西方传统的写实雕塑。与西方以"人"为中心的观念不一样，中国传统雕塑体现了中国文化对天人合一的追求，对神权和皇权的敬畏，偏重精神性的意象造型。

上古时期，中国雕塑就凸显了创作者对精神性的关注：原始时期的朴拙意象、商代的诡魅抽象、秦朝的装饰写实、两汉的雄浑写意、宋代的俗情写真，还有理想的佛教造型、夸张的帝陵程式以及朴素的民间表现，无数撼人心魄的经典作品共同营造出中国传统写意雕塑的生态园景。然而，自五四运动以来，随着西方造型艺术的价值体系和认识论基础的引入，传统雕塑受到了巨大冲击而被排除出主流之外，造成了中国本土雕塑从精神到样式的双重断层。

中华人民共和国成立之后，各美术院校又引进苏联的艺术教学模式，直到 20 世纪 80 年代之前，中国雕塑的发展主要依靠外在因素推动。可喜的是，一些雕塑家以及理论家逐渐意识到主流雕塑与传统雕塑之间存在着某种隔阂，于是开始对传统雕塑进行了自觉反思。他们深入雕塑艺术本体，领悟其造型规律和审美精神，为中国传统雕塑的现代转型做出了富有创新意义的工作。

中国现代写意雕塑，正是将传统雕塑中的写意精神与西方写实主义中出神入化的形神表现、抽象主义、表现主义的形式创造置于同一文化空间，在现代话语中寻找异口同声的心灵表达，打造出一种神似与形似之间的平衡，既具备民族艺术精神又不失人类情怀。正如杨振宁所言："从中国三千年漫长而复杂的历史中探索中国二字的真义。打

造了一种神似与形似之间的精妙平衡。而这种平衡正是中国艺术的立足之本。"熊秉明
亦指出："写意雕塑既是中国传统的，也是现代的。这是中国艺术的真精神。"

现代写意雕塑

现代写意雕塑，是凝聚中国文化精神的视觉呈现。它源自天象地脉的造型意象，
合于中国古代天人合一的大宇宙生命理论，表现为象、气、道逐层升华而又融通合一的
动态审美。其点画、开合、节奏，同化于自然草木，对应于天地阴阳，合拍于江海律动，
生发出无处不在、无处不可感的文化与宇宙气象。

现代写意雕塑的创作，是一个"虑以图之，势以生之，气以和之，神以肃之，合而裁成，
随变所适"的过程，它没有完整的逻辑分析程序，而是依靠直觉迅速理解并生成自足的
意象，具有唯一性、偶然性和随机性。创作者处于灵感和激情之巅，精神高度集中，技
艺纯熟精湛，用最少的时间捕捉对象的瞬间面貌和情感状态并提炼其精华，实现由"技"
向"道"的升华和转变。这里的"道"，不仅是目的、终点，同时也是起点、过程。它
凝聚理想和情感，跨越时间和空间，透现生命的信仰，彰显精神的价值，是一座架于作
者、观者和表现对象之间的永恒桥梁。

现代写意雕塑基于天人同构的宇宙意识，彰显于本体之"道"的深广体验，乃本
心之灵动、文化之丰厚、科学之理性、技艺之精纯、人性之圆融的辉映、互渗、汇合与
凝练，它的审美意蕴可以通过以下八个方面来理解：

一、"儒道互补"的文化结构。

现代写意雕塑以儒道互补作为文化根基，意味着它强调人为与自然的相互补充和
相互渗透。其中，儒家美学为现代写意雕塑提供了秩序、规则和习惯，而道家美学则对
雕塑中的异化现象进行消解，以保持本真、自由和创造。两者互补的文化结构，使现代
写意雕塑在涵纳中国传统美学精神的同时，还保持着旺盛的生命力和创造力。

二、"气韵生动"的内在生命。

现代写意雕塑将"气"视为一种介于物质与精神、有形与无形之间的生命本体。所谓气韵生动，实则是宇宙中鼓动万物的"气"的节奏化、音乐化呈现。中国人从天地之动静，四时之节律，昼夜之来复，生死之绵延中，感应到"气"运行的节奏、条理与和谐。现代写意雕塑的"气韵生动"，正是对这来自宇宙之"气"运行特征的体现。

三、"游观洞察"的观照方式。

现代写意雕塑以心灵之目观照社会万象和自然万物，是将个人小我生命融入人类、宇宙大我生命的具象化呈现。一方面，观照者"荡思八荒、神游万古"，将心气五官凝铸成有机完整的动力结构，由外而内，由表及里，揭示本质，去蔽显真；另一方面，观照者"纵浪大化，与物推移"，与大自然的生生节奏同频共振，与"道"浑然一体、与"气"浩然同流，并通过作品体现空灵动荡的宇宙情怀，反映人与自然和谐共生的深层意蕴。

四、"虚实相生"的创作法则。

宗白华先生说过："静穆的观照与飞跃的生命，构成了中国美学精神的两元。"此精神之两元落实到现代写意雕塑中，便是"虚"和"实"。"虚"是流荡不已的通灵气韵，"实"是充实光辉的审美意象，二者互摄互动，即为"虚实相生"。一阴一阳之谓道，一虚一实之谓艺，阴阳摩荡、虚实相生，是现代写意雕塑一贯遵循的创作法则。创作者以在场的"实"暗示不在场的"虚"，融景物于情思，化实为虚、以虚运实，于天地之外另构灵奇之境，使作品在鲜活的意象中弥散出生机流转、绵厚深邃的审美意蕴。

五、"境生象外"的审美生成。

"虚实相生"的创作法则，必然通往"境生象外"的审美生成。境即意境，由两部分组成：一是实境，或曰意象；二是虚境，属于一种哲理性的审美体验。意境的生成，需要创作和欣赏相融合。所谓"一沙一世界，一花一天国"，一沙一花，本就是大道的创化，若创作者巧撷妙构，便可表真挚之情、状飞动之趣、传气韵之灵、达宇宙之理，令观者感受盎然的生命情调，领悟幽邃的宇宙美感。

六、"澄怀味象"的生命体验。

中国美学认为，人的存在相融于生生不息之宇宙，人的情感相通于化育流行的天地，世界是一个浩荡不竭、流衍互润的生命整体。因此，现代写意雕塑尤为注重生命体验，这种体验源于最自由、最充沛的自我，它"真力弥满，万象在旁"，掉臂游行，超脱自在。"澄怀味象"，需先"澄怀"，即"疏瀹五脏，澡雪精神"。而"味象"，则需要以全部身心功能去容纳整个宇宙万物，在泯化物我的境界中与大化同流。这是澄澈心怀、朗现意象、主客体同步升华的过程，不仅灵魂和生命的审美思致由此而产生，鸢飞鱼跃、通透澄明的世界亦由此而敞开。

七、"妙悟自然"的欣赏特征。

现代写意雕塑的审美欣赏，本质是一个从"观"到"味"再到"悟"的过程。其中，"妙悟自然"作为"无心合道"的终极境界，需主体"点破一窍，眼力穿透，便见山川高远、风清月明、天地广大、人物错杂，万象横陈，举无遁形"。"妙悟自然"冥物我、合内外，以生命的智性创造洞悉世界表象，在直觉中发现自性，于自性中观照世界，以物照心、物我互照，点亮生命之灯，照彻无边时空。

八、"高明中和"的最高理想。

《礼记·中庸》有云："中也者，天下之大本也；和也者，天下之达道也。"现代写意雕塑的最高审美理想，正是一种"中和"的境界。但此"中和"，是灿烂之极又归于平淡的高明之"中和"。正如"笔势峥嵘，辞采绚烂，渐老渐熟，乃造平淡。实非平淡，绚烂之极"。

可见，现代写意雕塑的审美意蕴，既有儒家的敦厚沉郁、静穆中和，也有道家的与物推移、彰隐自若，还有禅宗的随缘卷舒、任性旷达，更有贴合时代的开拓进取、自由自足。阴阳之道、天人之气、自然之态、乐舞之魂、书法之魄、丹青之韵、诗骚之情凝合冥结，共同铸就了现代写意雕塑的精神意志和风度气派。

现代写意雕塑与文化意象

一、水意象

自洪荒时代起，水就进入了华夏先民的视野，经过漫长而深厚的心理积淀，成为中国文化中最重要的原始意象。在中国人看来，水与人相依相倚，富有性灵，充满情感。它浓缩了中国人对世界与人生的多维思考，昭示着中国人同化自然的理想情趣，折射出中国人的哲学、宗教、伦理、民俗、审美等观念，辉映出整个中华文化的特色。简言之，水意象契合了中国人道德与功业并重的认知，反映了柔韧而沉稳的民族精神，暗示了宇宙运行的生生不息。水的意象是我在写意雕塑在创作过程中永远不断回旋的母体。

老子几乎都是在围绕水阐发道理，而根据水意象创作老子，则是最好的选择。由是，《上善若水——老子》着重营构一种山涧缓流、氤氲浩渺的水韵，以此来喻示老子慧如涌泉的精神境界！作品中的老子寂坐不动，大千入怀，雍容高古，须发垂逸，似悠悠青云，在山之巅。全身衣纹如依山而下的山泉瀑布，淋漓畅快，浮光跃金，闪烁其间；物在恍惚中，象在恍惚中，"似与不似"，意合无垠，一种如水般不粘不脱的神韵跃然眼前。可见，我们所想象的古人是文化意象中的古人，而不是现实当中的；经过历代人的想象，最美好的想象已投射在古人身上，他已成为一种符号，与他的思想和时代融为一体，在我们的世界中不再作为个体存在，故老子即是一种意象。

二、复合意象和意象群

中国文化中的水意象，还具有很强的生发力和黏合力，它与其他常见意象相结合，构成千姿百态的复合意象和意象群，产生了难以尽言的审美和文化效应。例如，《论语·雍也》中说："知者乐水，仁者乐山；知者动，仁者静；知者乐，仁者寿。"孔子对比水与山的不同特质，认为仁者所具备的宽厚仁慈、博大无私等品格，恰似山的宁静稳固与长久。所以，山水结合，成为反映儒家思想的重要意象。再如，禅宗艺术格外青睐云意象，借其象征随缘任运、无心自在的生活态度和审美境界。在唐代禅僧寒山的山居诗中，随处可见云的悠闲自在："可重是寒山，白云常自闲。""谁能超世累，共坐白云中。""白云高岫闲，青嶂孤猿啸。""野情多放旷，长伴白云闲。""自在白云闲，从来非买山。"

孔子的概念，早已超越了历史中的个体孔子，化身为一座超越时空、巍然屹立的文化泰山。孔子的造型，在人的生理结构与山体之间找到了结合点。远观，自上而下纵览，山脚、山腰、山顶，层层递进；自左而右横看，道道天沟一泻而下，纵横万里。或峭壁奇凸，或峰壑互生。近看，孔子面含春风，仁慈之意从脸上道道皱纹中绽出，似山脉水系，流韵弥长。智者仁相，浑朴凝重。这种文化与自然的双重意象，使得它与现代都市环境虚实共存，古今相融。

在昙曜意象的形成过程中，我将人物的种族特征和生理结构中植入大量对当地人文环境和自然环境的交集感受：袈裟飘忽，逸气袭人，广袖似云，衣纹若水，身体似绝壁、似悬崖，奇峰突兀，独立苍茫，自成山水奇景，自有佛意荡漾，暗合郦道元《水经注》中对云冈石窟地区大环境的描述。

在这里，《昙曜像》成了天地间的云冈，通体的山水意象塑造，隐喻着云冈的风水云气。而他的超然风骨，则成了云冈自然环境的必然，见证着这位高僧在历史空间与佛教圣地的价值存在。

三、现代写意雕塑与诗歌

现代写意雕塑与其他艺术类型也有很多的借鉴与交融。比如，现代雕塑与书法，与中国传统绘画，与诗歌，与音乐，与原始雕塑、中国传统雕塑等，它们不仅在某种意义上是相通的，而且还相互借鉴。下面主要说一下现代写意雕塑与诗歌的借鉴与交融。

现代写意雕塑超越了媒介差异以及由此带来的不同审美法则，恰恰要通过视觉形象表现诗歌的本质。如果仿照苏轼的说法，就是要实现"诗塑一律""塑中有诗"。之所以能够做到这一点，原因有三：第一，两者皆强调"神""理""象外"，不重形器，突出意象创造；第二，两者都是为了寄兴怡情，抒发意志；第三，两者均注重意境营造，传达深邃的宇宙情怀和蓬勃的生命精神。

现代写意雕塑高标模糊的造型手法，就是为了尽可能摆脱现实形貌的束缚，让作品具有更多的回味空间。《言子》中，我有意将老人的衣纹刻得很深，远远超出现实衣纹的视觉效果，使之剥离观者的习惯性认知而趋于独立，从而进一步引发观者的联想，生成更丰富、更深刻的内涵：这不仅是衣纹，更是伤痕，是刻在肉体上、精神中、民族记忆里的伤痕，让人触目惊心，无法忘记。

现代写意雕塑讲究肌理的独立审美价值，综合运用各种技法使表面呈现丰富的视觉效果，以此让观者的目光在作品中绸缪盘桓，从观照方式上强化时间性特征，也让审美过程更富诗性意味。

此外，现代写意雕塑青睐的凝练、简约、跳跃等审美风格，亦与中国传统诗歌"言有尽而意无穷"的审美标准相通。诚如杜甫所言："意惬关飞动，篇终接混茫。"

一是，创造兴象。兴象的关键在于"兴"。何为"兴"？首先，"兴"是起兴，即借助其他事物作为诗发端引起歌咏内容，简言之即假物取义。从形象生成的角度看，"兴"（主观情思）与"象"（客观景物）之间的契合交融，是当下即成且浑然无迹的。

现代写意雕塑创造意象的手法，正是"兴象"的生成方式。一方面，作者穿越形象信息的直接性和表面性，假物取义；另一方面，创作者将油然生出的情感冲动表达出来，与外物实现契合，达到超越主客，与物同化。

《上善若水———老子》和《老子出关》面对同样的表现对象，前者起兴于水，围绕水的意象创作；后者起兴于枯木，造型枯瘦干硬如一段槁木，呈现"似遗物离人而立于独也"的境界。《似与不似之魂——齐白石像》起兴于齐白石笔下的一幅画：一块巨石上蹲着一只小鸟。鸟与石的关系，鸟与石的关系成为该作品中头与躯干的关系，其中的大小对比、粗细对比，生动再现了齐白石艺术的美学精神。

二是，朦胧诗性。现代写意雕塑还受到现代诗风的影响，追求朦胧诗的意境。朦胧诗与古典叙事诗、抒情诗不同，它完全扬弃了写实，不再恪守首尾贯通的逻辑因果链条，不再单向固定平面叙述，而是以意象的大跨度组接打破物理时空秩序与线性认知结构，重筑瞬间感受的心理空间。朦胧诗还注重意象的立体组合，表达的意象也更加含蓄、凝练且富于跳跃性，尤其突出哲学意识的全方位渗透，大大拓宽作品的空间意指。

《扎辫子的小女孩》《三乐神》《母与子》等作品，意境都近似朦胧诗。这些作品由不同材料综合构成，犹如蒙太奇意象组合结构，造型离现实更加遥远也更富精神性，给观者腾出了更多的心理空间。尤其是《扎辫子的小女孩》，雕塑的两条腿用两根木棍直接表现，与脸部躯干等意象并置时形成视觉感知的大幅度跳跃，从真实性的形象忽然转到了象征性的视觉符号。显然，这种跳跃性带来的审美空白，更能激发观者通过想象力来填补，从而强化了作品的直观性和流动感，创造出更为自由的精神空间。

《唱支山歌》《春风》等作品，某种程度上也与朦胧诗有相通之处，即：意象若隐若现的较低辨识度，酿出漂泊不定的想象空间，进而拓展了作品的意指范畴，正所谓"妙在含蓄无垠，思致微妙……泯端倪而离形象，绝议论而穷思维，引人于冥漠恍惚之境"。（叶燮《原诗》）而且，这些作品的意识表达和情感诉说更为抽象，也更为复杂，呈现的精神本质则更为直接。

（原文发表于人民政协网，2017 年 01 月 16 日）

中国雕像立希腊 圣哲神遇面春风

  雅典，希腊的首都，位于巴尔干半岛南端，像一位受人尊重的长者，历经风霜，阅尽兴衰，拥有一份难得的从容与淡定。

  今天，在希腊爱琴海的阳光下，在雅典阿果拉广场上，孔子与苏格拉底形神相遇，两尊沉甸甸的青铜雕像分立东西，面向彼此，向世人讲述作为东西方文明发祥地的两个古老国家——中国和希腊之间思想火花的碰撞和伟大友谊的故事。两位圣哲以同声相应的默契，超越时空，对话互鉴。

一

  黑格尔曾说，一提到希腊这个名字，在有教养的欧洲人心中就会自然地引起一种家园感。3000 年前，文明的种子在蔚蓝静谧的苍穹下，在小亚细亚半岛温润的煦风里，在雅典娜手中的绿色橄榄枝上孕育、生根、发芽、成长，最终沉淀为西方文化肌体中最根本的基因。而古希腊人，更是以自由的思想和超凡的想象，永载人类文明史册。回眸仰望，群星璀璨：大喜剧作家阿里斯托芬，大悲剧作家埃斯库罗斯、索福克勒斯，大诗人荷马、萨福，大历史学家希罗多德、修昔底德，大哲学家苏格拉底、柏拉图、亚里士多德，大雕塑家菲狄亚斯、米隆、波利克里托斯，大政治家梭伦、伯利克里……他们熠熠生辉，照亮了历史的天空，留下了宝贵的遗产。

  伟大的文明自有相通之处。古希腊贤人辈出的黄金时代，正值中国原生思想喷涌的"百家争鸣"时期。这一人类精神重大突破的轴心时代，让东西方不同区域的文明虽相隔千山万水，却几乎同时"获得了全人类共有的精神财富"，从此被"共同的起源与目标"联结在一起。轴心时代的孔子与苏格拉底，不仅分别奠定了东西方文化的传统，更对全人类道德精神的形成作出卓越贡献，成为全人类共同的圣哲。

  孔子和苏格拉底都生活于社会剧变之际。孔子身处的春秋时代，礼乐崩坏，秩序瓦解，人心浮动，天下纷争群起；苏格拉底则适逢雅典城邦由盛转衰，战争频仍，法纪松懈，奢靡之风滋长，无原则、无是非、无道德的相对主义盛行。在历史巨轮的轰然转向中，孔子和苏格拉底心怀崇高的使命意识，一位周游列国，传道解惑；一位漫步街头，揭示真谛。他们言传身教，知行合一，终生恪守自己的原则，践行自己的思想，在不同的环境下开出了自己的济世良方。孔子用"仁"的原则，使共同体成员看到了秩序生活的理想和希望；苏格拉底以"德性"的观念，鼓舞共同体成员为不断获得完好的生活而净化心灵。"仁"和"德性"的提出，突破了狭隘的等级观念和相对主义，洞悉了人类命运一体性的应然与必然，不仅影响当世，更指引了人类精神文化发展的方向。

二

往事越千年。

今天的希腊，风华依然。蓝天、碧海、白墙、阳光，散落在爱琴海上的岛屿犹如精致的宝石，远去历史的眷恋追忆与现代生活的丰富多彩在这里紧密交织。

在中国与希腊两国文化部门和中国驻希腊大使馆的大力推动下，应希腊文化和体育部邀请，我创作的雕塑《神遇——孔子与苏格拉底对话》将永久陈列于这古老、神奇、伟大的国度。这是孔子第一次"来"到西方文明的摇篮，仿佛亲身感受到这座古城的血脉和体温，"神遇"生于斯长于斯的苏格拉底。

令我特别感动的是，希腊文化部和考古委员会特意将《神遇——孔子与苏格拉底对话》的雕塑选址定在卫城脚下的阿果拉广场，即雅典古市集遗址所在地。雅典古市集是希腊城邦时期公民的重要社会活动场所，当年城邦中各行各业的人就是在此聚集，互通有无、交流思想。据说，苏格拉底经常在此演讲、辩论，向世人展示深刻的哲思与有趣的灵魂，著名的斯多葛学派也因创始人芝诺常在此聚众讲学而得名。从阿果拉广场远眺，西北卫城山上矗立着赫菲斯托斯神庙；另一侧，经过修复的古代长廊、完好如初的风神塔与横贯其间的泛雅典大道尽收眼底。整体环境庄重、壮美而苍莽，仿佛凝固了流淌的时光，千年前的气息依然弥散四周。将一尊出自当代中国艺术家之手的雕塑立于此学术思想与商业文明交汇、哲学精神与历史文化碰撞的核心场所，一方面体现了希腊政府和人民对雕塑创意的认可、对孔子的认可和对华夏传统文化的认可；另一方面更反映了他们对新时代中国的认可，对中希文明互鉴的认可以及对人类命运共同体理念的认可！

多年前，我曾研究过苏格拉底。关于他的生平事迹，主要源于其两个学生色诺芬和柏拉图的记载。喜剧作家阿里斯托芬也曾塑造过苏格拉底的戏剧形象。创作之前，我再次研读了这些资料，并参考西方美术史上表现苏格拉底的重要作品，发现关于其形象的共性是：身材矮小，头颅硕大，面目丑陋，不修边幅。也许，这些特点符合真实的苏格拉底，却无法还原我心目中的苏格拉底。故而，我在借鉴前人的基础上又增加了自己的理解。首先，运用中国美学"丑中见美"的观点来审视苏格拉底外貌。庄子说："德有所长而形有所忘。"有德性的人，形貌再丑也会散发出一种不可抗拒的精神力量。苏格拉底的德性魅力，让不同时代不同民族的人们都忘记了他形貌的粗丑，而愿意不断地面对他、欣赏他、崇敬他。这，谓之大美、至美，超越于形象，目击而道存。其次，突出苏格拉底的身材挺拔、健硕。苏格拉底从小随雕刻匠父亲学习雕刻技术，还曾三次从军出征并立下战功，加上他所拥有的深邃思想和坚毅性格，使我不禁联想到那古希腊神殿的石柱，耸立于天地间，在神、人的话语世界中凸显其深刻的哲性。于是乎，我没有按照文献"身材矮小"的记载，而是将神柱意象与苏格拉底的形象巧妙叠化，让一位孔武有力、气宇轩昂、正侃侃而谈的苏格拉底跃然眼前。此创意既喻示他身强力壮，也象征他以最接地气的方式道出了人类最高明的智慧。最后，凸显苏格拉底造型的写实性。我素来力倡写意雕塑，其关键在于写意的诗性契合中国文人艺术"形质神韵"之风范。而塑造苏格拉底，则当与古希腊审美中单纯静穆的理想化写实之风相融，故通过神柱与人体的叠化同构，以传达其思想中的理性品格和科学精神。

再说孔子。以往，我塑造孔子都倾向于表现其德配天地、高山仰止的形象。但这次，这位中华先圣没有被塑成一座只可仰望的巍峨高山，而是更注重彰显仁智之乐的山水精神，强调姿态与神采中透显出的平易、包容与亲和。尽管历史文献记载孔子身高"九尺有六寸"，本应远高于苏格拉底，然而在这里却与苏格拉底比肩而立。造型上，我一如既往采用"线体结合""线体互生"的古法，以生理、物理的空间之"体"为基础，佐以流动的线条，使整个人物虚实映带，起伏变化，传达出丰富的节奏韵律和超拔的精神特质。与此同时，我还专门加入了"风"的意象。在中国文化里，风是构成世界的根本性元素之一，《周易》中巽卦即为风卦。文化交流就如同春风化雨。这尊孔子像衣袂随风，春光满面。他磬折交手行礼的动作，是温良恭谦的表征，东方古国的礼仪如春风浩荡，温润四海。

三

曾两次访问中国的希腊文学巨匠卡赞扎基斯说："苏格拉底和孔子是人类的两张面具，面具之下是同一张人类理性的面孔。"

我认为，"两张面具"，其实可以理解为孔子的忠恕之道和苏格拉底的对话。忠恕和对话，本质都是将心比心，推己及人，即"己所不欲，勿施于人"，"己欲立而立人，己欲达而达人"，用心灵的对话和情感的对话升华小我，走向大我。就最广泛和最深刻的含义而言，忠恕和对话的目标就是人类命运共同体的构建。两千年前，苏格拉底遵循德尔斐神庙中的神谕"认识你自己"且"自知其无知"，因此被神称为"最有智慧的人"。卡赞扎基斯所说的"一张面孔"，则正是这张智慧的面孔——认识自己，以谦卑与敬畏之心审视自己的言行。

时光仿佛激流，可以让历史长河中沉淀的礁石重现其形。

2000 多年前，东西方就开始了形神相遇，经济文化的交流，产生了举世闻名的丝绸之路。几百年前，古代的希腊哲学、科学被翻译介绍到中国，影响了无数有识之士。古希腊的艺术，更是早就通过印度的犍陀罗风格传到东土，融入华夏文脉。今天，我们对文明互鉴的渴求一如既往，但人类生存的广度、深度和错综性却已远超历史上任何时期，尤其在人类遭遇新冠疫情以来，格外需要重温往圣先贤的哲思圣言。而孔子和苏格拉底所弘扬的宽容、理解、对话，依然是对症的灵丹妙药和滋养心灵的甘露琼浆，帮助今天的我们去建设持久和平、普遍安全、共同繁荣、开放包容、清洁美丽的世界，让人类共同踏上一条命运与共的康庄之路！

（原文发表于《光明日报》2021 年 09 月 18 日 11 版）

学术理论

回望与期待——
我看新时代的中国画创作

时代在变化，艺术也在吐故纳新。

若论中国画的变化，最鲜明者莫过于近代以来的"西学东渐"。从明代中后期，欧洲传教士就带来了令国人耳目一新的视觉经验。20世纪初，中国留学生将新画种、新材料、新理念、新形式、新方法引入中国画，使之由封闭的古典形态向兼容并包的多元化现代形态转型。改革开放以后，中国画从创作理念、视觉形态到创作形式，进一步发生脱胎换骨的变化，衍生出新水墨、实验水墨等彻底的、革命性的形式与内容，作为构建人类命运共同体的重要因素，中国画艺术语言的世界性、民族性、时代性也有了新的要求。

百年以来，中国画的变化有目共睹。然而毋庸讳言，今天的中国画创作，应呼唤最具民族特色的浩荡写意之风，这正是需要我们高度重视与深刻反思的。

我对新时代中国画创作的思考，可以概括为以下几点。

第一，坚守中华美学之精神。中华美学精神从本民族文化中生长出来，从精神之源生发出来，是能作用于创作实践的系统性思维、价值和方法。中国画创作回归它、依靠它、运用它、发展它，才能成为"大美之艺"，体现由"技"到"艺"再到"道"的创作升华序列。

我曾将中华美学精神总结为八个方面：一是"儒道互补"的文化结构。其中，儒家提供秩序、规则和习惯，而道家则消解前者可能带来的异化，以保持本真、自由和创造。于此，儒道互为因果，相互补充，相互渗透，形成和谐灵活的动态结构与周延性的哲学形态。二者皆以"天人合一"为基点，分享共同的本体自因和时空观，使艺术创作既能涵纳传统，也可保持旺盛的生命力和创造力。二是"澄怀味象"的生命体验。中国美学认为，世界是一个浩荡不竭、流衍互润的生命整体。人的存在相融于斯，人的情感相通于斯，故任何艺术创作皆应注重生命的体验。而这种体验源于最自由、最充沛的自我，它"真力弥满，万象在旁""掉臂游行，超脱自在"。"澄怀味象"需要先"澄怀"，即"疏瀹五脏，澡雪精神"；而"味象"则需要以全部身心功能去容天地万物，在泯化物我的境界中与大化同流。这是一个澄澈心怀、朗现意象、主客体同步升华的过程。灵魂和生命的审美思致由此而产生，通透澄明的世界亦由此敞开。三是"游观洞察"的观照方式。即以心灵之目观照社会万象和自然万物。一方面，观照者"荡思八荒、神游万古"，将心气五官呵成一个有机结构，由外而内，由表及里，揭示本质，去蔽显真；另一方面，观照者"纵浪大化，与物推移"，使自身节律与自然万物的动态韵律和谐共鸣，实现与"道"浑然一体、与"气"浩然同流。四是"妙悟自然"的欣赏特征。这是一个从"观"到"味"再到"悟"的过程，以"无心合道"为终极境界。主体冥物我，合内外，以生命的智性创造洞悉世界的表象，在直觉中发现自性，在自性中观照世界，以物照心，物我互照，点亮生命之灯。五是"虚实相生"的创作法则。宗白华先生说过，

"静穆的观照"与"飞跃的生命",构成了中国美学精神的二元基石。此精神之两元便是"虚"和"实"。"虚"是流荡不已的通灵气韵,"实"是充实光辉的审美意象。一阴一阳之谓道,一虚一实之谓艺。阴阳摩荡、虚实相生,二者互摄互动,用在场暗示出不在场,融景物于情思,别构一种灵奇。六是"境生象外"的审美生成。"虚实相生"的创作法则,必然通往"境生象外"的审美生成。境即意境,乃哲学性审美体验。其由两部分组成:一是实境(或曰意象),二是虚境。意境的生成,需要创作与欣赏相结合。正所谓"一沙一世界,一花一天国",创作者经巧撷妙构以表真挚之情,状飞动之趣,传气韵之灵,达宇宙之理。七是"气韵生动"的艺术境界。中国文化中的"气",被视为一种介于物质与精神、有形与无形之间的生命本体。所谓"气韵生动",其实就是从天地之动静、四时之节律、昼夜之来复、生死之绵延感应到"气"之鼓动的节奏化和音乐化,进而通过作品表现出来。八是"高明中和"的审美理想。《礼记·中庸》有云:"中也者,天下之大本也;和也者,天下之达道也。"现代写意雕塑的最高审美理想,正是一种"中和"的境界。但此"中和",是灿烂之极又归于平淡的高明"中和"。正如苏轼所言:"笔势峥嵘,辞采绚烂,渐老渐熟,乃造平淡。实非平淡,绚烂之极。"

中华美学精神通过诗化的哲思与生动的直观把握世界真谛,是感性和理性、直觉和思维、肉体和精神高度融合的产物。中国画必须坚守中华美学精神,成为创作的基调。

第二,珍视书法之滋养。书法之"法"是形式生成过程中的规律,体现了创作者对世界的认识方式。熊秉明先生曾经指出,书法是中国文化核心的核心,是最重要的文化资源供给之地。书法是一种有意味的符号,其意象饱含气韵,呈现物象之美,流出心象之美,表征不同时代的精神。抓住书法所传达之"意",并紧追此"意",以各个不同的视觉形式来表现,可以实现不同艺术类型之间的异质同构。

书法的深层意蕴源自某种集体无意识,尽管不同书法家的书写方式、工具、用笔、节奏存在差异,但所有中国人在书法面前仍能产生仿佛听到"同一首歌"的共鸣感。再者,书法古已有抽象性特征，可以适应于当代、对话于国际。比如书法作为一种艺术的行为、一种文化的行动，就能和西方抽象主义、表现主义、抽象表现主义等艺术流派展开对话。

书法是永恒的艺术形象，其间架构成不仅是物质的，还是精神的；不仅是视觉的，更是心灵的；不仅是传统文化，还是现代文化；不仅有情感的独特价值，亦有哲学的普遍意义。因此，书法的构成法也为中国画创作提供了参考。

可见，书法的表现方式渗透着华夏文化的智慧和精神，能引起观者丰富的联想，从中看到活泼的、往来不定的"势"，感受到作品内在筋、骨、血、脉的有机相连和"形""神"相合的浑然之境。中国画借鉴之，可滋养正气、灵气、生气、文气。

第三，重视妙意之造型。某种意义上，体现中国绘画之独特审美，当以其独特造型为最。此造型我总结为"妙意"造型。"妙意"之"意"的生成，在于创作者"度物象而取其真"，是对对象的全面细微观察和对本质的深刻把握，由此产生超乎于现象之外的"意"。此意，化为艺术之形象，构成创作者心灵之意象，由此产生形式，顷刻间妙造而成。何为妙？妙在精微、精准，妙在抓住了事物的精、气、神，可谓一叶而知秋，此为妙意造型。妙意造型打破了观者对中国画造型的日常惯性认知。创作者摆脱物象自然属性的制约，以"写意为最妙写实"之理念，去芜存菁，达到"离披点画，时见缺落"的视觉效果。此为写意的极境，可称为"笔才一二，像已应焉"。此造型超越了"常形""常理"，直追自然物象最后最深的结构，恰如科学家发现物理构造与力的定理，既蕴含"美"又饱含"真"。并非所谓纯客观之"真"，而是"由幻入真""其意象在六合之表，荣落在四时之外"，乃"超以象外，得其环中"的结果，可使观者获得多元感受，拓宽心襟，与人类心灵融为一体，并将更丰富的人生况味蕴于心中。

宗白华曾说，艺术是自然中最高级的创造，最精神化的创造。妙意造型正是中国画最具精神化的创造之一，故对创作者的理论修养、传统功力、技法技艺、创新理念甚至对创作者的禀赋都提出了很高的要求。因为它表面看似率性而为，实则为厚积薄发。

画家要在"观物取象"的基础上由渐悟而臻顿悟，实现形、景、情的统一。

　　一个伟大的时代，应有伟大的艺术，以庄严、崇高、宏丽之姿表达生命的高潮与一代精神之最高节奏。新时代的中国画创作依然要坚持"师古、师心、师造化"，强调人文精神与工匠精神的并举，与时代精神互为印证；在国际多元文化的互动激荡中，对中国画与世界美术发展、中国传统文化、当代生活及审美进行多角度审视与结合，从中弘扬中国风格、表现华夏特色、彰显民族气派。

　　　　　　　　　　　　　　　　（原文发表于《美术观察》2023年第3期）

我看中国雕塑艺术的风格特质——
论中国古代雕塑的八大类型

我之所以要谈中国传统雕塑的艺术风格特质，乃在于近现代以来，西方雕塑的介入，导致了雕塑价值标准的偏离与混乱。原本优秀的中国雕塑传统在本土被排斥于主流之外。这主流是指官方大型展览、重要的学术展览、学院的主干教学以及艺术的评价体系。与雕塑同样受西方影响的绘画则命运不同，因为绘画严格分为西洋画与中国画，且绘画有自身品评尺度，并各循其道发展。按理，中国雕塑与西洋雕塑恰如中国画与西洋画的关系，中国雕塑也应循其自身规律发展。只不过近百年来，随着造"菩萨"渐衰，"塑人"兴起，写实的功用性要求愈高，西洋法价值凸显，又因为20世纪50年代苏联革命现实主义的一统天下、"文化大革命"的新偶像塑造、80年代的西方现代主义热潮与90年代至今的后现代风潮，使中国传统雕塑长期处于边缘、民间且非正统的境地，甚至被斥为封建落后的残余。

纵观中国雕塑发展，就其精神性，受政治、宗教、哲学影响；就其造型，受绘画影响，并在意象、抽象、写意、写实诸方面显示出其道、其智、其美，有着迥异于西方传统的独立体系、独特价值。我们不能满足于中国雕塑仅存于博物馆、石窟、墓道，应当提炼出影响当下与未来的绝伦之底蕴、超拔之意志、高远之境界。这不仅在于弘扬民族传统，保持华夏独特韵致，更在于促进人类文化生态的多元发展。数年来，笔者在对中国雕塑的直觉感受和理性分析中结合自己的创作实践，将中国雕塑归纳为八种类型的风格特征，并将风格的阐释诉诸对中国雕塑思维方式和表现方式的思考。

中国传统雕塑风格大致分为八种风格类型：原始朴拙意象风、商代诡魅抽象风、秦俑装饰写实风、汉代雄浑写意风、佛教理想造型风、宋代俗情写真风、帝陵程式夸张风和民间朴素表现风。以下，就上述风格加以逐一阐释。

一、原始朴拙意象风

原始的意象风，是原始人生命自然状态的发散表现，是直觉感受的表达。通过鲜明、夸张的表现与外貌特征的塑造，直截了当地表达心灵。原始意象风的生成基于原始人主客未分的混沌心理状态。雕塑的外形特征按基本形分类，眼睛的塑造或是两个凸球，或是阴刻线纹，或是凹洞。泛神论与空间恐惧在此演化为造型手法的稚拙与朴野，这种意象反映了原始人对事物的模糊直觉，在造型上体现为把对象归纳为简单、不规则的几何形，成为盛行于后世写意风与抽象风的基础。

谢榛云："至于拙，则浑然天成，工巧不足言矣。"（《四溟诗话》）由此，中国雕塑走上或拙或巧，或宁拙勿巧，或拙中见巧，最后达至由巧入拙之路。

二、商代诡魅抽象风

"虽不该备形妙，颇得壮气，陵跨群雄，旷代绝笔。"（谢赫《古画品录》）

与原始意象风呼应的是商代开始大行其道的抽象风格，东方的抽象带着神秘主义色彩，它是万物有灵与抽象本能的结合。其神秘，富于图腾意味；其抽象，乃视复杂事物为简单之概念。三星堆青铜雕塑的特征集中体现了诡魅的抽象之风。它有别于根据美的原则简化组合、将审美理想表达于意蕴的现代主义抽象构成。它像文字的生成一样，有象形、会意、形声，有天象、地脉，有不可知的虚无。因此，弧、曲、直、圆、方等线、面、体概括了对风、雨、雷、电、阴、阳、向、背的认识，此中有许多令人费解的密码。但从云纹、鸟头纹、倒置的饕餮纹中，可以显而易见抽象风形成的原型。

其恰如司空图所言："俱似大道，妙契同尘。离形得似，庶几斯人。"（《二十四诗品》）

三、秦俑装饰写实风

"惟其富瞻雄伟，欲为清空而不可得，一旦见之，顿若厌膏粱而甘藜藿，故不觉有契于心耳。"（周密《浩然斋雅谈》）

秦俑的写实风带着装饰意味，较之于商代的抽象风更贴近生活的情感以及自然形体的特征。它塑造的方式是通过对客观形体结构的整理、推敲和概括，向有机几何体过渡，继而以线、面、体的构成完成整体的塑造。众多人物的塑造在装饰风手法的统一之下，整体气势更恢宏。秦俑在一些局部处理和人物背后的刻划方面极为用心，它展示的是多维空间，即使是跪射式武士的鞋底，其千针万线也表现得细致入微。秦俑的纪念性强，几何体的构造及整体概括性增加了其空间感，只不过强大的军阵是埋于地下。秦俑的写实风格为我们提供了在现实物质形体结构中寻找形式的可能。它是区别于西方写实主义的中国式写实，这种写实体现了东方人善于将形体平面化的倾向。

四、汉代雄浑写意风

"大用外腓，真体内充。返虚入浑，积健为雄。具备万物，横绝太空。荒荒油云，寥寥长风。超以象外，得其环中，持之匪强，来之无穷。"（司空图《二十四诗品·雄浑》）

我以为汉代的意象风格是中国雕塑最强烈、最鲜明的艺术语言，它是可以与西方写实体系相对立的另一价值体系。汉代写意雕塑从形式与功用上分为两类：第一类是以霍去病墓前石刻为代表的纪念碑类；第二类是陪葬俑。霍墓石刻不仅是楚汉浪漫主义的杰作，也是中国户外纪念碑形式的代表。它的价值体现在：其一，借《跃马》《马踏匈奴》赞美英雄战功这较之于西方直接以主人骑马或立像雕塑表现更富于诗性的想象，这是中国纪念碑的借喻法。其二，以原石、原形为体，开创了望石生意、因材雕琢的创作方式。这种方式的哲学根基是"天人合一"的思想，一方面尊重自然、时间对石头的"炼就"，另一方面融入人的创造。这与以希腊为代表的西方雕刻相比，更显中国人重"意"的艺术表现思维方式。西方人的以物理真实为依据而打造、磨炼石头，使之合乎事理，并通过对生理的刻画来表达形体的量和力。而中国雕塑直接借助原石的方式，则是自觉或不自觉地利用了自然的力量，这对建于室外的纪念碑雕塑无疑是最为合适的艺术表达。看汉代霍去病墓前石雕：一是"相原石"，先审视石材形状大体近似何物；二是"合他我"，这是对象与作者的契合；三是"一形神"，整体把握大略雕刻，从材料中分出体、面、线，使材料、物象、作者融三为一。

与陵墓石刻相应的是地下陪葬俑。这些以陶、泥塑就的俑，从无到有，必须先酝酿于艺人心中，现实生活的温情苦难、农耕渔牧、劳作将息都要一起陪主人埋于地下。手制与模制的工艺决定了作者必须以最简之手法表现神意。形体的扁平和形态的夸张及面部的简约模糊构成了俑的独立审美价值。这种个体造型还要服从于整体的情节性与叙事性，因为陪伴墓主人的是由众多俑组成的"社会群体"。所以汉俑的一大重要风格特征，在于每个俑都呈现出试图与外部建立联系的表情或动态趋势，构建起与他人交流的"场域"。当我们审视出土的汉俑时，常感觉它们是从某个群体背景中走出来的一般。汉俑，本为陪葬而作，却也投射出工匠们对极乐世界的遥想。诚然，雕塑是现实的投影，可其动人之处，恰是华夏民族汪洋恣肆的想象气魄凝聚其中。对神意瞬间的捕捉、对生命真实地呈现，无不洋溢着浓郁雄浑的情韵。

五、佛教理想造型风

"佛非下乘，法超因位，果德难彰，寄喻方显。谓万德究竟，环丽犹华，互相交饰，显性为严。"（法藏《华严经探玄记》卷第一）

与汉代写意风有着明显风格区别的是佛教理想化的造型风。庄严与慈悲是超越现实造型的精神基础，其外化为综合严谨法度与理想形态的形式，弥漫着普渡众生的慈光。从形式看，若说汉代雕塑重"体"的话，佛教艺术则发展了中国雕塑艺术中的线的元素，这主要源于画家参与佛像范本的创制。两晋南北朝时期，各地佛寺石窟画师荟萃，西域佛画仪范与汉民族审美逐渐融合。卫协、顾恺之、张僧繇等画家参与佛教绘事。东晋顾恺之在《论画》中评卫协"七佛"伟而有情势；师学卫协的张墨则"风范气韵、极妙参神"；陆探开创"秀骨清像"一格，所绘人物"使人懔懔，若对神明"；张僧繇创"面短而艳"之体；曹仲达立"衣服紧匝"之法；陆探微之子陆绥，其画作"体运遒举，风力顿挫，一点一拂，动笔新奇"。

"曹衣出水"风格的佛像源于印度笈多式佛像，在后世佛像雕铸中被奉为图本、仪范。张僧繇笔不周而意周的"疏体"风格样式作用于盛唐以后。杨子华身躯修长秀美、天衣微扬，神情含蓄的风格影响延续至初唐。吴道子、周昉等画家在绘画上的用"线"成就，对佛教造像也均有作用及影响。

佛教从印度向东传播时，是以佛、法、僧"三位一体"的形式呈现的。佛即佛像，设像传道是其最基本的传播手段。东晋戴逵、戴颙父子集画家与雕塑家于一身，其"二戴像制"传于当代及后世。显然，画家对雕塑中线的运用与提升，以及线与刻、塑、体、面关系的处理，贡献不言而喻。线的功能一般有三种：一者表现轮廓；二者表现体积；三者表现精神——神韵。佛教雕塑中的"线"为神韵而生，典雅、悠游、流畅、圆润、华滋、静穆，它顺圆厚之体而流动延伸。由于佛教艺术受希腊影响，因此这种线可上溯到希腊，但不同的是，佛像的形体造型相较于希腊雕塑，更具有远离生理结构的形式感。佛教造像的理想模式还涉及面的开相、表情的慈悲、手相的各种程式以及由此而形成的整体传达的"大自在"。

限于篇幅，在此仅就线条加以简论。佛教乃至整个中国美学之"线"，要之在润："气厚则苍，神和乃润。不丰而腴，不刻而俊。"（《二十四画品》）

六、宋代俗情写真风

"真者，精诚之至也，不精不诚，不能动人。""真者，所以受于天也，自然

不可易也，故圣人法天贵真，不拘于俗。"(《庄子》)

佛教雕塑到了宋代则明显转化为世俗题材和写实风格。凿于南宋绍兴年间的大足石窟 136 窟八菩萨像，125 窟数珠观音，宝顶山的父母恩重经变相，山西太原晋祠圣母殿的侍女像，江苏紫金庵罗汉像，这些雕塑除外形上表现为世俗的写真风外，与之相呼应的内心活动的特征，即身体姿态、手势、瞬间表情的捕捉与刻画更接近于现实生活中的真实人物。一些罗汉被塑造成睿智，有异禀的知识分子，常常在道具、衣纹等方面的刻画上酷似，质感的逼真为我们所惊奇赞美。总之，宋代写真风的特点可归纳为：题材世俗化、形象生活化、心理人情化、手法逼真化，内容及形式与宗教教义背道而驰，形成表现生活的画卷。

王衡揭示其旨："没华伪之文，存敦庞中朴；拔流矢之风，反宓戏之俗。"(《论衡·自纪篇》)

七、帝陵程式夸张风

大型陵墓石刻肇始于汉代，南朝和唐代的作品代表了陵墓石刻的最高成就，其程式化的夸张风格介于俑和汉代石刻的写意之间。南朝时期的辟邪石刻具有诡魅的抽象意味，与原始图腾、楚汉浪漫同属一个造型体系，通过对比手法在视觉上营造出体量的庞大、凝重与厚硕感，时时蓄聚着冲击性的张力。辟邪在中国雕塑史上是对造型艺术的巨大贡献，它与汉墓前石刻的不同之处在于：雕塑通体经过塑造与雕琢，将线、体、弧面、圆面、曲面、平面有机整合，虽工艺性较强，却兼具气贯长虹的生动气韵。

为守护帝陵，神化了的人物、动物立于天地之间，它的体量与神气要镇住广阔空间与悠远的时间，因此必然选择夸张的表现方式，其程式也与"尽忠职守"的功能并存。从存世的南朝宋、齐、梁、陈及唐、北宋、明、清各代帝陵和功臣贵戚墓前石刻看，自唐乾陵至北宋，石刻内容配置已成定制：人物造型如立柱般体方面圆，线条硬朗；表情似佛教四大天王，极具震撼与威慑力量。

在陵墓前，那些呈现程式化夸张风格的雕塑或建筑造型，往往超越了事物的常规表象，以仿若接天连地的磅礴气势拔地而起。它们是汉唐雄浑豪迈之气在丧葬文化领域的延展，更是这一磅礴气象的典型符号化体现。

"咫尺有万里之势"，笔者认为帝陵程式夸张风格亦可以"咫尺万里"概之。若杜甫诗云："尤工远势古莫比，咫尺应须论万里"（《戏题王宰画山水图歌》）

八、民间朴素表现风

"人禀七情，应物斯感，感物吟志，莫非自然。"（刘勰《文心雕龙》）

劳动之余的欢乐与审美的愉悦，更自由，更自在，纯粹为表达心灵而存在。这里沉淀着我们民族的集体无意识，闪耀着不经意间流露的智慧之光。直觉的、率真的、表意的、抒情的、想象的、现实的、奇异的……犹如古代民间的歌谣自然流淌，是从心底唱出来的声响。糖人、面人、泥人及南北各地木雕，在造型过程中，那灵动的形、拙朴的态，总能点燃心灵深处的审美灵犀——这是我们民族对美的本真感悟。一个民族的创造性与活力，需从原始内驱力中探寻，艺术创造方能焕发蓬勃的生命之感。

民间艺术的表现性，是对生活积极意义上的歌颂，是在美好向往与自娱自乐心态下的创造，这与西方现代表现主义的"宣泄"大相径庭。因此，民间朴素的表现是艺术的生态发展，是非功利的纯艺术劳动。它对于我们今天的意义不仅在于技巧、形式，更在于创作心态。在这种心态之下创作的艺术，具有题材丰富、情感纯真、手法自由、造型生动的特点。

通过对中国雕塑八种类型风格特征的简要分析，我们可以总结出中国雕塑的精神特征是神、韵、气的统一。所谓神，应包含三个方面：首先指对象的内在精神本质；其次指作者之精神，创作时的艺术思维活动，创作时的精神专一；再次指作品所达到的境界。所谓对象的内在精神，一般概念主要指眼神，而在雕塑上更强调的是情态、体态、动态的瞬间，在把握瞬间之神中，作者必然全神贯注进入主客观交融状态。中国汉代《说唱俑》等反映了作者的瞬息思维和捕捉能力，这般创作状态才得以造就出神入化的作品。

所谓"韵"，通过线条来表达的。中国艺术里的线条，并非单纯为描绘对象的物理特性，而是蕴含着诗性、神性以及强大的超越性。这条线条带有多重哲学象征意义：它有道家思想元素的象征——如水一般，与万物相随、悠然自得，彰显出隐匿或显露皆自如、随性豁达的特性，契合"道法自然"的宇宙观念；也蕴含禅家灵性元素的象征——似风一样，不受时空的束缚，自由地舒卷，所到之处皆契合禅意中"触类是道"的灵动感觉；更秉承着儒家中和、阳刚、狂狷的气质——将"神"与"韵"具化为流动的"气"。此"气"弥漫于文化与宇宙的气象之中，无所不在，在细微之处也能感知其磅礴的力量 。空灵宏阔，寂静缥缈。古气、文气、大气，山林之气、宏宇之气交融汇聚，这独特气场的存在，赋予中国雕塑强大的感染力——情感如涟漪般辐射、以先声夺人之势震撼人心，深厚的内涵更如清泉般沁润心灵。观者置身其中，往往会忽略雕塑体积、材质、手法等具象特征，只觉在恍惚窈冥间，一股无可抵御的力量扑面而来。它聚散、氤氲、升降、屈伸，浩浩然充塞于天地之间，超越形质，升华为至高的精神境界。中国雕塑的视觉特征是线体结合。其"体"不同于西方以生理、物理为基础的空间之体——西方之体有量、有质、有形，并强调由此产生的张力。中国雕塑的体是形而上的，强调的是心理、意理、情理，是精神之体、真如之体、心性之体。它的出现是为了证实其自身的本然存在，它像儒家本位的元素象征——大地， 意蕴深厚，敦厚沉郁，静穆中和， 大方醇正。在中国现代雕塑史上，熊秉明是深悟中国雕塑艺术的大家。他是由形而上介入雕塑的，在东西方哲学的比较中，在东西方造型的比较中，找到了以中国土地、山峦为体的象征着中国人精神的形式， 找到了以书法为核心——渗透着中国文化精神的线。正是自然之化、天人之气、丹青之韵、书墨之魂、诗骚之魄的凝合冥结，造就出中国传统雕塑之精神意志与风格特征。人类在发展，中国雕塑艺术在未来将实现风格的不断嬗变， 但其脉络始终不离其根。

（原文发表于《湖北美术学院学报》2013年第4期）

绘事新素：构建中国式素描新体系

　　素描，这个如今艺术家们早已熟稔于心、日常运用却浑然不觉的概念，长久以来，却一直未得到应有的深入思考与充分讨论。在此，我谈一谈对素描的看法。

素描进入中国的历史沿革

　　如今我们所说的素描并非原生概念，而是舶来语，英文中一般翻译为 Sketch，词源或来自希腊语 Skhedios 及拉丁语 Schedium，有草稿、临时、未完成、即兴等丰富意涵。17 世纪 60 年代开始，素描用来表示以单色在纸面或其他材料上进行的、作为草稿的快速绘制作品。它可以较快地记录艺术家眼前所见和脑中所思，以供创作使用。视觉上，素描是指文艺复兴时期形成的透视性素描，即在平面材料上描绘出具有三维效果的"幻真"物象，由此衍生出诸如光影变化、空间体积、形体运动等相关概念。近百年来，中国人的素描观基本未超出此范畴，其被视为一种以单色呈现空间光影与形体的造型手段，多以专业训练和习作为目的。

　　素描具体何时进入中国，大约可追溯至明万历年间，那时意大利传教士将西方绘画带到中国，素描、版画也许就在其中。时至明末清初，西方人在中国沿海城市开办画馆教授西画，素描为科目之一。光绪年间，海派名家任伯年还在上海跟朋友学习过素描，然此类学习皆零散未成系统。直至民国前夕，素描作为美术学科内容被正式系统引入。1911 年 7 月，游学西洋、东洋归来的周湘在上海八仙桥创办布景画传习所，专授法国新式剧场背景画法及活动布景构造法，成为中国第一所设立素描课程的美术学校。1912 年，乌始光、刘海粟、汪亚尘、丁悚等人创办了上海图画美术院，这是中国近代第一所正规的美术专科学校。1914 年，学校更名为上海美术学校；1920 年，再次更名为上海美术专科学校（简称"上海美专"），开始进行人体素描写生。随后，越来越多的中国学校开设了素描课程。

　　真正让西方素描在中国产生深远影响的是徐悲鸿。他于 20 世纪 20 年代留学法国归来后，大力提倡素描教学，并在 40 年代提出了"素描是一切造型艺术的基础"的口号。他鼓励美术工作者进行严格而体系化的素描训练，并总结出素描训练的新七法：位置得宜、比例正确、黑白分明、动态天然、轻重和谐、性格毕现、传神阿堵。自此，徐悲鸿的素描理念和主张在中国美术界得到广泛沿袭和发展。中华人民共和国成立后，苏联的契斯恰柯夫素描训练体系被广泛引入，其精髓是基于对结构的深入理解进行形体、解剖、明暗或节奏的表现。几十年来，这套素描方法在中国美术院校的基础教学中占据了主流位置。

　　西方素描的引入，大大拓展了中国美术的表现题材、表现范围和表现力度，给中国美术的面貌带来了前所未有的变化。更重要的是，它的引入在某种程度上还带有明显的价值倾向。五四运动前后，陈独秀等人高呼要以洋画的写实精神改良中国画，掀起了美术革命。素描中的写实技术恰含"科学"之意味；观照人民现实之生存又得"民主"之要求，故契合了开启民智、挽救民族危亡的时代大势。西方素描方法在此时引入中国，其意义已超越绘画方式、方法的范畴，成为西学东渐的重要内容；更旨在改良当时画坛囿于摹古与程式化的陈疾，彰显出刷新文化的新使命。它的背后，隐含着关于中西文化选择与融合等复杂问题，而中国画改良、油画民族化的问道之路就此开启。

　　被赋予如此重要功能的西方素描深得中国美术工作者的青睐，学习素描蔚然成风。然而，当走过开始时的借鉴学习阶段后，西方素描进入中国以来的诸多问题开始显现。于是，基于不同立场的争鸣纷至沓来：如果说素描是造型艺术的基础，那么中国画本身有无基础？生活和思想算不算基础？强调"所见即所画"的素描方法在中国画中是否奏效？素描训练是过程还是目的？比较极端的观点甚至认为，西方素描引入中国画，使其传统审美意蕴消弭殆尽；而与之相反的观点则认为，近代以来中国画日渐式微，素描应当成为挽救中国画的重要途径。

比较视野中的东西方绘画

素描作为一个舶来概念，其使用过程不可避免会受到多种文化背景的影响。中国传统美术中的白描亦类似素描，还有粉本，甚至那些单色写生的作品，都或多或少与素描有些相通之处。艺术家、理论家们则逐渐意识到素描概念的内涵不应是静止的、固定的，而是不断变化的。

在词源上，中国本无"素描"一词，但"素""描"二字古已有之。"素"字最早见于西周金文，原意为洁白生绢之意，后引申为简洁朴素、不假修饰。《论语·八佾》中还有"绘事后素"的说法。"描"字指以原态为凭据勾勒其貌，谢赫六法中的"传移模写"即为此义。若按古训，素描的字面则可释为：以素朴的形式描摹物象。不过，此处的"描"不能理解为根据对象勾勒形态，而应理解为表现物象。所以，素描即以素朴的形式表现物象。我认为，以此来认识、理解、实践，可最大限度地保留素描的精义，丰富素描的内涵，拓展素描的外延。

素描本身所具备的功能性与过程性，是其最重要的两个特征。所谓功能性，是指素描纯粹而专注，致力于解开从对象到画面的一系列技术之谜，致力于解决尚未完善的造型难题，包括观察与再现之道。所谓过程性，素描是创作者以个性、自由、果敢的表现方式捕捉转瞬即逝的景象和艺术灵感的最便捷方法，是创作的鲜活源泉。功能性求真而过程性求美，有真无美则庸俗，有美无真则欺世，二者统一方是杰作。

理解素描还需在比较视野中激活民族文化中与之相通的观念和方法。不妨举个例子，达·芬奇与齐白石都曾画过螃蟹，达·芬奇是线条调子，齐白石则是黑白水墨。若以前文所述素描之内涵，这两幅螃蟹皆可归入素描范畴。达·芬奇用铅笔或钢笔，从勾勒轮廓、铺排调子，到捕捉光影、表达体积，再到细腻刻画、调整结构，他遵循眼睛所见，巧妙地以明暗烘托出螃蟹的立体感、分量感和空间感，螃蟹的形象纤毫毕现，将科学精神与艺术美感高度融合。白石老人笔下的螃蟹虽寥寥数笔，但伸屈自如的蟹爪、毛茸茸的蟹钳和吐沫冒泡的蟹嘴，无不形神兼备、生意盎然。在东西方两位艺术大师的笔下，螃蟹分别在静与动、松与紧、虚与实、黑与白之间探寻和表现，虽然效果各异，却皆达到了绘画艺术的最高境界。这两件作品恰恰反映了中西方艺术家画素描时的诸多差异——包括观察物象、再现自然和表现情志。中国艺术家将生活观察、生命体验与人格哲思融会贯通后，再将其外化于具体的艺术形式当中；而西方艺术家崇尚科学理性，致力于在视觉统摄下实现对现实世界的完美艺术再现。

差异性背后自有其必然性。艺术形式的选择，总是要契合本民族的文化观念。西方绘画将素描视为造型训练，中国绘画将笔墨视为修为。特别是空间意识、黑白意识、轮廓意识等方面，中西方差异显著。

先说空间意识。源于古希腊时代的西方科学与几何学，体现在艺术中是高贵静穆、和谐匀整的美学追求，它们在文艺复兴时期重焕生机后，催生了几何透视法、光线透视法等技巧，对现实空间的模拟与逼真再现日趋完善。反观中国，画家对空间透视问题亦早有体会、认知。六朝宗炳在《画山水序》中提及："诚由去之稍阔，则其见弥小。今张绢素以远映，昆阆之形可围于方寸之内。"意思是将透明素绢竖于眼前，把景物形象移置绢上，即可见其近大远小的图像。这与西方文艺复兴时期竖立一块大玻璃板，画家隔着玻璃板透视远景，将眼前立体的远近景物视为平面移于画面的方法何其相似！然而，中国画主流并未将这种遵循视觉所见的透视方法发展完善。中、西方之所以在空间表达上有如此的差异，根本原因还是在于对"真"的不同理解和观看方式的不同。如果中国山水画自古以来就使用宗炳所说的"绢素远映"方法来取景，何来江山无尽、咫尺千里、幽深阔远的意境？

其次是黑白意识。黑白意识表现在西方素描中即为光影，以此勾勒形体之结构起伏，描绘出充溢空气感与光线感的三维空间。而与西画追摹光影不同，中国画对光影"非不能绘，不欲绘，实不必绘也"（宗白华语）。中国画的黑白意识源于阴阳观念，宋代韩拙《山水纯全集》云："笔以立其形质，墨以分其阴阳。"可见，中国画的黑白溶于水墨，通过笔端与纸面的交融运用，产生无穷变化。轮廓、明暗、虚实于笔底的干湿浓淡中幻化成形。当然，并非中国画家不知光影，有时候他们也会在创作中将光影与阴阳相结合。如清代笪重光说："虚白为阳，实染为阴，山坳染重，端因阴影相遮。山面皴空，多是阳光远映。"但与西方绘画相比，此光影表现绝非还原目之所见，而是一种意象性的黑白意识，不妨概括为：有黑白无光影、有前后无立体、有虚实无几何。

最后是轮廓意识。轮廓即边界，显现为线条之形。美术之线，主要功能有三：表现客观物象外形轮廓，通过前后穿插暗示结构空间，融入主观意象成为表情达意的手段。中国美术中的线兼具上述三种功能，既是物象的外形轮廓，也可暗示结构空间，还能通过自身的曲直粗细、疾缓顿挫，彰显艺术家的性情志趣，透现出独特的韵律之美和语言之美。傅抱石先生认为，线"是中国一切造型艺术的要求"，乃形神兼备、主客一体，具有极高的独立审美价值。中国美术史上那些令人耳熟能详的风格——春蚕吐丝、屈铁盘丝、曹衣出水、吴带当风……以致集大成的十八描，无不是以线为主。线性审美形式贯穿中国造型艺术的始终，朴素的线描勾勒了物质世界的形质，也蕴含了主客相融的神韵。反观西方美术，线条最初也具有明显的轮廓性，尤其在原始美术、古埃及美术、古希腊美术以及中世纪宗教艺术中广泛使用。然而，自文艺复兴时期开始，艺术家们逐渐放弃仅用线条勾勒轮廓的方式，而将线条融入形体的光影转折中去，线条自身的独特性、独立性则日渐弱化。

差异的存在为创新性发展和创造性转化提供了契机。但吴泳《和张亨泉宴鹿鸣》中"文随脚迹机难活，学到源头理自通"揭示：当下是历史的延续与发展，当下实践亦是历史实践的传承与开拓。因此，认识和理解造成差异的观念根源尤为必要——这一根源正是孕育中国式造型的宇宙论、本体论等哲学观念。道家认为，物象的存在无法脱离"道"，如老子《道德经》所言"道之为物，惟恍惟惚。惚兮恍兮，其中有象"，"象"乃天地万物的模仿与写照，人们再现形象的意义在于借此通达生命或自然的本源。这与柏拉图《理想国》中"双重模仿论"不谋而合，即"艺术描摹的对象是模仿理式世界的现实世界"。艺术要显现"象"，需经历"观物取象"的再认识与再概括过程，其特点如王羲之《兰亭集序》所述"仰观宇宙之大，俯察品类之盛，所以游目骋怀"。在此过程中，"观"不仅是眼睛的观看，更包含多种感官对物象的感知及心灵感悟；或者说，观照者以心灵之目观照社会万象与自然万物，将心气与五官融成有机完整的动力结构，由外而内、由表及里地揭示本质、去蔽显真。

写意取真的"妙意造型"

观念溯源让我们不忘自己的出发点和初心，而对中、西艺术理念与实践进行比照，则让我们面向未来笃定脚下的道路。素描之于中西文化，在某种意义上体现为对"真"的理解。西方艺术家从固定视角观察的世界是"真"，中国艺术家从多个角度的查看和表现也是"真"。固定视角的观看方式，落实到艺术表现中就是照搬眼前所见。如达·芬奇就认为，忠诚于眼睛所见是每一位艺术家的职责，因为肉眼接受的是物体的真实影像，所以他提倡画家作画应如镜中取影般精准无误。"仰观俯察"的方式则不同，它既能看见物象的多种形态，又能在端详中感悟其生命本质，因此转化为艺术形象时就不再是眼睛单纯所见，而是仿若多种"象"的并存。从观看方式到"似"与"真"的关系，画家发展出"度物象而取其真"（荆浩《笔法记》）的命题。"似"是取自然之表象，唯有抓住并表现物象的内在生命，才能更好地把握住"真"。所以荆浩在《笔法记》中说："似者得其形，遗其气；真者气质俱盛。""真"，是超越"似"且更为本质的存在。

中国艺术的"取真"追求催生了写意的造型。写意转化为艺术语言，呈现在绘画水墨中是逸笔草草、恣肆泼洒，在书法线条中是流畅达情、法我皆忘，在雕塑体面中是朦胧圆融、混沌筋道。原始时代模糊中的写意、商周青铜诡异中的神化、秦的严整恢宏、汉的豪放雄浑、唐的厚实圆润、明的简约工致、清的纤巧玲珑……无论是笔墨、线条还是体面，中国艺术中"写"的方式与其"意"的追求具有形式与内容的高度统一性。可以说，中国人的哲学观和人生观，必然导致在艺术上选择一种与之贴切的形式语言——写意。

写意，意在写先。意的生成，在于创作者对对象的全面细微观察和对对象本质的深刻把握，由此产生超乎于现象之外的"意"。此意，化为艺术之形象，构成创作者心灵之意象，顷刻间妙造而成。何为妙？妙在精微、精准，妙在抓住了事物精、气、神，一叶而知秋。艺术作品的外在形象是引领内在意蕴的媒介，写意的造型以其不完整性和边界的模糊性为想象力，开启一扇通向内在意义的窗户，我将这种造型称为"妙意造型"。

"妙意造型"打破了观者对造型的日常惯性认知，创作者摆脱物象自然属性的制约，以写意为最妙写实之理念，去芜存菁，去粗取精，达到"离披点画，时见缺落"（张彦远《历代名画记》）的视觉效果。其极境，可称为"笔才一二，像已应焉"（张彦远《历代名画记》）。艺术的重要功能之一，就是要通过创造引起观者的审美再创造。"妙意造型"为审美再创造提供了最合适的意象。其处于写实与抽象之间，既不会使人产生一览无余的简单感，也不会有令人望而却步的深奥感，它引导人们在一种似曾相识的心理作用下，去把玩、体味、感觉艺术作品的整体及各个局部、细部的"意味"，使艺术形象与内涵之间形成一种可随时转换的意象关联。即对同一个艺术形象，不同观众可以从不同角度、维度去认识它、阐释它、参与它，艺术形象的生命可以在此间无限地延伸与循环下去，由此产生的审美享受也就更为宏阔、深远。"妙意造型"对创作者的理论修养、传统功力、技法技艺、创新理念甚至对创作者的禀赋也提出了很高要求。因为它表面看似率性而为，实则为厚积薄发。"妙意造型"既出乎意料又在情理之中，整体上气韵生动、意趣盎然，不仅酣畅地体现了表现对象之"神"，亦折射出艺术家之"神思""神速""神塑"……

如今，在我们理解和运用素描时，"妙意造型"作为文化基因应充分发挥其作用。毕竟，处于中国文化语境中的素描，必须亦必然反映中国人的哲学观、造型观。它既要尊重客体，又要持守主体，始终处于抽象与写实的两极之间。而视觉方面，它遵循艺术形象生成和表达的基本逻辑，成为客体形象与主体感悟的自然融合、技巧修为与人格修炼的天然流露，以及民族文化初心的淳朴呈现，折射出中国"极高明而道中庸"（子思《中庸》）的智慧之道。

确立以中国美学精神为核心的审美标准

百年来，中国艺术家学习与研究从古希腊、文艺复兴到古典主义、浪漫主义以及现实主义的造型艺术，广泛吸收诸多西方大师的素描精髓。同时，他们也坚守并发扬笔墨本体的审美价值，以合璧中西理论为中国现代美术开辟新径，创作出大量关注现实、扎根生活、表现人民的优秀作品。今天，我们要在前人基础上继续开拓，于素描中寻找更多中西造型理念的契合点与融通处，不断促进传统现代化、外来本土化，建构现代中国素描体系，并确立以中国美学精神为核心的审美标准。

在素描教学过程中，有两点须高度重视并切实落实。一是双轨并举，需深入了解并掌握中西艺术的造型特点。不同地域、人种和文化，都会孕育出与之匹配的独特艺术形式。如西方艺术思维催生了注重再现、具有强烈凹凸空间和明显光影效果的造型；中国艺术思维则催生了平面化、意象性、重表现的造型。故而，在素描课程设置中，除保留原有的古希腊、古罗马、文艺复兴等西方不同时期经典石膏像练习外，还需增加针对中国造型的练习课程，如秦俑、汉俑、魏晋唐宋佛教与道教造像等，将其作为练习教具范本。二是将书法纳入基础造型训练的基础课、必修课。书法的载体是汉字，汉字通过象形、会意、指事等构形方式形成庞大体系，其中蕴含着日月星辰、山川地脉、人生百态和社会万象。由于书法的审美意蕴取自无限时空中的万事万物，所以能永恒不断地得到充实，给人留下无限的领会途径和空间。从历史来看，中国书法已有数千年的演变过程，形成了独特的表现体系和审美风神，虽形式纯化却意蕴丰厚。如果能通过大量基础训练学会抓住其所传达之"意"并紧追此"意"，以各种视觉形式来表现，就可以实现不同艺术类型之间的异质同构。书法还是一种形、神、意统一的造型艺术，理解并掌握其造型要义，进而超越对生理结构的局限性认知，达到形随神、意，无疑对中西造型理念的融通大有裨益。通过以上方法，中西艺术理念在基础造型训练中互鉴互渗，便可造就出一个有机统一的新生命体。于此，中华美学精神也落实为具体、系统的基础造型训练，且贯彻到中国美术学科的教学中，并将逐渐生长成属于这个时代的中国式素描形态。

诚然，方法论很重要，但精神赓续更加关键。自古以来，中国造型艺术便蕴含着素描精神——在朴素无华的形式中求自然、求自心、求真性、求真美，让世人于黑与白、虚与实、疏与密、具象与抽象之间得见中国人对客观世界与艺术描绘之关系的认识与把握。今天，赓续这一素描精神，以朴素的人民情怀、真实的生命感动、真切的艺术表达、创新的生动表现来进行艺术创作，这不仅是我们继承本来的必然与必要，更是吸收外来、面向未来的立场和动力！

（原文发表于《光明日报》2023 年 08 月 11 日 07 版）

让传统活化于创新

习近平总书记在文化传承发展座谈会上发表重要讲话，从我们党的历史自信、文化自信，谈到中华文明的五大突出特性，再到对"两个结合"的深刻阐释，发出了新时代建设中华民族现代文明的伟大号召，具有重大指导意义。

中华文明5000多年连绵不断，56个民族文化多元激荡、互补融合，形成集包容性与统一性于一体的特征。以"四海之内皆兄弟"的温润，在新时代倡导构建人类命运共同体而凸显和平性；以吐故纳新的强大生命伟力蓬勃向前，呈现出连续性与创新性。其中，创新性是根本动力，是中华民族生生不息、文化历久弥新的关键所在。

创新，体现在两个方面：一是积薪居上，二是广纳融通。前者为纵向之时间轴，不断继承、扬弃，继古开今；后者为横向之空间轴，不断吸收、汇融，和而不同。综二者，即面向未来而不忘本来，吸收外来。几千年来，中国人始终认为，人应该效法天地之道，"唯变所适"，与时偕行。故，中华民族孕育出"生生"之宇宙观、"日日新"之世界观，形成了自强不息的创新精神，并将其沉淀为文化基因，流淌在民族文化血脉之中。100多年来，中国共产党坚持把马克思主义基本原理同中国具体实际相结合、同中华优秀传统文化相结合，在带领全体中华儿女迎来从站起来、富起来到强起来的伟大飞跃征程中，赋予其新的时代意义和实践价值，造就了一个有机统一的新的文化生命体。

无论是传统文化抑或外来文化，创新才是令其保持生命力的核心，才是其真正发挥价值的必然与必须条件。特别是传统文化，如果仅仅固守于既定的形式和观念，不与现实联系和对话，就会失去生命的价值。换言之，传统文化绝不仅仅是博物馆中的遗产与文献，我们还应该透过其物质形态深研其历史成因，萃取精神因子融入现实，使其活出生命。这就意味着达到了"合""活""新"。所谓"合"，是指综合。人类创造的文化博大富赡，只有充分认知，综合分析，才能把握本质，为我所用。所谓"活"，主要是指始终保持开放的心态，回应时代诉求，追求在"万法皆备于我"的境界中淡化边界，随势生发。所谓"新"，就是在"活"的基础上进一步提升，融各类资源于新的肌体，在新的文化生命体中循环。

当代中国艺术要在人类文化发展中凸显其价值，必然要吸收人类文化创造的精华。因此，所谓传统，既指本土文化传统也包括人类创造的其他文化传统。事实证明，立足传统的根基越广越深，创新就越有高度、越有普遍意义。我们也要看到，目前中国艺术在世界范围内的影响力与其高度、深度不相匹配。究其原因，在于中国艺术的价值还没有得到广泛认知。因此，我们要在历史中总结规律，在现实中捕捉灵感，在文脉中激活创造动力，在交流中感知文化生命的体温，在比较中充分把握民族艺术的独特性所在。习近平总书记在联合国教科文组织总部的演讲中，曾提到中国传统画法同西方油画融合创新，形成了独具魅力的中国写意油画。于此，习近平总书记指出了最能代表中国艺术精神的范畴——写意。写意，法自天象地脉，合于天人合一的大宇宙生命理论，表现为象、气、道逐层升华而又融通合一的动态审美。其开合、节奏，既同化于自然草木，对应于天地阴阳，合拍于江海律动，亦"神逮"中国书法、绘画、雕塑等造型艺术的意象，气脉贯通，真力弥满。

今天的中国写意，是对传统的延续，更是对传统的创新与转化，其重估、应用写意的传统价值，有别于民族主义观念下争夺话语权，而是在人类文化的多元创造中贡献中国智慧。全面审视研究中国写意，可清晰感受到其在美学范畴中体现了中华文明的五个突出特性：源于先秦之老庄道论，以强烈的主体意识和自在奔放的风格特质一泻数千年，是为连续性；广泛借鉴古今中外艺术精华，将中国写意与西方写实、抽象、表现的形式置于同一文化空间，是为包容性；融多种表现方式与语言形式于一体，并化入民族审美与时代精神，是为统一性；观照生活，深入心灵，呈现本质，蕴含人性理想，折射生命感悟，散发出覆载天地之大美魅力，是为和平性；超越再现客观世界而神出古异，由象外之象、象外之意的相互生发与传递而联翩不穷，创造出既属于中国和中国人，又属于全人类共享与传播的美术新形式，是为创新性。

具体以写意油画和写意雕塑为例。当油画以写意方式呈现于视觉，便与国人印象中对西方油画的惯性认识拉开了距离。作为舶来品的油画，在百年发展历程中不仅给中国美术带来了新的可能性，更让中国传统美术找到了与世界对话的对象，并在对话与比较中实现"异质同构""同质互化"。其中，印象主义的光色萌动对应于米家山水的墨色浑茫，便是"同质互化"的范例。在此，中西文化的自然观与审美理想经历了碰撞、交合、分离与定向。写意雕塑一方面是文化理念，一方面是视觉形式，两者在人文与自然、传统与现代、本土与外来的融合意象中，打造出一种神似与形似之间的精妙平衡。诚如熊秉明先生所说，写意雕塑既是中国传统的，也是现代的，这是中国艺术的真精神。任何理论只有诉诸实践，才能产生文化的现实力量。多年来，我在提出、建构与完善写意雕塑理论的同时，更多地从事写意雕塑的创作实践，通过材料、形状、结构、空间以及触感、质感、立体感等方式将抽象理论落实为鲜明直观、真实可感的艺术造型。结构中的辩证法，塑形中的诗意，由心灵流向指端，触摸于泥土、雕琢于顽石、熔铸于青铜。《神遇——孔子与苏格拉底的对话》《超越时空的对话——意大利艺术大师达·芬奇与中国画家齐白石》……一尊尊中西方的圣贤、哲人、艺术家的组雕，作为中西文明之象征，在欧洲大地上形神相遇。

雕像、写意风格、写意理论所展现的写意精神融汇了中国传统文化包容创新的时代价值。它在讲述中国故事的同时，也为世界文化的多元发展增光添彩。究其创新规律，在于实现三大转化。其一，客观物象向艺术形式的转化。此转化具有内在超越性，构筑与精神符号密切相连的视觉形式。其二，古代形态向现代形式的转化。此转化的前提是深入了解和学习古代美术，理解、体察其中的精华。其三，异域、异质美术的相互转化。世界上不同民族的文化互鉴，形成了你中有我、我中有你的交融。

近年来，随着中国美术走出去，"来自中国美术馆的艺术"等展览不断巡回展示；随着越来越多外国艺术展的引进，在相互参照比较中，中国古代与现代的艺术在世界艺术中的坐标逐步清晰。特别是以写意为传统活化的创新，已成为一个特点、亮点。当然，从历史和人类文明的高度来看，这种方兴未艾的创新尚需建构理论体系，并且要有与理论适配的大量实践，以具体的作品佐证、丰富、发展理论，同时在世界范围内，不断进行艺术展览、文艺演出、学术研讨、翻译出版、公共教育、社会推广，于此过程中不断明确核心范畴的内涵，扩大核心范畴的外延。

习近平总书记指出："对历史最好的继承就是创造新的历史，对人类文明最大的礼敬就是创造人类文明新形态。"今天，我们立足于世界文明纵横相交的坐标点，厘清中华文明根脉基因的传承，洞悉中华文明吸取外来精华的发展，在创新中赓续，在交融中创新，古老的中华文明必然会焕发出无限生机！

（原文发表于《光明日报》2023 年 09 月 06 日 06 版）

丹心铸魂——
关于我的主题性雕塑创作

　　一名艺术工作者对为何创作、创作何物、如何创作等问题的思考与实践，体现着其价值观和艺术观。

　　回顾自己近 40 年的艺术历程，特别是近 10 年以来的创作，深感中华民族丰厚的文明史，中国共产党波澜壮阔的奋斗史，以及新时代涌现出的时代楷模人物……这些不仅触动我的情感，净化我的心灵，更为我的主题性雕塑创作提供了源源不断的灵感，让我明确了创作视角与创作立场，注重作品价值导向的引领性。"传承红色基因、担当家国情怀、为写意雕塑立言、为民族鉴史立碑、以艺通心问道世界"，是我不变的初心。

　　概括而言，我的主题性雕塑创作主要由红色革命主题、中华民族杰出人物主题、近现代中国历史主题、文明对话主题等构成。而我提出并践行的写意雕塑，则贯穿于整个主题性雕塑创作的始终。

　　习近平总书记多次强调，把红色资源利用好、把红色传统发扬好、把红色基因传承好。至今，我创作完成的红色革命主题雕塑已达 70 多件。1985 年，时值纪念中国人民抗日战争胜利 40 周年和世界反法西斯战争胜利 40 周年，当年 23 岁的我为江苏盐城创作了大型红色革命主题雕塑《新四军东进》。之后，我不断研究如何将中国革命历史中的人和事从青铜与石头的金石之声中塑造出来，在锤炼艺术语言的同时，提升自己的思想境界。

　　我的红色革命主题创作，包括为革命导师、革命领袖、革命家、英雄劳模和时代楷模塑像。在马克思诞辰 200 周年之际，我创作的《马克思》雕像立于德国的特里尔市。该雕塑在立意上，重点刻画了作为思想家、哲学家的马克思形象，选取人物行进中的姿态，从而有别于一般的站像、坐像纪念碑，也有别于一般举手式的政治家雕像。在塑造手法上，我结合写意与写实，不仅准确地、微妙地表现了马克思的形象，更深入刻画、呈现他的精神世界，以睿智、深沉、从容的神韵使这位革命导师形神兼备地"行走"在他的故乡。这件作品，既契合了德国人民的意愿，也表达了今天中国的道路自信、理论自信、制度自信和文化自信。

作为一名雕塑家，我极为荣幸地接受了为中国共产党历史展览馆创作大型雕塑《旗帜》的任务。作为建党百年重大纪念活动的重要作品，《旗帜》从初创到最终完成，历时两年多，作品经过了16次大改、10多次细节修改以及无数次研究、推敲、打磨。这件作品系统性地强化了雕塑对"势"的表达。"势"是中国传统艺术乃至传统哲学、美学的重要范畴。在此，"势"可分为形势、动势、气势3个层面。形势即空间形态与形体的布局和限定，是奠定作品情绪基调的核心，形势往往在倾斜构图中凸显，其延伸感与张力会强化情绪表达的力度；动势即动作的趋向，是对时间与空间的凝练记录，通过规划动势，可引导观者在审美过程中感受力量的流动与生命的韵律；气势是贯穿作品的无形能量，是观者回溯创作过程、体会气息律动、领悟创作者精神高度的关键。《旗帜》是能充分体现出形势、动势、气势的代表作品。其形势以明快爽朗且变化微妙的弧面、曲面、平面形成流畅且富于韵律的线条，将起承转合、跌宕回旋的节奏和雕塑的块面、体积、空间融合在一起；强烈的色彩，使雕塑在任何光线下都展现出不同的魅力，寓意中国共产党在任何艰难曲折的历史背景下都能带领全体中华儿女披荆斩棘、走向胜利。其动势，从正面看犹如一艘乘风破浪的巨轮航行；从俯视角度看，旗帜上方构成了一条面向观众的大弧线，呈现出迎风飞扬的飘动感。而旗帜尾口形成的S形则是另一条曲线。由此，上端飘扬曲折，下端平直挺立，曲直交织出丰富的空间层次。其气势，是在意象中揭示深刻的主题，以极简的造型表达深刻的内涵，既平面又立体，既具象又抽象，使无形的理念、信念转化为视觉造型，并通过巧妙的形式营构出崇高感。

由是可见，红色题材雕塑的创作，离不开精神的洗礼与情感的投入，也离不开形式的提炼与境界的升华。

我所致力于创作的诸多中华民族杰出人物塑像，无疑是主题性创作的重要组成部分。20世纪80年代之后，价值取向多元，人们似乎淡忘了中华民族历史中杰出的思想家、文学家、科学家和艺术家等。回望中华民族浩如烟海的文化史，老子、孔子、屈原、司马迁、范仲淹、鲁迅……这些杰出人物立功、立德、立言，无论"处江湖之远"抑或"居庙堂之高"，皆心忧黎元，胸怀家国天下！我深感一个民族的兴盛，必须要有强有力的民族之魂支撑。而民族之魂则是由历久弥新、生生不息的文化所孕育，是由无数先贤不屈不挠的精神所铸就。在历史发展的每个坐标点上，都有代表性人物，他们的形象记载着民族兴衰的沧桑。因此，我决定用一生来完成一项巨大的文化工程——塑造中华杰出人物。季羡林先生看了我的部分中华杰出人物塑像后，曾写下"扬中华之文化，开塑像之新天"，并说"知识分子爱国没商量！"

　　斯言诚哉。中华文化之强劲的伟力——那些历史的精英、文化的巨擘，在沧海横流、浴火重生中，终以其精神而自塑成一尊尊不朽的民族精神丰碑。他们强大的文化凝聚力、感染力和感召力，鼓舞着一代代中国人奋勇前行！为他们立碑塑像，就是为道统、为文脉、为审美树立榜样与标杆，当这些内蕴着中华民族道德与智慧"大写的中国人"立于世界之时，便讲述着一个个可信、可爱、可敬的中国故事！30多年来，我创作的数百尊中华民族杰出人物雕塑，或收录于学校教材，或立于城市广场、名胜景区、纪念馆、博物馆、学校等公共空间，它们顺应时代诉求，向世人展示着中国人的思想、情怀和对人类的价值。

　　2005年，南京大屠杀遇难同胞纪念馆扩建工程启动，我应邀在纪念馆的建筑空间中创作一组雕塑。如此重大的题材，如此重要的地点，如此壮观的场馆，雕什么？塑什么？雕塑者何为？我精心营建了一个既融入现实环境又独立于现实环境之外的巨构，以高起——低落——流线蜿蜒——上升——升腾的节律对应着主雕《侵华日军南京大屠杀遇难同胞纪念馆扩建工程主题雕塑之家破人亡》、群雕《侵华日军南京大屠杀遇难同胞纪念馆扩建工程主题雕塑逃难》（十组人物）以及《侵华日军南京大屠杀遇难同胞纪念馆扩建工程主题雕塑之冤魂呐喊》。《侵华日军南京大屠杀遇难同胞纪念馆扩建工程主题雕塑之冤魂呐喊》拔地而起，直插云霄——是冤屈的吼声，是渴望正义的呼号。作品立意于记住历史而非记住仇恨，故而整个组雕未出现一个日本侵略者的形象。我以艺术手法"复活"了那些在日本侵略者屠刀下逃难的同胞，他们与今天的大屠杀幸存者共同为历史作证！

今天的中国，有责任、有担当向世界传递和平价值观。因此，在世界范围内以"对话"主题的作品倡导"人类命运共同体"的构建，以艺通心，适逢其时。如立于意大利达·芬奇博物馆的《超越时空的对话——意大利艺术大师达·芬奇与中国画家齐白石》，是艺术家之间的对话；立于乌克兰首都基辅市中心的《灵魂之门——乌克兰诗人舍甫琴科与中国诗圣杜甫对话》，是诗人之间的对话；立于希腊雅典卫城山脚下阿果拉广场的《神遇——孔子与苏格拉底的对话》，是哲学家之间的对话。随着新时代中国向世界展示蓬勃向上的气象，文明对话不断深入：巴西库里提巴市还因为我所创作的孔子像落成而将市政广场命名为"中国广场"；我以孔子问道于老子为主题创作的雕塑《问道》，也应邀落成于欧洲、美洲、亚洲的多个国家。孔子问道于老子，体现了中国人尊重知识的真诚态度，告诉世人只有将问道、传道相结合，才能产生世界范围内的广泛对话，才能增进了解，共谋发展。近年来，我创作的《隐元禅师像》《鉴真像》《曹雪芹像》，又分别立于日本的长崎、东京和伊朗设拉子市贾汗纳马公园，与当地观众对话……

文明对话，本质是心灵、是精神，是人类对真、善、美的永恒追求。至今为止，我已有53件雕塑作品落成于世界的26个国家和地区。这些雕塑作品就像一个个文明互鉴的种子散播到世界各地，落地、生根、发芽，并逐渐结出美丽的文明交融、心灵互通之花，表征着当代中国的对话意愿和对话能力，折射着不同文明背景下，人民之间情感融汇、思想互动和价值共鸣。当然，在此对话中，艺术创造的特征及审美语言作为一种话语体系，尤显重要。

写意，乃中国艺术的精神，源自天象地脉的意象，合于中国古代天人合一的大宇宙生命理论，表现为象、气、道逐层升华而又融通合一的动态审美过程。写意精神的意象图式坐落于所有中国美术门类之中。写意的美学特征与表现形式，与中国文化的主体——中国文化人的神貌同质同构，它不仅是一种创作方式，更是一种文化取向。当诗风浩荡的中国写意，碰撞于西方古典传统的写实和现代主义的抽象时，便催生了新的艺术创造。20 世纪 90 年代初，我开始探索和总结雕塑如何最直接地反映传统艺术中的写意内涵：一方面提炼和突出作品意象的本土性特点，另一方面在创作中借鉴书法"写"的意味。2002 年，我首次提出"写意雕塑"的概念，这一概念既是对传统雕塑文脉的接续，又涵纳西方现代审美理念，实现了雕塑传统的现代性转换；它不仅是中国雕塑将自身置于世界雕塑现代性体系中形成的"新话语"，亦是中国雕塑在全球化背景下进行的主动性文化建构——向世界发出中国文化的时代之声，输出当代中国艺术的价值观。"写意雕塑既是中国传统的，也是现代的。这是中国艺术的真精神。"（熊秉明语）于我而言，写意雕塑是创作方法、审美风格、哲学思考，更是回应时代主题的生命答卷！

似乎是冥冥中的注定，我的使命便如我的名字——为山。置身于祖国的绿水青山，面对耸峙如山的民族优秀传统和当代创造，我将一如既往，不断攀登艺术之山、文化之山、精神之山，以丹心铸艺魂，为人民创作，为时代立碑，向世界彰显中国文艺的无限风光！

（原文发表于《美术》2022 年第 11 期）

一颗中国文化的种子

　　熊秉明先生是一位哲学家、学者、诗人、雕塑家，亦是一位跨越中西文化而在各个领域都有建树的文化大师。

　　20世纪40年代，他毕业于西南联合大学哲学系，后又以优异成绩考取公费留学法国攻读哲学。一年后，他偶然看到法国雕塑家纪蒙（Gimond）的雕塑，幡然醒悟，这不就是哲学吗？于是他向公费管理处申请改学雕刻，不久熊秉明如愿进入纪蒙工作室学习雕塑。或许年轻的熊秉明并不知道，他的这一举动，诞生了一个未来的哲学雕塑家或雕塑哲学家。

　　艺术与学术，品格与品质，恰如山脉水系——远观其气势，近看其质地。

　　熊秉明先生是给予我们如此评价的范例。熊先生是20世纪融通中西的文化自觉者，他为事、为艺、为学、为人皆散发出东方儒者温润谦和、虚怀若谷的人格气象，也体现了西方学者严整、缜密、追本溯源的科学精神。他以智慧和品格研究学问、体悟艺术，他以温和、宽容而厚意友朋。因此，无论是他的文字、绘画、书法还是雕刻，总是在千锤百炼的历练中折射出人性的光辉。

　　1993年，我从友人处获得熊秉明所著的《关于罗丹——日记择抄》一书，从熊先生的文字中更加坚定了我的艺术创作之路。1996年，我任职于荷兰欧洲陶艺工作中心，当年12月赴巴黎，观览美术史上令人钟情的名作，也想去拜访熊秉明先生，可这次拜访因种种原因未能成行。

　　1999年，杨振宁先生先后在南京大学及南京博物院看到我百余件雕塑作品后情不自禁地对我说："你与秉明一定谈得来！"次年11月，我在香港科技大学担任文化讲座教授，并举办展览。杨先生与夫人来观看我的展览，并请我共进晚餐。席间，我向杨先生介绍南京大学百年校庆要做一件纪念雕塑，虽然校长让我来做，但我觉得自己道行不够。唯有熊先生的作品可以承载如此深厚的历史与人文，并谈到邀请熊秉明先生任南京大学名誉教授的想法，杨先生当即表示赞成！

2001 年，在杨振宁先生的引见下，我与熊秉明先生会面并结成忘年交，熊先生应邀为南京大学百年校庆创作了《孺子牛》，并提出："由为山放大，最为合适！"之后熊先生专程从巴黎到南京大学进行定稿，这件长约 8 米的巨制是他一生中最大的作品，也使他实现了让"牛"回归祖国母土的文化理想。

在我放大《孺子牛》作品期间，我们于南京、巴黎书信频繁，他希望我去巴黎工作室看看。访问艺术家工作室，远比看已完成的作品过瘾，在那里有艺术生命的胚胎，有阵痛后问世的第一声啼哭，有作品生成过程中艺术家的心路情感历程，有诸多矛盾碰撞、分离、交合……有天机、秘密。我们还约定，春暖花开之时，再在南京一起做雕塑。

可是，他于 2002 年 02 月 14 日突然离世，丢下他热爱的书稿、未完成的作品……

师母陆丙安老师曾告诉我，熊先生在生命中的最后一封信是写给我的，而且是谈雕塑。

他给我的信，还未来得及落款……

5 年后，我携妻女随陆丙安老师同往市府公墓拜谒熊秉明先生之墓。犹记得巴黎近郊的格雷兹市镇宁静得出奇，空气散发出雨后清香。市府公墓坐落于城中，熊先生墓由黑色花岗岩垒叠，庄重凛然，三石矗立成对称状，恰如他艺术与理论相渗化的哲学人生，碑体的简括与线条的张力，正是他坚实卓立的雕塑风格的显现。石质锃亮，镜面可鉴，它是法兰西土地上永不磨灭的中国墨！也是秉明先生一生对中国文化核心——书法之钟爱的形象写照。《铁的纪念》一文中提到："秉明的《中国书法理论体系》应当获诺贝尔奖。"可见这中国墨的文化分量、这纪念碑的历史定位。

熊先生的碑身上铭刻着"Ping Ming Hsiung（1922—2002）"，这单纯的名字，成为苍茫世界里的一个精神符号。碑以"天"为冠，这契合了熊先生淡泊明志而胸罗无形的哲学境界。碑基周围泥土湿润，石子放光，花儿竞开，辨不清东、西、南、北。周围墓碑上的石雕小天使映衬在熊先生的碑体中，仿佛欲飞向人间……

我已忘乎所以，久久伫立，似见秉明先生的微笑。

那次夜访巴黎，尤为重要的是看熊先生工作室，以圆旧梦。他的工作室并不大，可灯亮时，工作室每一个角落都放射出摄人的艺术之光。那些以石膏直接雕塑的头像，冷峻中微泛诗情的温润。那熟悉的塑痕、刀法，是千锤百炼的句读，是熊先生哲思的斟酌。这里有我太熟悉的《鲁迅》《父亲》《母亲》。有他闻名的锻铁雕造之《鹤》系列，更有他所塑的各类人物头像，那些头像的表情有种本然的凝定、庄严、精粹。这是熊先生第一次见到他的老师纪蒙作品时的感觉，这种感觉迁移至我，乃至我对秉明先生作品的认识也印记着这样一种视觉判断。最能显示秉明先生内在本质的是他的《牛》和《骆驼》系列，这里不仅记录他出国离乡对故土的眷念，还体现了他对雕刻本体的诠释。

雕刻若要充分表现其存在的生命力，必须依赖强烈的立体感，而强烈的立体感由严密的面构成。熊先生将面与面构成的脊作为抽象表达，构建雄深厚重的体，直达精神本源。他借助自然沧桑变幻的山体与河流及其裂变重构的张力塑造形体，这一切统一于对宇宙哲理、人文情怀的关注中。此为熊先生对雕塑语言发展的独特贡献。在西方现代主义兴盛之际，熊先生将东方天人同化的自然观熔铸其间，使牛与骆驼化为巨峰险崖、大地山峦，充盈着生生不息的自然伟力。若说熊先生于怀素、张旭、梁楷与八大山人之间，寻得铁线的生命承载，并通过塑鹤表现悠游的出世之境，那么牛与骆驼则展现了现世进取的意识。

工作室内架上、地上、墙上、顶上满是雕塑，多半未完成。不同大小、不同造型、不同材质。石膏、纸、圆雕、立体构成……他曾在 2002 年 10 月给我写信，谈到鲁迅对于德国女画家珂勒惠支、比利时木刻家麦绥莱勒的推崇。因此鲁迅像的创作颇似版画，粗犷、炽热、简净、痛快。工作室墙上刻贴着一些创作手稿，尤为引人注目的是鲁迅与周作人之像，鲁迅的方和周作人的圆对比鲜明，形式之中包含了作者对两位人物的剖析与深刻表现。我由衷敬仰熊先生对一个题材持续不懈的研究探索。伴随着鲁迅形象在他想象世界的隐显，他对表现形式与方式的求索从未停息。

工作室有台虎钳、三角锯、平刀、角刀、尖刀、拉弓，角落上堆了几袋未开包的石膏和少许泥。看得出，熊先生石膏雕造的作品是在不断追问、追求一个存在的意义，并将这意义以造型而存在。所以，是形而上的。它远离凡相，建构心象。在那错位的体、形、面、线中饱含烦忧与悲痛、奋起与陨落。而他铁雕的鹤则是以中国文人练就数千年的书法之线和鹤的生命运动相契合，达到自由抒情、恣意歌唱。熊先生的这两类作品反映了他艺术生命的两种互为补充、相反相成的状态。其共同点，皆在追求"来如雷霆收震怒，罢如江海凝清光。"的感觉，那静止中蕴蓄的广阔空间，于在泥泞里腾踏的生命希望。

时光飞逝，可世界对秉明先生的思念则是刻入灵魂的。今年，承蒙陆丙安老师慷慨捐赠，中国美术馆展出了熊秉明的雕塑、绘画、书法等艺术作品。秉明先生九泉有知，当欣然。

近百年来，中国文化尤为显著的特色是在吸收西学过程中所实行的转型。在和而不同中彼此吸收，获得彼此尊重……熊秉明先生在这一值得研究的历史阶段，以自己深厚的中国文化底蕴，介入西方，正如吴冠中先生所言："其道也，是从东方渗入西方，又从西方再回到东方。"熊秉明先生是一颗中国文化的种子，在西方扎根半了个多世纪，带着母文化的泥土，接受阳光雨露而长成参天大树。他的艺术饱含着生命张力、艺术感染力与人生哲学……

（原文发表于《光明日报》2019 年 12 月 15 日 11 版）

文心铸史 雕塑时代——
我看中国百年雕塑

　　中国雕塑艺术的厚重与悠久历史，折射着民族的发展与审美创造。历史上的雕塑主要是为帝王将相和宗教创作，20世纪以来，随着西方雕塑的引入，中国雕塑走向了对于民族、历史以及现实题材的刻画，不但展现了独立的审美价值与个人的艺术理念，而且在承载历史、记录事件中发挥了重要作用。一代代雕塑家以丰富的创造体现了对于雕塑艺术认识的独特价值。改革开放以来，在多元化的进程中，雕塑艺术的功用性、审美性、跨界性、探索性不断延展。进入21世纪，中国进入经济腾飞的重要时期，迎来了民族伟大复兴的历史机遇，雕塑家身处伟大时代，通过一系列优秀作品在中国与国际的舞台上讲好中国故事，彰显文化自信。百年中国雕塑在中西文化融合的语境中深刻反映了时代的发展，由此逐渐唤起人们对于民族文化的反思，在反思中进一步提高文化自信，在自信中构建中国精神与艺术形式。

一、砥砺铭史

　　百年来，中国雕塑艺术的主题创作围绕特定内容展开，力求思想性与艺术性高度统一、历史性与现实性有机结合、内容与形式水乳交融。20世纪初，中国雕塑家从西方引来肖像塑造法和纪念碑建造法，不断尝试将西方古典写实手法与中国优秀传统艺术相结合，探索出具有民族特色的雕塑语言。中华人民共和国成立后，中国雕塑家学习苏联雕塑艺术，为中国特色社会主义现实主义的文艺找到了创作方向。在我国波澜壮阔的反帝反封建新民主主义革命时期和社会主义革命、建设时期，产生的可歌可泣的人和事成为雕塑艺术家们表现的主要内容，他们用雕塑艺术铭刻了时代的印记。长期以来，中国雕塑家在主题雕塑创作中凸显出真挚的爱国情怀和高度的艺术水平。他们通过表现深厚博大的历史文化、丰富多彩的民族文化、独具特色的红色文化、生机勃勃的创新文化和饱含理想的追梦文化,将雕塑与文化、历史与艺术、空间与时间有机融汇,让中国百年雕塑闪耀着民族文化与时代精神的光芒。

在中国百年雕塑史上,主题创作是从反帝反封建的民族解放运动开始的。江小鹣《孙中山总理铜像》、刘开渠《淞沪战役阵亡将士纪念碑》拉开了中国现代雕塑主题创作的序幕。中华人民共和国成立后,《人民英雄纪念碑浮雕》《四平解放战争纪念碑》成为新中国雕塑主题创作的里程碑,也是中国人民站起来的象征。围绕中华人民共和国成立十大建筑,诞生了一系列以庆丰收、民族团结、全民皆兵、海陆空军等为主题的大型组雕,影响广泛。《农奴愤》《收租院》等也为配合阶级教育起到了重要的宣传作用。

对于重大题材的主题雕塑,20 世纪 50 年代至 70 年代及 80 年代初的创作手法多为"叙事"与"亮相"。80 年代中期之后,历史题材雕塑中有了新的探索,在历史反思、价值判断、审美观念、形式构成、体量对比、内容提炼、表现手法、空间营建、材料运用诸方面都有了超越。创作者通过展现民族苦难历程、刻画中国共产党领导全体中华儿女的艰苦卓绝斗争,唤醒民众勿忘国耻、缅怀先辈的意识,为伟大民族的复兴凝聚精神力量。尤其在表现历史重大事件时,中国雕塑家以人类的立场、发展的眼光回顾历史、展望未来,致力于创造耸立于世界的精神纪念碑。

习近平总书记在南京大屠杀死难者国家公祭仪式上指出:"我们为南京大屠杀死难者举行公祭仪式,是要唤起每一个善良的人们对和平的向往和坚守,而不是要延续仇恨。中日两国人民应该世代友好下去,以史为鉴、面向未来,共同为人类和平作出贡献。"这一论述深刻体现了中华民族维护世界和平的价值理念。从展现中国人民"站起来"的《人民英雄纪念碑浮雕》,到近年来的南京大屠杀大型组雕等一系列中华人民共和国成立以来的优秀主题创作,不仅以艺术形式镌刻了历史,更彰显了中国雕塑家爱党、爱国、爱人民的赤子情怀。

国家重大历史题材美术创作工程、中华文明历史题材美术创作工程的创作，以及正在进行的现实题材创作，共同为先贤塑像，为文化立碑，为未来树典范。

二、塑魂立人

龙山、良渚、三星堆等遗址出土了精美的人像雕塑，主要用于祭祀、巫术与器物装饰，这种雕塑传统在我国历史文明发展进程中从未间断。大量的佛道造像、陵墓雕刻中出现的人物题材雕塑，虽是服务于宗教与皇权，但很多都是现实生活中的写照，其中西汉李冰像、晚唐洪昉像、五代王建像等古代人物雕像，堪称典范。

鸦片战争之后，殖民者曾在租界区内建立过一些殖民者人物雕塑，但数量、范围和影响力均有限，不能代表中国。人物雕塑的大量出现是由五四运动之后从西方留学归国的雕塑家带来的，他们大多接受了以法国为中心的欧洲学院教育传统，带回了写实人物雕塑创作的技法与理念。从表现手法来看，他们基本延续了欧洲学院雕塑的传统，将人物雕塑作为一种精神品格的承载来表现。这段时期的肖像雕塑有三大特点：第一，虽然源自学院传统，但呈现出多元的艺术面貌。第二，由于救亡图存的时代主题，中国对西方雕塑的学习从一开始就带有现实诉求，作品题材多为民主革命家、社会名流及时代人物。第三，民国雕塑家在上海、杭州、北京和广州等重要城市开展的教学活动建立了中国最初的雕塑教学体系，使人物雕塑在中国真正落地生根，对于后来的发展影响深远。

中华人民共和国成立后，开始了学习西方雕塑的第二次高潮，这次主要通过派遣学生留苏和聘请苏联专家来华举办研习班、讲座等形式推广苏联教学模式。苏联雕塑在形体、结构、动态等方面有严谨的特征，通过系统化的教学培训体系灌输到当时的创作中。同时，在取材上强调深入新中国社会改造的"生活"中去，通过人物雕塑表现这种改造和建设的精神。这一时期一大批雕塑艺术家开始涌现，一批重要作品得以问世。

20 世纪 60 年代和 70 年代的人物雕塑有主题化和类型化两大特征：着重表现领袖、

工农兵等革命者和社会主义建设者形象，突出"高大全"与"红光亮"的特征。这一时期的创作可视为 50 年代开始的学习苏联潮流的延续，作品手法利落、特征鲜明，同时也存在风格相对单一的时代局限。

改革开放以后，人物雕塑创作从题材到艺术面貌均呈现出多元化势态，逐步涌现出勇于创新和探索的作品。从艺术本体的角度可以将这段时期的肖像雕塑分为三大方向：以欧洲学院雕塑为基础进行的探索；借鉴欧洲现代雕塑进行的探索；重新面向中国传统进行的探索。需要提示的是，这些探索方向只是就其最具代表性的特征而言，它们之间并非相互排斥，而是彼此融合，同一个艺术家作品中会呈现几种可能性。

艺术家对中国艺术传统和文化传统的重新诠释并推动其现代化转换，是近代以来的时代课题之一。当下人物雕塑创作的主要方向是深度回溯中国文化传统，探索雕塑艺术本体层面的现代转型。留苏老一辈雕塑艺术家主动求变，吸收现代雕塑表现手法并探索中国传统审美意境的表达。当代雕塑的一个瞩目现象是，在题材上有意识选取影响中国文化进程的重要人物，通过肖像雕塑系统塑造传统文化脉络。在艺术本体方面，创作者重新梳理和解读传统雕塑资源，尝试构建涵盖哲学层面文化观念、艺术审美意趣的创作思路，将书画中的写意性引入人物雕塑创作，以实现人物个性、文化属性、造型形式与表现方式的同构，为人物雕塑开拓新境。

人物雕塑在中国的发展处于不断创新和变革之中，艺术语言、创作理念、雕塑材质、展陈方式等方面的探索也在全面展开。雕塑以何种面貌展现变革中的当代中国，将是艺术家不断探索的课题。

三、时代丰碑

中国现代城市雕塑发端于 20 世纪初，一开始便交织着殖民压迫的屈辱与民族自强的激愤。近百年来，中国几代优秀雕塑家把自己的成长之路与反帝反封建的革命事业交汇在一起，把自己的人生理想同民族的命运紧紧维系在一起，为民族的解放、国家的富强创作出感人至深的艺术作品。他们以炽热的民族情感和艺术家的良知，塑造了一座座时代丰碑。

五四运动以后，大批学子赴海外求学，中国现代雕塑希望的种子开始萌芽。他们把西方古典主义、现实主义艺术中的写实手法与中国传统雕塑艺术中的创作方式糅合在一起，形成了朴素、庄重、写实，并富有装饰意味的雕塑风格，为中国雕塑教育的兴起和西洋雕塑的传播作出了巨大贡献。在那个战火纷飞的动荡年代，他们自觉地将自己的艺术融入革命文艺。毛泽东《在延安文艺座谈会上的讲话》精神深深融入新中国雕塑家的血液，他们以极大的政治热情投入新中国国家形象的塑造，涌现出大批表现社会现实、反映中国革命历史和新中国特色社会主义建设伟大成就的作品。这些作品以其特有的视角、感人的魅力，践行国家文化发展战略，在新中国雕塑的创作中占有重要地位。这些作品以工农兵、领袖、英雄、劳模以及重要历史事件作为主要创作题材，具有鲜明的时代面貌和无以替代的精神价值。从这些作品中，我们可以感受到雕塑艺术与时代相关联，其巍然崛起的艺术形式与"中国人民从此站立起来了"的精神相呼应。它们不仅成为城市文化地标，更成为公众心中的精神地标。值得一提的是，这一时期的作品在创作风格上呈现出民族化、大众化的趋势。

随着改革开放成为时代的命题，城市雕塑创作的核心任务就是推陈出新，创造出反映时代的艺术作品。这一时期的雕塑创作在材质、风格、美学、文化等方面呈现出多元繁荣的局面。新时期以来，以经济建设为中心逐渐成为改革创新文化表现的主题。1982 年全国城市雕塑规划小组的成立，更是在组织建构上对城市雕塑的科学发展起到极其重要的推动作用。

2008 年，在首届全国城市雕塑高层论坛上，新一届全国城市雕塑建设指导委员会艺术委员会倡导"中国精神、中国气派、时代风格"。2010 年，受住房城乡建设部、文化部委托，全国城市雕塑建设指导委员会艺术委员会与中国雕塑院组织开展的"新中国城市雕塑建设成就奖"揭晓，《人民英雄纪念碑》浮雕、《侵华日军南京大屠杀遇难同胞纪念馆》大型雕塑等 60 个城市雕塑项目获"新中国城市雕塑建设成就奖"；《丰收门》雕塑等 40 个项目获"新中国城市雕塑建设成就提名奖"。这一重大评选在文化上引领了中国城市雕塑发展的新方向。

回望历史，老中青三代雕塑家将自己的艺术生命、艺术理想自觉地与时代紧密联系在一起，他们以极大的热情从不同维度投入城市雕塑的艺术创作中。他们的作品反映社会现实，讴歌伟大的党、伟大的人民和伟大的时代，是党领导文艺结出的丰硕成果，彰显了高度的思想性和艺术性。

2017 年，中共中央办公厅、国务院办公厅联合发文，要求实施中华优秀传统文化传承发展工程，深入挖掘城市历史文化价值，提炼精选一批凸显文化特色的经典性元素和标志性符号，合理应用于城市雕塑中，这标志着文化自信已成为时代主脉。在现代城市雕塑中体现优秀传统精神，在古代人物塑造中生发现代的艺术形式，使之与现实空间和谐，与当代审美融合，这是时代的命题。

四、匠心造意

中国传统雕塑的发展植根于中华民族深厚的文化土壤之中，伴随数千年民族艺术的发展而不断演进。经历了南北朝的兴盛、隋唐的繁荣、宋元的多民族文化融合、明清的发展，中国传统雕塑不仅产生了令人称叹的陵墓石雕和佛教造像，还产生了不胜枚举的民间雕塑杰作。它们如同民间的歌谣一样，散落在广袤的乡野，印在广大民众的心灵深处，成为中华民族的集体记忆。

民间雕塑题材广泛，凡世俗生活、神话传说、戏曲故事，以及具有吉祥喜庆寓意的飞禽走兽等均有表现。民间艺人往往通过对现实生活的体察和对生命情感的感知，捕捉其中最典型、最生动的瞬间进行提炼和升华，使人物神情直接对应真实心灵。民间雕塑有着自己独特的制作工艺。艺人经过长期的艺术实践，逐步总结了一套成熟的泥塑创作经验。对于彩塑，民间有诀：三分塑，七分绘。人物的性格神态、吉庆的民俗内涵等都依靠彩绘来体现，因此更为强调彩绘的作用。惠山泥塑色彩丰富而和谐，饱满而甜润，"泥人张"彩塑清雅精致，大吴泥塑常常点缀金色，凤翔泥塑用黑色勾勒边线，装饰意味浓厚。而皇城根下的北京泥彩塑着色富丽，用笔洗练，颇显灵动。

民间雕塑源于生活而又超越生活，以夸张的形与色塑造了喜闻乐见的形象，充分展现了民间智慧的创造力。朴素的、直抒胸臆的且无拘无束的表现手法，使个体的、集体的、民族的无意识通过形式得以外化。一代一代的艺人、匠师便是在这手艺的传承中延展着民族的审美和智慧。而今，中国雕塑艺术家沿袭传统而不囿于陈法，重传统而求创新，融诸家而别开生面，呈现出民族雕塑艺术的新气象。

与民间雕塑相同，艺术家在生存环境中从内容到材料获得灵感，寻找艺术语言。他们充分运用随手可得的材质以及随之而产生的制作方式，使内容与形式，造型与材料融为一体。一团团陶土、一方方石料、一块块木材、一根根竹节、一片片金属，都糅合了作者对自然的认识，对生活的情感，对传统雕塑的思考，对民族精神的感悟。譬如，德化白瓷中的佛像丰颐秀目、宁静安详，观音像质感温润凝洁、动静相宜；檀香木雕气势恢宏、构思独特、工艺精湛，尤其强调线与面的结合与变化，洋溢着浪漫的欢愉。这些闪现于指尖上的灵动，是最有温度的且感人的作品。这些生发于本土的、内心的艺术，也为学院教学、当代创作提供了丰富的养分。

透过每件光彩夺目的民间雕塑艺术佳作，观众可以领略到呼之欲出的生命跃动，感受其承载的民族记忆与文化内涵。

五、多元交响

改革开放 40 余年的中国当代雕塑发展历程与中国社会具有一种相互印证的关系。当我们将中国当代雕塑置于改革开放的社会背景中考察时，可以从雕塑的发展变化中解读出社会变革的轨迹，发现社会发展变化的印迹。改革开放也是中国当代雕塑发展、变化的内在原因，为当代雕塑的发展提供了丰富的资源与思想能量。

自 20 世纪 80 年代以来，中国雕塑艺术家逐渐走出单一的写实主义观念与手法，推动了雕塑艺术观念的多元化与材料运用的多样化，开展对雕塑艺术本体的研究与思考。他们积极参与到与当代语境的对话中，并作出有特点、有价值的回应。因此雕塑创作呈现出活跃、生动的状态。从作品的整体面貌来看，这一时期雕塑主要分为以下基本类型：一是以学习西方古典雕塑技巧、语言和表现方式，倾向于以视觉审美研究为特征的作品；二是形式探索类的作品，有的以青铜器为创作资源，有的以西方现代主义各阶段的艺术特征为创作资源，有的以西方当代艺术创造为创作资源，有的以西方新原始主义为创作资源，呈现出不同的艺术面貌，在这些作品中，作者强调雕塑自身造型的规律和语言，进行着抽象、意象的实验，尝试使用新的材料，并挖掘材料自身特性，展示新的价值；三是观念型作品，艺术家在各种材料和造型手段的运用中，寄予了文化观、世界观及价值观，他们从个人的感受和体验出发，站在人的角度，而非想象中的时代角度，来表述社会责任感和作为知识分子的认知。

从新时期的很多雕塑作品中，我们可以看到艺术家对自身文化身份的追问，我们可以窥探到艺术家试图对以往社会经验的解构。尤其是 20 世纪 90 年代之后，随着中国社会的转型，雕塑界发生了艺术观念与文化意识的转向，雕塑艺术的总体面貌产生了巨大的变化，呈现出与过去不尽相同的特征，逐渐由审美追求走向文化追索，从纯语言形式的探索转变为对观念的探讨。值得一提的是，20 世纪以来的西方造型体系、现实主义的语言表现方式成为构建中国百年雕塑的基础元素。就这个意义而言，它的存在和主导价值也促使中国文化崛起以及中国艺术家对本土文化进行价值判断，并从传统中汲取养分，寻求精神支撑，在本土化的语境中建立自身的文化逻辑。雕塑艺术家正是通过多元化的创造手段，构筑了与公众的交流链接。

新时期的中国雕塑强调日常生活经验与大众媒介的介入，多元的形式语言与观念创新在变换的展示空间中为雕塑本身建构了多重阐释维度,拓展了雕塑艺术本体的内涵。新时代的雕塑家多从微观的视角对各种材料进行混编、重组、延拓,在物的视野中重新定位人在无穷大和无穷小的时间与空间概念中的位置。

国际化的语言与方法论削弱了艺术家对现实具体问题的关注和批判,他们越来越强调本土化的社会经验和对传统文脉的追溯,并试图将当代雕塑嵌入多元的当代文化逻辑之中。也就是说,雕塑家不再强调整体与宏观的叙述,而是以一种多元化的方式吸纳传统,体现出一种清醒、冷静的独立意识。他们对社会问题的关注也不再是大而空,而是善于从日常生活中发掘问题。雕塑也更多地与建筑、绘画、表演等艺术相互融合,强调与大众交流的更多可能性,借助大众文化的资源展现更具当代文化特征的生活样貌。他们对于过去的具象、抽象争论不再纠结,而是更加重视如何有效运用多元的手段来传达思想与观念。

六、文心写意

写意,这个从原始先民混沌思维、万物有灵及空间恐惧心理中蜕变而出的美妙精灵,当它与绵延千载的中国文化相遇,其翩跹身影便深深烙进华夏民族的灵魂深处,酝酿出举世无双的中国写意艺术。写意,是中国艺术自由的追求、自主的选择、自觉的需要、自然地流露、自洽的表现和自信的基础。

写意雕塑,正是这样一种体现了自由、自主、自觉、自然、自洽、自信,且谱写了历史辉煌,闪耀着时代光芒的民族艺术。诚如熊秉明所言:"为山先生在最近给我的信中说他造了一个新词——写意雕塑,我说造得好。写意雕塑既是中国传统的,也是现代的,这是中国艺术的真精神。"写意雕塑概念的提出以及实践的探索,标志着写意与雕塑的结合进入了审美自觉、文化自信的境界。

写意雕塑以海纳百川的开放性和包容性,为中外结合提供可能,将古今融汇化为现实。一方面，它将原始朴拙意象风、商代诡魅抽象风、秦俑装饰写实风、汉代雄浑写意风、佛教理想造型风、宋代俗情写真风、帝陵程式夸张风和民间朴素表现风的中国传统雕塑文脉接续起来；另一方面，它又将此传统文脉逻辑与西方写实主义出神入化的形神表现，以及现代视觉艺术革命中的抽象主义、表现主义等诸多流派的形式创造置于同一文化空间，在现代话语中寻找异口同声地心灵表达，打造出一种神似与形似之间的精妙平衡，成为既具备民族艺术精神又不失全人类情怀的中国现代雕塑。故而，写意雕塑是对传统雕塑进行整理、吸纳、重构，并与西方雕塑进行有效融合之后结出的文化果实。在这里，阴阳之道、天人之气、自然之态、乐舞之魂、书法之魄、丹青之韵、诗骚之情凝合交织；在这里，本心之灵动、文化之丰厚、科学之理性、技艺之精纯、人性之圆融辉映互渗。写意雕塑以昂扬的精神意志和高华的风度气派，向世人叙述和弘扬着一个古老而弥新的民族诗性追求。

写意雕塑洋溢着对孕育自身文化的礼敬，闪耀着中国传统美学精神之光。具体表现为"儒道互补"的文化结构、"气韵生动"的内在生命、"游观洞察"的观照方式、"虚实相生"的创作法则、"境生象外"的审美生成、"澄怀味象"的生命体验、"妙悟自然"的欣赏特征和"高明中和"的最高理想。

写意雕塑还一直关注时代、关注社会、关注人民，焕发出有筋骨、有道德、有温度的生命气象。所谓筋骨，是指爱国主义的担当，体现中华民族自强不息的力量，这种力量注入艺术家的生命和情感之中，也充盈于艺术家的精神世界。所谓道德，是指中华传统美德，它贯穿于人民生活之中，外化于品行，体现于价值追求，表现于作品格调。所谓温度，来自艺术家对人民与生活的真情，来自对民族文化的深情，来自对艺术创作的激情。正是基于此，写意雕塑充满底气、骨气、正气，彰显了自主自强的独立精神、兼容并包的博大精神、崇德尚礼的人文精神以及以改革开放为代表的创新精神和中国人在追梦过程中表现出来的矢志不渝精神。

写意雕塑，正以强大的文化自信激发出艺术家的弘道理想，集聚起面对现实、反映现实、回应现实的精神力量；又以真诚的创作理念，提炼成全人类的情感符号，成为走向世界、通行世界、浸润世界的艺术语言。

七、溯源追梦

在中国雕塑发展的历程中，20世纪初期的中国雕塑为后来雕塑事业的发展奠立了具有启蒙意义的基础。最为感人之处是中国的雕塑家从一开始就把雕塑与反帝反封建的民族解放运动紧密结合在一起，他们所塑造的人是中华民族的英雄、哲人、伟人，他们所塑造的老百姓是具有温厚人文情怀的、饱含勤劳朴素精神的平凡中国人。从江小鹣的《孙中山总理铜像》到刘开渠的《淞沪战役阵亡将士纪念碑》，从李金发的《蔡元培像》到滑田友的《轰炸》，从王静远的人体雕塑到王临乙的《大禹治水》，均体现了这种精神。这一时期的雕塑创作为中华民族的救亡图强而奋力斧凿，为东方古国的独立和解放而铿锵呐喊。一系列重要雕塑伫立在中国大地上，反映了雕塑家的爱国情怀与艺术高度，体现了他们在20世纪文化历史风云中的积极探索精神。中华人民共和国成立后，在党的文艺政策指导下，中国雕塑得到进一步发展，并与社会主义建设紧密相连，诞生了一大批影响深远的雕塑作品。

百年来，中国的雕塑家与理论家在实践探索、理论研究中，不断深化对中国传统艺术与西方艺术的研究。他们的理论思考与研究促进了新的创作，新的创作也激发了新型理论的发展。如此循环往复，使得雕塑的实践与理论成果丰硕而弥新。早在1929年，梁思成就展开了对中国雕塑史的研究与讲学，开创了中国雕塑理论研究的先河。这一时期，《良友》《北洋画报》《上海画报》等刊物对中外雕塑家及其作品的传播贡献颇大。商务印书馆、中华书局还出版了王济远、张澄江编著的《蓬蓬雕刻集》、熊松泉编的《雕塑浅说》、叶绍钧等编《剪贴和雕塑（小学第一集）》等一系列雕塑著作。新中国建立以来，雕塑理论研究、雕塑史研究、雕塑技法研究等著作以及雕塑家作品集的出版犹如雨后春笋，共同见证了中国雕塑实践与理论的发展。中国雕塑艺术在良好的文化生态中不断前行。

就中国百年雕塑的视觉呈现而言，雕塑实物是最好的造型载体。然而，由于许多雕塑的原作没能得到有效的保存，损坏、遗失现象严重，因此若以文献与图像的形式来呈现 20 世纪初期以来的雕塑脉络与艺术实例也显得极其必要。从 20 世纪初至今，中国出版了大量与雕塑相关的杂志、书籍、画册，由这些形象的雕塑资料，读者也可以走进那逝去的文化时空，感知中国百年雕塑的发展历程，感悟中国百年雕塑的心路轨迹。

百年沧桑，百年雕塑。百年来，中华民族遭受的苦难、经历的阵痛、发生的翻天覆地的变化是史无前例的。经过百年的历练，中国雕塑正以前所未有的气度，向国际社会昭示着中华民族的文化价值观。

（原文发表于《美术》2018 年第 06 期）

雄浑高古　南朝气韵——
我看南朝帝陵石刻造像

　　中国百年雕塑艺术是在近现代社会变革、中外文化交流和城乡文化建设中逐步形成的，凝聚着民族文化的传承和时代精神的风骨。雕塑作为最古老的艺术样式之一，承载着人类社会文明共有的记忆，在雕塑的加与减、形与意和立体空间营造中蕴含着时代精神与文化印记。中国雕塑艺术是悠久而厚重的中华文化史的缩影，折射出时代审美创造和民族奋斗发展的嬗变历程。前期我先后从造型风格特质上将中国传统雕塑归为八大风格类型；从内容和题材上将近百年来中国现代雕塑按砥砺铭史、塑魂立人、时代丰碑、匠心着意、多元交响、文心写意、溯源追梦七个篇章梳理归纳；本文将就南朝石刻的帝陵程式夸张风格加以探讨。

　　追溯中国古代雕塑的发展史，传统雕塑艺术主要分布于三个领域：陵墓雕刻、宗教雕刻和民间艺术。其中，最具规模且与社会生活和时代政治紧密结合的，当属帝王陵的陵墓雕刻。陵墓雕刻肇始于汉初墓前的石人和石兽，盛行于崇尚升仙思想和厚葬文化的两汉之际，南朝时期辉煌的石刻造型水平达到顶峰。墓葬文化在中华传统意识形态和宗族观念中占据相当大的比重，是传递文化和时代记忆的缆绳。中国古代社会一直崇尚灵魂不灭、生命轮回的观念，并形成与之配套的一系列鬼神传说与世代轮回故事，继而逐步形成祭祖和拜祖的习俗，并以厚葬逝者以求多福。画像砖的出现将汉代厚葬风俗推向高峰，与之相应，陵墓雕塑也随之盛行。及至南朝，陵墓雕塑以都城建康（今南京）和帝王故里丹阳最为典型。与北方雕塑的苍劲挺拔相比，南方雕塑多了几分飘逸俊巧，时出奇幻之姿。

　　南朝帝王陵雕刻主要包括石兽、石碑、石柱等，石刻形制大抵相似，组合方式基本相同。石刻造像一般都设置于平地，石兽两两对称，那些辟邪、麒麟、天禄等巍然屹立于天地间。在与神道石柱、龟驮石碑等陵墓附属构建的对比中，其体量庞大、形态凝重、质感厚实，无论整体造型还是局部细节的装饰，均采用夸张手法，时时蓄聚着腾跃的视觉张力，仿佛权力附体于神力而弥久永世。南朝石刻造像上承两汉，下启隋唐，其程式化的夸张风格介于秦俑的装饰写实和汉代雄浑写意之间，通过对客观物象的概括、抽象、整理，呈现有机几何体的倾向，雄浑之体兼具灵动之意。南朝石兽雕刻的雄浑与灵动开创了帝陵雕刻的新高度，形体的装饰意趣附着于体块表面，整体呈现气贯长虹的时代气韵。

王弼的"得意忘言""得意忘象"、顾恺之的传神论、谢赫的"六法论"均强调"神"。因此，六朝在绘画、书法、工艺、雕塑方面均有极高成就。耸立于南京地区壮伟恢宏的六朝石刻，正是该时代的精神象征。在当今开放的中国，它又被赋予了新的意义。20世纪初，中外学者喜龙仁、梁思成、滕固、朱希祖及朱偰等，已对南朝石刻造像有诸多研究。近年来，在国家全面复兴传统文化政策的感召下，个人或团体以不同方式又掀起探求南朝石刻瑰宝的浪潮。这不仅是对优秀传统文化艺术历史遗存研究的深化和完善，更是为未来的中国雕塑发展与公共雕塑建设提供了可资借鉴的价值参照。本文将南朝帝王陵石刻的美学精神和风格特质归纳为以下四个方面：

一、中外美学精神融合

南朝帝王陵石刻造像，如果从地域文化特征来看，可以用两个关键词来概括：中外融合、传承创新。从造型的风格样式来看，南朝石刻雕塑融汇秦汉时期的塑造语言，兼具秦代的装饰化写实风格和汉朝石刻的雄浑大气；吸收了中西方传统雕塑的特点，亚述和波斯帝国美术特征显露无遗，从石兽的两翼与罗马柱式便可看出端倪；同时，石刻碑座和装饰图案的莲花纹样及其与经幢的同构性，佐证了印度佛教东传对南朝石刻造像的影响。现存遗迹从武帝刘裕初宁陵神道石刻到永宁陵石刻，跨越千年、穿越时空、迈进田野，进入人民大众的社会生活之中，其美学精神在形制上呈现显著的民族化、中性化和融合性三个特征。

（一）民族化

相较于前朝，南朝陵墓石刻体态高大，造型夸张，民族装饰化色彩浓重。在造型艺术中所洋溢的东方神韵，给人以视觉上的震撼。那些昂首挺胸、迈步行进的石兽，气吞万里，S形的构成及饱满有力的弧线，彰显出东方的坚毅与灵敏。从现有石刻遗存来看，在南朝宋、齐、梁的发展过程中，造型规模逐步走向高大、夸张和多样化。而到了南陈时代，渐渐转向小巧繁复的纹饰造型倾向。石兽造型中线的元素占有相当大的比重，这与中国传统书画的高度发达是密不可分的，具有极强的绘画性，这也恰恰形成了石刻造像的中国化特色。以南朝齐景帝萧道生修安陵的麒麟石刻为例，身长近3米，高约2.5米的庞大石兽周身布满了装饰纹样，线条呈重复、细密、集群化的特点，用装饰的线条塑造每个细节，具有强烈的装饰化意韵。以中国画为代表的民族造型语言，将自然物象的客观物象提炼成二维空间线的表达，独具东方智慧和民族哲思，延伸到了帝王陵石刻造像之上，建构了南朝石刻装饰线条的独特风貌。同时，从空间角度来看，麒麟昂首阔步、挺胸向前，整体呈现出气宇轩昂的生动气韵。在力量的表达上，强调对"气"的刻画，这是民族美术的又一大特色。在麒麟的臀部，以龟背造型，传达出在民族语境中，工匠对于神兽长寿与神力功能的刻画方式。在中国传统文化中，龟是长寿、吉祥的象征，将其造型融入石兽造型，匠心独造，民族风情。

（二）中性化

到南朝，造型艺术已先后经历秦朝装饰写实和汉代雄浑写意两大成熟时期，有着良好造型风格的积淀，在石刻造型上介于两者之间，具有中性调和的特点。在形态语言上，南朝陵墓雕刻吸收秦俑的写实手法与装饰表现，刻画的石兽形态接近于狮、虎等客观物象；但同时又打破了秦代拘谨的塑造表现，汲取汉代霍去病墓组雕等写意的刻画方式，营造出雄伟壮阔的帝王气象。相较汉代，南朝陵墓雕刻更完整、细致地交代石兽细节，石兽的四肢与鬃毛都刻画得清晰可见，在一定程度上中和了秦汉的造型风格特点。萧憺墓石兽遗存是最为特别的一个，其胸前和侧面有两只小的辟邪，是否为移来之物现在尚不可考。两只小辟邪腹部与四肢尚未镂空，融为一体，有汉代随石赋形之感。然从塑造语言来看，写实化倾向较为显现，硬朗的线条精准描绘出轮廓体积。从大的空间来看，在石刻空间的营造中，还将石兽与石柱结合起来，共同为帝王陵服务。

（三）融合性

南朝石刻造型不仅融汇了商代抽象装饰和秦、汉等时期传统雕塑造型特点还作出适时的中性化处理，其在融汇中外造型元素方面同样堪称成功典范。"考古艺术之以石狮为门卫者，古巴比伦及阿西利亚皆有之……然而中国六朝石兽之为波斯石狮之子孙，殆无疑义"。据现有史料及考证显示，南朝陵墓雕刻的有翼兽造型源于亚述帝国宫殿内的石兽形象，后经波斯传入中国。当然，目前学界对此尚存诸多争议，本文暂不探讨。但就南朝石刻来说，有翼兽造像确系受国外影响无疑，外来造型元素与中国传统的装饰云纹相结合，呈现出中外融合的特点。在两翼的处理上，南朝石刻并没有按照亚述帝国有翼兽两翼伸张的形态处理，而是采取含蓄内敛，与整体雕像融为一体的团块化塑造，形成中性化的造型方式，在一定程度上符合中国传统儒家中庸文化的客观性。此外，对于南朝石刻石柱的造像最早可追溯至古希腊，石柱顶端的莲花底座造型与佛教文化亦有不解之缘，石碑中绘画与书法的融入，丰富了陵墓雕刻表现的视野。南朝陵墓雕刻继承了传统原始朴拙意象和诡魅抽象风格，汲取秦汉装饰写意雕刻造型之优长，广泛吸收海外造型元素，构筑中国传统雕刻史上的一大高峰。集民族化、中性化和融合性于一体的陵墓雕刻艺术，将古、今、中、外的造型元素融合，是外来文化与本地文明的高度契合，而非简单的模仿，这也是在本土文化高度自觉下的创新和创造。

二、帝陵石刻时代地标

帝陵石刻的价值不仅在于反映了当时墓主生平、卓越功绩和习俗礼仪，还凝固了群体的情感、民族的符号和时代的记忆。从历史角度来看，陵墓雕刻不是自南朝兴起的，早在秦汉时期仪卫就已然存在，南朝和盛唐的陵墓雕刻工艺水平已达巅峰，从而形成中国传统雕刻史上的两大高峰。与西汉霍去病墓前铭记战争功勋、表彰将军凯旋的纪念性石兽雕刻不同，南朝的陵墓雕刻气势恢宏，是墓主人受"视死如生"升仙思想影响而追求奢靡、崇尚石兽通神的产物。其不仅是权贵的象征符号，更兼有驱除恶邪、通神守卫之功能。应当说，现存南朝陵墓雕刻遗存是时代赋予建康古城六朝文化的"活化石"，更是中华历史文化长河中极具代表性的时代标志。

（一）文化高峰

继西晋五胡乱华、永嘉之乱和衣冠南渡之后，中原文化中心南移，建康等南方城市渐成代表时代最高水准的能工巧匠与贤能之士聚集之地。回望中国古代艺术史，魏晋南北朝时期是文化艺术观念自觉的一代，其基本风格特质就是崇尚自然、顺乎自然，注重理性的哲学思辨和潇洒的自我表达，这从客观上造就了南北朝文学艺术创新精神和创造意识的自觉。南朝陵墓雕刻的石刻神兽、石柱、石碑等在沿袭汉代传统基础上，创作理念、造型方式和帝王气象与前朝均有新的突破。而南朝石刻一改汉代以生活中动物形象的客观实在为原型，转而选取神化了的麒麟、天禄和辟邪等理想的化身，创作题材已有明显不同的定位。在造型方式上，石刻神兽体型庞大，形态夸张，躯体更为灵动，尤以丹阳南朝帝陵之麒麟造像最为典型。神化的石兽昂首阔步立于陵墓前，更有助于帝王气息的渲染和君权神授理念的表达。从现存南京栖霞、江宁和镇江丹阳的石刻遗存来看，在南朝诸代的发展过程中，有翼兽的器型逐步趋向高大、夸张和多元化，其装饰纹样呈精细化趋势。作品以雄浑磅礴的气势和稳若泰山的力量感，营造出肃穆威严的气场，体现出皇家贵胄的威仪与威慑力。全面革新的艺术理念和表现手法，将南朝陵墓雕刻推向中华文化艺术表现的一大高峰。

（二）理念融通

北宋苏轼诗云"诗画本一律，天工与清新"，加之"书画同源"这一对艺术表现同质异体的经典解读，均是中华文明的重要组成部分。雕刻艺术也不例外，作为大美术，其艺术理论和成像美学原理具有共通性。在南朝时期，艺术理论得到空前的发展，顾恺之提出"以形写神""迁想妙得""骋怀观道"等书画理论，对雕刻艺术的创作产生了深远的影响。风骨造像和骨法用笔在石雕领域得以彰显，追求作品整体性的夸张逸象、装饰的高贵华丽，甚至引入亚述、波斯等国外经典装饰图样，丰富了雕刻表现层次和作品的内涵。南朝陵墓雕刻打破艺术门类和区域文化的界限，融通并茂，于天地间寄寓"求福禄、驱邪祟"的愿景，创造了符合时代诉求的艺术经典。据《南史·齐豫章文献王传》记载，宋文帝长宁陵"麒麟及阙形势甚巧，宋孝武于襄阳致之，后诸帝王皆模范而莫及也"。在楚文化的滋养下，南朝石刻造型在颈部和躯体部位夸张拉长，与当时人们追崇的"尚未清雅脱俗及卓然不群"的审美取向相吻合，亦符合当时人物绘画秀骨清像的审美标准特征。

（三）科技水平

从世界文明史进程看，纪念碑式大型石雕艺术品都是铁器时代的产物。雕塑虽与其他艺术门类有诸多共性，但也有其个性的空间，它是艺术与工程的结合体。时至今日，大型雕塑依然是创作主体脑力劳动与体力劳动的结合。谈及工程，工序和工具都是挥之不云的话题。据考古发现，埃及胡夫金字塔内有铁器出土，这证实了铁器是建造庞大金字塔的有力工具，若没有相应的技术储备是难以成功的。"工欲善其事，必先利其器"，冶铁技术的成熟是南朝帝陵石刻得以璀璨绽放的有力保障。在封建社会，冶铁技术的发展首先应用于军事。南北朝时期，朝代更迭频繁，战乱不断，对于冶铁技术水准的要求空前高涨，这也间接催生了孕育南朝陵墓石刻客观条件的成熟。在当时冶金技术已具相当水准的前提下，再加上水陆车船等运输工具的发展，共同作用于陵墓石刻的形成，社会各领域形成合力，为世界呈献了今日依然可窥探端倪的史诗巨作。

三、帝王陵之夸张意象

南朝这些磅礴、空灵、神出古异、逸气弥漫的雕刻所折射的学术自由、科技进步的时代精神，令现代人不无感动。随着经济的发展、科技的进步和文化的多元创新繁荣，石雕行业的工匠水准有了长足提升，无论是石雕的体量规模，还是雕刻的工艺技法，都达到了相当高的水平。南朝时期，受社会战争动乱的影响，北民南迁，经济文化重心南移，南方优越的自然条件和相对安定的社会环境，为文化交流与整合提供了优越空间。北方文化与南方文化在江南区域交流互鉴，逐步形成新的创新意识和文化类型，促进了南朝时期文化艺术的缤纷呈现。这一时期的南方文化艺术，已不仅仅是江南地方区域文化和智慧的凝结，更代表着整个国家的文化艺术走向。与当时北方庄严肃穆的佛教雕刻相比，江南以夸张灵动的陵墓雕刻震慑心灵，傲立于天地之间。

南朝陵墓雕刻遗存分帝陵石刻和王陵石刻两类，主要分布于江苏的丹阳和南京。帝陵前石刻一般身躯修长、长颈夸张、华丽灵动，配有鳞片及双翼等装饰纹样，大多聚集于丹阳地区；王陵石刻一般身形如狮虎，脖颈短粗劲拔，鬃毛厚实深长，四肢粗壮有力，昂首仰天阔步，纹饰平面简洁化，多见于南京周边区域。南朝都城建康（今南京）和齐梁两代最高统治者发迹的地方——丹阳，是陵墓最集中之处。石刻散布于丹阳市萧梁河沿岸、南京城东的栖霞和城南的江宁等地，宋、齐、梁、陈四代皆有实物遗存，主要包括石兽、石柱和石碑。从造型艺术语言来看，南朝帝王陵石刻在承继前代陵墓雕刻的基础上，在尺度和造型方式上得到了长足的发展和突破。

从现有遗存和考古文献表明，位于南京的初宁陵为南朝时期最早的石刻造像，一对石兽分设于公路两侧，风化较为严重，其中一尊头部已残损。此对麒麟身材高大，较西汉霍去病墓前马踏匈奴石雕已近乎翻倍，在尺度上呈现大幅度的发展。至齐代，位于镇江丹阳市仙泉路北的齐景帝修安陵的一对石兽体态更为高大，同时在动态上增加了灵动性，身形大致呈 S 形曲线，渐趋华美拉长的颈部和窈窕的体态，与同时代绘画领域陆探微"秀骨清相"的经典画风所体现的审美风尚相呼应。头部鬃毛刻画精细，呈曲线形向外伸展，颚骨饱满隆起，口部圆形化夸张处理，胸部坚挺饱满辅以羽翅纹理，整体造型空间感进一步增强、灵动而富有张力。现有梁代陵墓石刻神兽的历史遗存最为丰富，位于丹阳市皇业路的梁武帝萧衍修陵神道石兽，南向，昂首阔步，气势雄壮威武。从雕塑语言和工艺技法来看，较前期南朝石刻更为纯熟，轮廓线紧绷流畅，整体造型结实而富有弹性。石兽的形象趋向写实性，简化、概括装饰纹样，服务于躯干造型整体。至南京仙林学则路的萧宏墓石兽雕刻，两翼已简化为两条装饰纹样的曲线，雕刻手法简朴自然，造型线条从华美灵动转向厚重的体积空间表现，讲究对称之美，追求浓重的工艺装饰化造型风格。位于南京栖霞区十月村路东的梁吴平忠侯萧景墓神道石刻是南京地区名气最大的一座，它不仅成为南京市官方辟邪形象的原型，还曾在梁思成、刘敦桢的笔下写入《中国古代建筑史》，被公认为辟邪中最为精美的一尊 ——以狮子为原型，体态进行了极致的夸张，体量巨大，沉稳有力，端正庄重，威风凛凛，气势磅礴，极具帝王之气和强烈的视觉冲击力。石兽周身造型整体性较强，装饰纹样简练朴实，于粗犷、敦厚和威严中突显博大气势。到陈代，南朝陵墓石刻造像已过巅峰，体量渐收，倾向于小巧繁复的纹饰刻画。位于南京栖霞甘家巷狮子冲一带的南朝陈文帝陈蒨永宁陵前两尊石刻，整体形制小巧精美，华丽纹饰遍布周身，头部比例偏大，手脚活泼灵动。

综上所述，南朝陵墓雕刻造型方式在承袭汉代雄浑写意风格基础上，发展了成熟的夸张意象风格。首先，造型元素夸张。有翼兽的出现，将古老的东方文明与爱琴海艺术等域外文化紧密联系在一起，为我们窥探华夏民族文化的历史嬗变轨迹打开一扇窗。在陵墓雕刻的元素构成上，呈现多元融合的特点：石兽融狮形身躯、龟形臀部、豹形尾部、飞禽两翼等于一体，石碑和石柱在立体与平面、雕刻与书法、东西方柱式等方面也展现出极大的包容性。其次，基本形体夸张。从现存的南朝陵墓雕刻遗迹来看，与前代相比，石刻呈现体态高大的特点，增强其视觉冲击力，凸显雄浑壮观的气势。在躯体空间关系上，躯体扭动幅度较大，尤以脖颈部位最为明显，其视觉张力更强。再次，创作意象夸张。石刻遗存中，石兽不再是秦汉时代等前朝雕刻温顺可亲的仁兽，而是转为龙虎和雄狮般的猛兽化身，以其高大威武，凶猛刚强的形象，彰显皇家贵胄的尊贵和威仪，满足人们所赋予其通灵镇墓的诉求。庞大的体量、凶猛的神态和极具张力的动势，使南朝石兽历经宋、齐、梁、陈四个时代的发展和锤炼，整体呈现出咄咄逼人的威慑力和结构性张力。

四、帝王陵程式化风格

纵观南朝陵墓雕刻，虽宋、齐、梁、陈四代雕刻语言各具特色并呈现循序渐进的嬗变脉络，但总体而言，其形象相似，组合方式及构成单元基本相同，且呈现固定的形制规律和营造范式。考古发现资料表明，帝王陵墓雕刻的布局具有明显的程式化特色，排列次序及摆放朝向等都有固定的形制标准。较之前朝代，南朝陵墓雕刻更为高大，整体呈 S 形空间构成样式，丰富华丽的装饰化纹样和线条表现，已成为这一历史时期造型艺术史书写的特定标志。石兽形象呈具象化走向，主题表现趋向简洁化、制度化、规模化、批量化、规范化，具有明显的程式化特征。

总体来看，我认为南朝石刻在中国雕塑史上独树一帜，石刻配置和内容已形成定制，程式化的造像风格超越于事物表象，是秦汉两代雕塑艺术风格的融合和创造，是时代赋予的符号。第一、符号化。符号化形象作为南朝帝王陵墓石刻的艺术语言，具有两个显著的特点。一方面，强烈的象征性，它代表着当时帝王们个性化的心理诉求和审美理念。以狮虎为原型创作出的有翼兽形象，强化了守护神各种力量符号合体的理想，与其时的升仙思想是相呼应的。另一方面，显著的标识性，它是统治阶级意志的集合体，是帝王贵胄的代言人，是王权的象征和符号。第二、装饰化。有序、对称、工整的装饰化线条是南朝帝王陵石刻的突出特征，在吸收汉代随石赋形的基础之上，融入商代诡魅的装饰纹样，使之通体华美高贵。以齐景帝萧道生修安陵神道石兽为例，装饰化的艺术表达至少传达了三层意象：装饰、概括和意象表达。石兽身上装饰精细而烦琐，头部茸毛以工整、重复而有规律的线条刻画，颈部、胸部和腹部则以类植物团状的线条塑造，达到华美的装饰效果；同时，在装饰化表现的过程中，对毛发和肢体结构进行必要的归纳和提炼，使之图形意象升华；正是基于以上对客观实体的抽象概括和装饰美化，石兽才具有一定的意象表达。第三、形制化。就南朝陵墓雕刻形制来说，其有固定的规制，对石柱、石碑和石兽的位置经营和空间构成方式从现有历史遗迹中有章可循。

对城市文化而言，六朝石刻是历史赐予的珍贵资源。城市文化由过去与现代共同构成，它们的存续与演进预示着未来。优秀的古代文化，尤其是以硬质材料为载体的物质形态文化，是一个城市风神古韵的魅力根基。南朝陵墓石刻上承秦汉两朝装饰写实与雄浑写意的风格，下启隋唐理想造型之风，在南北方频繁的文化交流与思想碰撞中，融合两者艺术表现之精华，于浓缩中华传统装饰化艺术语系特色、承载帝王贵胄多元文化时代诉求的基础上开拓创新，无疑建构了中国美术史上传统雕塑艺术表现的一大高峰。

（原文发表于《南京艺术学院学报（美术与设计）》2020年第03期）

文艺评论

朴素的艺术情怀 真实的生命感动——
从传统走来的齐白石

    齐白石客居北京时，有一方印"客中月光亦照家山"每见此印，我都感动莫名。尽管齐白石离乡数十载，相隔千万里，依然乡月映心，足见家乡的魅力。

    "岳麓云横翠作屏，湘潭水净寒拖练。"湘潭，揽造化之毓秀，得人文之所钟。这里山水自成依傍，俯拾皆为胜景；这里有宋代湖湘学派的"经世致用"思想，更有今日人民的"敢教日月换新天"的奋斗精神，千年文脉一脉相承。难怪齐白石对这片土地朝斯夕斯、念兹在兹，写下、画下诸多真挚感人的诗篇画作，正暗合元代大画家吴镇的诗句："百年遗迹留人世，写破湘潭梦里秋。"

    齐白石的乡思乡愁感动着我，他的艺术洋溢着乡土浓情，打动了无数观者。大至天地气象，小至万物毫厘，他的作品由正而变，妙造自然，其巧思、朴拙、率真、妙趣，均在令人叫绝的笔墨造型中体现，洋溢着浓郁深长的民族情感和民族气质。

    "不是独夸根有味，须知此老是农夫。"伴随齐白石一生的农民情结，可视为其艺术饱含人民性的根由。在他的世界里，家乡是融入血脉的永恒有机生命体，当他离开时，便像孤雁独去，飞翔于悠远的长空。1919 年，他到北京后居无定所，终日彷徨不安，遂筹划返回湘潭。而1921年秋天所作的《孤雁》，正是其心境写照。所以，无论他身在多遥远的地方，总是要深情回眸这片故土。也正因如此，他的意笔与工写皆可闻到浓郁的土地芳香，可见逸动的柳丝春韵、月照星塘的粼粼波光；可见一轮红日下的千点白帆、牛背上红衣少年凌空长线的风筝那是牵动游子乡情的生命意象。……这不仅是齐白石的现实故里，也是他的精神家园，魂牵梦绕，灵感闪现，下笔成意，笔笔通神！

正是这种朴素、纯真的乡情赋予了齐白石过人的艺术勇气。他从湖湘文化的瑰谲中，从乡村匠人的日常经验里，萃取、抽绎、融汇民俗色调与文人意境，通过"衰年变法"独创"红花墨叶"画法，开创了既绚烂又古朴、既铿锵又流荡的蔚然气象。

齐白石的画，融汇古今而成三象，将客观事物之具象、艺术表现之意象和艺术形式之抽象三者交相呼应，自然呈现。

所谓具象者，乃捕捉表现对象之精微并加以提炼概括，使之形神毕现。如举世皆知齐白石笔下的虾，其墨色透明、用笔精炼，神似运动中虾的动势；齐白石所画的螃蟹，寥寥几笔，竟使水墨在宣纸相遇后的偶然渗化效果与蟹腿绒毛巧妙嵌合，神气活现。

所谓意象者，乃运用妙思巧构之形式纳形、色、声、味于一图。如在《蛙声十里出山泉》中，流泉线韵，蝌蚪如跳动之音符，令观者似听水声潺潺、蛙鸣阵阵，堪称以形表音、画有尽而意无穷的典范。

所谓抽象者，虽表现紫藤、柳条、簸箕、粪叉、箩筐等生活常见之物，却化为点线面，且富有中国书法特有的遒劲、跌宕、驰骋回转的线条之美。可见，齐白石的抽象不同于西方现代艺术之抽象，实受益于中国篆隶行草书法之美学滋养。他是20世纪以意象表现具象而臻抽象境界的大师，是以中国式审美及表现而确立的艺术高峰，是可以对话于从文艺复兴达·芬奇到20世纪康定斯基与毕加索的大师。

齐白石的人生与艺术升华始于中华人民共和国成立后。这位从旧社会走来的雕花木工，受到党的关怀、人民的热爱，尤其是毛泽东主席、周恩来总理的关心与尊重，不再是一只孤雁，而是成为社会主义文艺百花园中令人瞩目的劲松！他将个人的吟哦感喟升华为对祖国和世界的祝福——以美为苍生送福，以美为世界祈愿和平。至此，齐白石真正成为百年中国美术史上的一代宗师，一位妇孺皆知、备受爱戴的伟大人民艺术家。

纵观齐白石的艺术人生，他以雕花木工的匠心独妙，妙合文人画逸笔草草之意，生成雅俗共赏的诗意笔墨；以淳朴农民的乡土情愫，融合士大夫的超拔逸气，抒发知识分子的家国情怀；以写意"似与不似"之神，合工笔"惟妙惟肖"之形，构成收放自如、内蕴张力的艺术图式；以水墨晕染的偶然，暗合客观物象的必然特质，形成妙不可言的审美奇象；以万物生长之势，融书法线条之韵，创造蕴含中国精神的抽象之美；以自我天性，汇诸家之长，从青藤（明代画家徐渭，号青藤老人）、雪个（明末清初画家朱耷，号八大山人、雪个）门下"走狗"（齐白石诗中语），蜕变为"自用家法"的艺术主人。

　　他一生都以生活为落脚点、以传统为蓝本、以变法创新为动力，强调眼观心摹经验，汲取民间文化，善用民间智慧，营造了一个接地气的美妙艺术世界。

　　毫无疑问，他是以鲜活而富有生命力的笔墨创造，证明了中国画的时代价值。

　　齐白石，何人也？集农夫、木匠、诗人、艺术哲人于一身，是美的探索者、开拓者、创造者，是中华文化的传承者，更是人类和平的守望者！

　　齐白石艺术创新的内在理路，深刻启发并影响了中国百年美术的发展。他的艺术语言、图式经验与美学风范，一方面承续了传统积淀的文化理想，另一方面赋予文化理想以新语汇、新结构，从而在拥抱现代的同时对话古今中西，以民族文化的内生性创新力量，化解与外来文化相遇时的矛盾碰撞。这一化解，是通过创造来继承，通过继承与发展来体现传统的价值与生命力。

　　我的写意雕塑理念便是受齐白石及其之前的诸多大师影响，将中国哲学、诗学及书法绘画的"意"和"写"，将写意精神融入立体形态的雕塑中。30多年来，我以写意手法塑过多尊不同的齐白石像，其中不少灵感皆源自白石老人作品的启发。如《独立苍茫——齐白石》受启于齐白石的《中流砥柱》；《似与不似之魂——齐白石像》得益于他的《借山图》；《长髯齐白石》借鉴于他的《墨荷》……由此可见，大自然的气韵与文化的意象，让以齐白石艺术为代表的写意美学在雕塑领域获得了新的生长点。

　　齐白石艺术的创作与传播之路，某种意义上是百年中国美术在自身体系内吐故纳新、实现飞跃并走向世界的缩影。早在20世纪20年代，齐白石艺术便已走出国门，积累了一定的海外声誉。随着中国的高速发展与社会进步，世界对中国文化的认知将不断深入，齐白石艺术的价值将被进一步发掘，其国际影响力也必将日益深远。

齐白石，俨然中国文化精神之形象。

2012年，我的雕塑作品《超越时空的对话——意大利艺术大师达·芬奇与中国画家齐白石》被意大利国家博物馆永久收藏，齐白石与达·芬奇、米开朗基罗并肩而立。2020年，该作品落户达·芬奇的故乡意大利芬奇镇，一位从湘潭走出去的中国老人，成为达·芬奇科技博物馆中东方艺术的代表。

在文化传承发展座谈会上，习近平总书记指出，"中华优秀传统文化有很多重要元素，共同塑造出中华文明的突出特性"，并将其总结为突出的连续性、突出的创新性、突出的统一性、突出的包容性、突出的和平性。全面观照齐白石的艺术，可见五个突出特性：继承千年优秀传统文化艺术精髓，彰显中华美学精神，是为连续性；以自家笔法架起传统与现代、生活与艺术之间的桥梁，是为创新性；终生不变率真本性，追求艺术本真，是为统一性；广学前人时贤，融通书画篆刻与民间美术，是为包容性。齐白石曾说："正由于我爱我的家乡，爱我祖国美丽富饶的山河大地，爱大地上一切活生生的生命。因而花了我毕生精力，把一个普通中国人的情感画在画里，写在诗里。直到近几年，我才体会到，原来我追逐的，就是和平。"这正说明，白石老人艺术始终洋溢着对和平的珍视与追求。

齐白石深知，人生总会谢幕，但艺术不朽。步入鲐背之年的齐白石，其艺术犹如他95岁时创作的牡丹花，依然耀眼热烈，为社会主义文艺的春天增添蓬勃生命力。在构建人类命运共同体的新时代，齐白石的艺术必将以鲜明的民族特质与美好的人性本质，越发彰显其超越时空的永恒价值。

"喜看稻菽千重浪，遍地英雄下夕烟。"在坚定文化自信的当下，我们纪念齐白石、研究齐白石、传播齐白石，旨在以其朴素的艺术情怀、真实的生命感动和创新的生动实践，启示并激励当代涌现更多艺术大家，创造属于我们时代的艺术高峰，让广阔无垠的文化高原上群峰竞立！

（原文发表于《光明日报》2023年11月19日11版）

雨后青山铁铸成——
读潘天寿

  中国画坛一代宗师潘天寿，历经晚清、民国和新中国 3 个历史阶段，在社会动荡、政权更迭、战争频发、文化冲突中度过一生。风起云涌的外部环境与跌宕起伏的人生际遇，既孕育了他铁骨铮铮而又温厚敦实的品格，也造就了他格局宏大、气象深穆、雅儒雄阔的艺术风貌。

  时逾而立之年，潘天寿便对"书画同源"古训有了不同以往的理解，并将其践行于创作中，形成极富个性张力的艺术风格。熊秉明先生将此风格称为基于楷书的静态造型美学。楷书可谓最具儒家气质的文化符号，其中刚毅之道德意味与执着之生命情态，恰与儒家的人格精神同构。元代以降，主流绘画的审美品格多属道、禅一路，而潘天寿意在表达"道力苍茫"的美学特质，正应和了晚清以来中国画重拾儒家美学的文脉走向。儒家知识分子的自强、弘毅、历史感和使命担当，成为他"强其骨"的精神支撑。

  综观潘天寿的艺术思想和实践，其儒家风骨主要体现为 3 个方面。首先，潘天寿从不认为绘画是闲暇时的遣兴之举，而将其视为可比肩立德、立言、立功的不朽事业。在潘天寿看来，中国画能够保存民族精神、体现爱国情绪、彰显国家实力，甚至发挥救赎功能。推广优秀的中国画，不仅可以增强民族的文化自信，还可以像西方科学技术一样为全人类带来福祉。所以，中国画研究是具有普遍性和科学性的学问，能够构建出系统化、公式化的规律知识；加之无与伦比的民族审美价值，中国画完全可以与西方绘画进行平等对话，成为人类文化版图上的并峙双峰。早在舞勺之年，潘天寿就立志成为中国艺术家并终生不渝。当传统书画遭受虚无主义诘难时，他坚定地守护着日渐式微的文脉，以卓越的见识和睿智的判断，对认知与实践之间可能出现的断裂、当下与传统之间可能产生的冲突、本土文化与外来文化之间可能发生的对立，进行了深刻反思和有效探索，并在此基础上强调：中西绘画应拉开距离，应凸显中国画的文化属性、自然属性和历史属性。其次，潘天寿始终抱有强烈的自主意识和自省意识。一方面，他借由教学不断追摹历代大师杰作中的风格与技巧；另一方面，通过研究历史，对数千年来传统书画的发展流变谙熟于心。在上下求索的艺术征程中，潘天寿理性审视着自己的探寻方向与方式，以对图式的极端性钻研考究，日益纯化绘画语言，使画面秩序丝丝入扣，图式与思想渐臻统一，在深刻的省思和勇猛的实验中形成独具一格的矜重超迈之风。最后，潘天寿笔下的花鸟草虫作为人格投射，其审美意蕴已远超普通的玩赏范畴。在文人士大夫与历代画工的艺术世界里，花鸟草虫往往是微不足道的品玩对象；而潘天寿独辟蹊径，以如椽巨笔开巨幅花鸟画创作之先河。可以想见，当画家面对擎天立地的画幅屏息敛神、挥斥方遒，将不起眼的花鸟草虫放大到令人震撼的境地 。若非有雄视千古的大格局、海纳百川的大胸襟、俯仰天地的大观照、澄怀味像的大体悟、悲悯众生的大境界，绝不能为之！在此，传统花鸟画陶冶遣兴、怡情悦性的审美意蕴，被 立定乾坤、亘古千秋的恢宏气势所替代，作品中回荡着造物主般撼人心魄的磅礴之力。

追随着儒家的人格理想， 潘天寿沿着尽心、知性、知天一路走过，将胸中的浩然之气充塞于自己的艺术世界。他创造性地融合"奇美"与"壮美"两个审美范畴，既拓展了中国传统"阳刚之美"的内涵，又确立了中国审美文化史上的新视觉形式。其笔下的荒村古渡、断涧寒流、怪岩秃树、奇松朱荷、篱落水边、梦乡绝壑、幽花杂卉、乱石丛篁、蛙虫鱼蟹、鹰鹤雀雏，无不冷峭崛郁、雄强奇僻，透现出画家逸群绝伦的风骨。潘天寿作品中的"奇美"，虽源于八大山人、石涛等前贤大师，却没有他们的悲情愤懑，而是充满了思接旷古而入于恒久的高华古意和至大、至刚、至中、至正的浩然之气。古意，是对时间纵深度与秩序性的表现，或言对宇宙感和历史感的传达；浩然之气，则是由创作主体存、养、充、扩而直通于天地之间的凛然生命力。两者相映生辉，与"壮美"共同育成了人格符号的价值取向。

倘若用潘天寿自己提出的概念来形容"奇美"与"壮美"相融后的视觉特征，即"霸悍"。所谓"霸"，首先可理解为一种"颐指气使，无不如意"的画面主宰力或控制力。潘天寿曾言："要霸住一幅画不容易。"此语即指对诗书画印等整体元素的掌控能力。他反复以同一题材进行实验，不放过每一个细节的斟酌与推敲，无疑是为了将对作品的主宰与控制程度推至极致。"霸"还应理解为一种由主宰力和控制力折射出的自信，换言之，即超越历史偏见的眼光与胸襟。潘天寿能够抛开近 300 年的南北宗之争，坚定信念、固执己见，始终在最充沛的情感中注入独特的审美风神，让作品透现出沉郁的诗境、生命的性灵和古雅的意趣，正是依凭这充满自信的"霸"气。所谓"悍"，总体而言是指强劲的笔力与勇毅的胆魄。从南齐谢赫提出"骨法用笔"开始，线条便是中国画存在的重要基石。线条所具有的力量感和道德意蕴，自此也如影随形地成为历代画学的共识。潘天寿深谙绘画应作为道德人格的载体，他通过线条的强悍、强韧、强劲，章法的开合、虚实、疏密，造型的淳厚、方正意象，点苔的沉雄、凝定、笃实，以及顶天立地的构图构筑，创造出雄健、浑茫、遒劲的艺术世界，以此实现了道德人格的审美转换。除了特殊的视觉形式之外，"悍"还体现为超逸于视觉形式之上、既立足文脉规律又不拘常规的勇气。潘天寿从不轻易否定画学主流的标准，而是反复申述"中锋""圆笔""静气"等规范的重要性。但在培养绘画风格的过程中，他却不趋时俗，深入传统、钩玄抉微，寻求创新。如突出方笔、侧锋、少水与贫墨，恰是潘天寿对主流标准的大胆突破。然而，这种突破又能合乎文脉，成为一种对传统的扬弃和再发现。是故，呈现在我们眼前的"悍"，才能够取苍劲健拔而去率直颓放，存清警圆融而弃庸弱琐碎，得凝重酣畅而无单薄躁硬，达到了"即得险绝，复归平正"的境界，成为对晚明以来中国文人画末流积弱之弊的纠偏。综上可见，"霸悍"的形成，并非仅因潘天寿耿介方硬的个性率意使然，而是画家在深厚传统继承与独特个性审美之间觅得最佳平衡点后的戛戛独造。这一过程是从"无法"到"有法"再复归"无法"的螺旋上升，也是创作状态由自然流露到技法约束再臻至自由境界的辩证演进。正因为如此，潘天寿所创造的 "霸悍"

气象，才气力弥满、意态夭矫。它不仅折射出社会的变革、隐喻着民族的复兴，更象征着国家的自强。

　　沿循着对"一味霸悍"的不懈追求，潘天寿的画风形成了极高的辨识度。这是画家将苦心孤诣营构的符号系统与卓尔不群的创新意识，转化为一种严谨、规范的创作。我们可将此规范总结为：明确"强其骨"理念，以静造境、以气养韵，突出线条主体，革新物象结构，抒写"大构成"的鸿篇巨制。具体而言，意象的规范性在潘天寿最负盛名的花鸟题材作品中得到了集中且典型的呈现。画家以方折造型意识铺展全局，以二维坐标系统规定空间关系。画面上常可见以简略雄健线条勾勒的方正巨岩，鸦、鹭、蛙、猫、花、草等意象围绕四周，喻示着有与无、动与静、生与灭的循环。端严嶙峋的意象组合，既展现出充盈天地的生香活态与机趣流荡的生生之理，也传递着深沉郁勃的生命精神。至于笔墨构图的规范性，则体现为：运笔化圆为觚，骨力劲健；施墨多浓黑、少皴法，苍劲老辣，斩钉截铁；点苔似巨石凌空，掷地有声；构图如建筑般架构明晰，结体稳固而庄重，又如山崖峭立，奇峻挺拔，巍然而冷逸。潘天寿非凡的创新理念与灵活的融通技巧，在其山水作品中得以淋漓尽致地彰显。如20世纪50年代中期创作的《梅雨初晴图》，不仅继承了传统图式的精神，也赋予了强烈的时代气息。画面上既没有千岩万壑、重峦叠嶂，也没有殊形怪状、烟岚变幻，只是截取雁荡山一隅极为普通的农家院落。但令人称绝之处在于，作品虽然"外师造化"描绘现实场景，却规避了"一角式"山水的传统格式，巧妙地借用类似北宋"全景式"山水的构图，以一块夺人声势的方形巨岩占据画面大部分空间。画家有意识地将不同时代的视觉符号进行错置叠换，使日常小景经由"中得心源"的艺术加工，跳脱了原本的平淡，滋生出几分意料之外的崇高感。在笔墨表现上，画家以沉厚简练的线条勾勒山体轮廓，再于周边错落有致地点染苔点，线点交织，宛如曼妙的旋律与铿锵的鼓点，共同谱就出精彩的笔墨乐章。此外，潘天寿还别出机杼地将表现对象聚焦于微观世界，打破山水与花鸟的题材界限，创作出堪称我国现代绘画中绝唱的佳作。20世纪50年代中期创作的《小龙湫下一角》便是典型例证。

画家采用近似西方风景写生的焦点透视法，让写意与工笔各展神韵，青绿与浅绛相得益彰。坚凝的石骨旁，青翠的花草间，一道溪水蜿蜒流淌。潺潺水声与嶙峋石态相映成趣，画面参差错落却秩序井然，尽显天然意趣。仿佛山风拂面，带来清新幽远之感，"空山无人，水流花开"的意境呼之欲出。中华人民共和国成立后，潘天寿深入自然、扎根生活，不断发掘前人未曾涉足的题材与意境，创作出大量饱含家乡土地情结的作品。这些作品既超越了文人画的幽闭自适，又突破传统中国画的笔墨程式；既不拘泥于现实生活的表象描绘，又融入对时代的深刻思考，成为画家对民族艺术和时代精神的情感寄托。

画品源于人品，技艺进于大道。潘天寿从似断非断、似续非续、似曲非曲、似直非直的指画线条，以及斑驳烂漫、凝重浓郁的指画墨色中，窥见指画生拙的审美品格与自己拙朴的人生情调之间的深层对应。当艺术选择经由人生态度的淬炼，自然能够从中获得深刻的哲性感悟。因此，潘天寿钟情于笔情指趣的相互参证，显然是其运笔为常，运指为变观点的外化。这一实践帮助他切身体会常中求变以悟常，变中求常以悟变的辩证关系，进而将中国传统指画推至前所未有的高度。透过一幅幅雄肆苍古的指画作品，我们能看到画家使墨如使指，使指如使意，在身体与纸墨直接"扑搏"的过程中意参造化、左右逢源。他通过积、泼、冲、破，点、涂、勾、勒等技法，将本真的自我最大限度地融入无蔽的世界，以更直观的方式，用生命体悟"大道"的深湛节奏。潘天寿晚年创作的寒梅冷月系列指画作品，堪称人画合一的不朽杰作。画面中，"气结殷周雪，天成铁石身"的老梅拔地而起，枝干曲折盘纡、反侧扭转，在艰难中寻觅生长方向。它寸寸受阻挠，步步遭摧残，时时遇灾劫，周身布满密密麻麻的节疤、结瘤、创伤、裂痕、窍穴，恰似哭过的眼睛、永不能瞑的眼睛，无言地追索，似在失声号啕。在万花凋零的寂寥月夜，千年老梅兀傲独立，恰似画家百折不回的自信与执守，咏叹着一曲沉雄的人生之歌。

潘天寿的一生，以悲悯之心参悟世相，借理性目光洞察人间，凭非凡天赋铸就艺魂。在西方艺术思潮的冲击、现代变革的浪潮，以及特殊意识形态要求的多重挑战下，他坚守内心的真诚选择，笃定民族艺术的"普世价值"。他以对传统精华的深度挖掘与传承，对自然生活的深切热爱，躬身实践，守正创新，在融汇传统绘画精髓的基础上，大胆突破陈规，创造出极具生命力与精神张力的艺术图式。这不仅引领传统中国画摆脱"应物象形""传移模写"的桎梏，更推动其向主观精神表达、形式语言探索的现代领域迈进，以契合时代的艺术语言，成功实现了中国画从古典形态向现代形态的创造性转化 。他的理念，融汇百家所长，接续千秋文脉，映涵万古之道；他的作品，集隶家、行家之长于一体，合南宗、北宗为一家，纳工笔、意笔为一脉，融青绿、水墨于一炉，创山水花鸟为新科，兼具沉郁凄哀、霸悍苍劲、清逸雅致之态。如今，当我们再次面对他那些极具创造性和启示性的作品，必将重见澄澈的内心世界，再闻深沉的文化心语，复感刚健的人生意识，细品高蹈的人格理想。他以生命铸就的精神力量，穿透时空的阻隔，在新的历史语境中，为我们回归精神家园指明方向！

（原文发表于《美术》2017 年第 6 期）

搜尽奇峰写性灵

盘礴万古心，块石入危坐。

青天一明月，孤唱谁能和。

——金末元初·元好问

　　回眸美术历史，美术家所处的社会文化环境，是影响其创作的重要因素。一位位引领时代的大师，在美术发展历程中宛如一座座里程碑，于时代节点上以自己独有的思想、情感、探索及创新，彰显其价值。若要了解美术史，最直接的方法便是研究具有典范意义的大师。从作品的图式到内容，从时代背景到地域文化，从艺术家的个性特征到民族文化的集体积淀……唯有如此，我们才能在广阔而深远的文化时空中审视艺术现象，进而在比较中明晰艺术生态的流变轨迹。

　　傅抱石，便是一位站在历史交汇点上的大师。他的作品融合文化气象、诗人情怀、天才特性，以及独特的生命体验与艺术表现，以魏晋、汉唐的雄浑风范和挥洒淋漓的磅礴气势，撼动着我们的心灵。他所总结的中国绘画基本思想三大要素——人品、学问、天才，为我们理解其艺术提供了一个基点。

　　自由品格和忧患意识，既构成了傅抱石人品的两极，也铺陈出其绘画艺术的精神底色。"雨后飞花知底数，醉来赢取自由身"（南宋·张元干《瑞鹧鸪·彭德器出示胡邦衡新句次韵》），傅抱石天性逸宕，豪放不羁，崇尚自由的人生情调，追求精神的旷达和天人的浑融，表现在绘画方面则潇洒出尘。画家凭借先天禀赋中的"酒神"气质，落笔惊风雨，空蒙出凡尘。笔下的山水、人物、草木，皆超越日常视觉经验，尽显奇逸灵妙之态。他以精微妙写之笔触描摹物象之质，使"气"与"韵"自然流露，从而构筑出幽深灵明的精神乐土。值得注意的是，傅抱石独特画风形成之际正值国难当头，画家内在的民族觉醒意识与自新精神，无形中对其艺术创作起到了不可忽视的促进作用，正所谓"愤怒出诗人"。正因如此，他坚定指出："中国绘画其实是中国的绘画。"继而强调："中国的绘画，也有特殊的民族性，较别的国族的绘画，迥然不同！"（傅抱石《中国绘画变迁史纲》）这份坚持与自信，折射出傅抱石深厚的民族自信与忧患意识。他在对现实的敏锐感知和对历史的深沉思索中，建立起强烈的家国文化责任感。例如，他将中国山水画视为"有如严肃之灵场"，这一观点既是对绘画所蕴含的宗教、哲学、社会及政治意义的高度概括，也是他对绘画中道德感、神圣感的深刻认知。总之，中国知识分子"士"的品格与"匹夫之责"，促使他毅然肩负起接续中国画文脉的道义，全力彰显写意这一中国绘画的核心美学特质。

谈及学问，傅抱石在文学、历史、哲学、美学、书法、篆刻等领域皆有深厚修养。负笈东瀛的经历，更让他得以从多元视角回眸、审视并感悟本民族文化。终其一生，他留下近 200 万字的美术论著，足见其学识之渊博深厚。尤为可贵的是，傅抱石虽饱学却不迂腐，始终坚守学术追求。在他看来，中国绘画史的变迁始终遵循"画以品重"的规律，笔墨程式与审美境界的嬗变，也都围绕画家人格的寄寓方式展开。这既是傅抱石的学术洞见，也是其绘画精神的深刻告白。此外，通过纵向梳理中国画史与横向比较外国画史，傅抱石精准把握了中国传统艺术与审美的精神内核，同时也为自己的艺术天赋找准了承前启后的方向，探寻到绘画创作的真价值。事实上，傅抱石始终将自己置于中国画的"道统"之中，以此定位自身的历史坐标，彰显独特的文化身份。他在作品中反复钤盖印章"其命唯新"，正是以此自勉，时刻铭记学术使命，力求达到融合古今中外之变，最终形成自家面目的艺术境界。

天才，是傅抱石给人最直观且深刻的印象。他的绘画艺术，在根本层面延续着与前人艺术的关联，这种关联植根于中国人的宇宙观、自然观，以及从"意"出发的表现方式。他通过潜心研读、用心摹写历代画家的经典范本，领悟其中原创精髓，于继承中感悟，通融前贤艺术之韵，从形而上的高度直抵中国画的"魂"与"神"。若想从"道"的层面贯通文脉，再落实到"器"（即创作技法）的层面时，则需依据创作者的主观追求灵活运用。比如意临、心摹这类方式，通过抓住作品某一特质并加以极化、放大，实现独特的艺术表达。在探索如何达到前人艺术高境的过程中，他将诸法视为途径，正如禅宗"以手指月，指并非月"的指月之喻，也如清代画僧石涛所言："有是法不能了者，反为法障之也"。是故，傅抱石对前人的学习，绝非简单地重复或模仿，而是将前人成果有所扬弃，以己之艺术观融汇前人所创审美规则，而创自家之法。如果他分散、拆解并分析"披麻皴"，以"往往醉后"的纵情恣意使笔性、墨性在摹写、皴擦的瞬间留下偶然的痕迹，形成独具面貌的"抱石皴"。在他的图像世界里，晋人逸兴、唐人诗意、宋元高境与水乡丝柳、峡江烟云、天池林海，形成时间和空间上的朦胧交错；董源、范宽、王希孟、米南宫、黄大痴、沈石田、大涤子等先贤大师，均于冥冥之中和他对话切磋。胸罗万象的傅抱石，不泥古拘方，但内在始终关联着中国画之"道统"。其墨法、笔法依然是本心、本性的选择和呈现。面对伟大传统所形成的巨大 经纬，傅抱石 依恃 其天才冲破重重藩篱，自信畅达，融古今诸家之长，不落窠臼，不随流俗，以独特的个人面貌卓立于同侪，成为一座巍巍苍茫的艺术高峰。

题材上，傅抱石凭借高超的智慧实现了诗意画的传统与现代对接。尤其值得一提的是，他独树一帜地将毛泽东诗意融入山水画的势与质，将历史现实和浪漫想象、绘画风格、诗歌意境、画家的气质和诗人的胸襟有机融合，创作出一幅幅激昂蓬勃的现代风格与深邃优雅的古典精神相辉映的画面。可以说，傅抱石创造了不负时代的艺术语言，让千年以降的山水画在新时期、新思想的激荡下焕然一新，其史学意义和启迪意义非同寻常且影响深远。而这种影响还体现于艺术语言的建构。正如前文所述，"抱石皴"横空出世，他对早已固化的传统笔墨、审美法则发起冲击：运用突破性的散锋代替一直被奉为圭臬的中锋；传统笔墨系统中勾、皴、擦等相互独立的程序，也在一次性运笔过程中得以综合 。画家通过顺逆、提按、疾徐、轻重、顿挫等运笔动作，将速度、压力、节奏进行有机调配，同时充分发挥笔锋、笔腹、笔根的表现力。或笔走游丝，虚灵飘洒；或笔重如杵，毫飞墨喷，形成点画毛涩斑驳、变换多方，墨色漫漶、绝无定则的整体视觉效果，实现了技法程序单纯化与艺术效果丰富化的双重诉求。在傅抱石笔下，清冷老成的中国山水画开始变得温暖而富有朝气，苍茫洒脱取代了顿挫沉重，犹如历经沧桑的耄耋老者再次活力涌动。 少了世故，却多了开拓；少了因袭，却多了自我。画家因解衣盘礴而直呈本心，作品因情真意切而坦荡至诚。当然，"抱石皴"的出现自有其学术渊源，因为它是一种建立在中西绘画根本差异基础上的技法。具体而言，"抱石皴"是傅抱石从哲学层面所理解的本体性"存在"的视觉匹配形式。傅抱石认为："西洋画……随其高低大小以'块'之存在状态描之，直接连接于作为材料的对象。然中国画则描以线条，描以成形中之形，画面不连接现实之存在。""'块'为'有'，'线'乃'有'复归于'无'之姿，由此可知中国之美'老境'之特色矣。" 可见，傅抱石眼中的块面是一种实实在在的静态存在者，而线条则是趋向于"无"的动态生成者。线"从有复归于无"，与老子"无"含于"有"的恍惚状态意蕴相通。正是基于对"无"的推崇，傅抱石格外青睐线条所带来的具有"铭感之深远" 意味的恍惚视觉效果，而"抱石皴"无疑是最能体现这种恍惚感的线性表现形式。它超拔于沉沦之存在，远离现实之况味，以"仅少之形，因附色于'无'成象而展开"，亦真亦幻，亦动亦静，通明澄澈，湛而弥深。它既是自观自听、自视自照的映现，亦为中国古典艺术精神中"聪明""老境"的彰显。在他的作品中，常常是为"线"而寻觅题材，不同的对象对应着不同的审美意象。以凌空舒展杨枝的疏朗表现线条的"冲淡"与"逸动"；以穿越重峦叠嶂的索道展现线条的劲健和韧性；以井架间的高压电缆表现线的绵延和秩序……线的美学特征和虚实有致的精妙表现，不仅传达出傅抱石先生因深厚书法篆刻功底而铸就的千锤百炼的底气，更折射出他以线条契合心性的自在与悠游。这是由技入道的艺术体验，是"一线终古接天涯" 的图像表征。

傅抱石纵横挥洒出的灿烂心象并非无源之水，它既依托丰富多彩的大千世界，也依托如影随形的思维意识，如此方能承载性灵的自然与自由。事实上，如何将胸中逸气、传统法则与现实对象、时代精神完美统一，是傅抱石毕生研究的课题。尤其在中华人民共和国成立后，社会发生巨大变革，广大美术工作者需从新时代思想中探寻创新契机。而党的文艺方针也提出，艺术家应深入农村、走进工厂，自觉地以现实主义的创作原则来表现生活以及国家建设。就画家而言，应和时代召唤的最佳方式即为写生。写生，是中国画领域一个出镜率很高的概念，与之相关的论点也古已有之，如唐代张璪提出的"外师造化，中得心源"，便是万古不易的精论。但在新时期，如何将古人之程式融入对景写实，一直是无法回避的问题。需为古法注入新的生命琼浆，让笔墨传达生活意韵。相当长一段时期内，傅抱石集中创作了大量的写生作品，它们忠实记录下画家在坚守与改变、转化与创新之间不断尝试、徘徊思索的漫漫心路历程。在此过程中，傅抱石深厚的文化积淀成为理性的导航者，与生俱来的天才创造力又使他总能在自然面前瞬间萌生灵感，从容挥毫，落墨成象。他巧妙地将传统与当下、理想与现实、理论与实践、技法与实景的关系，统一于"醉"的酣畅创作状态之中，最终在潜意识的驱动下完成艺术表达。这让我们看到了一种化古适今、变旧为新的创造性笔墨转换范式。

应该承认，傅抱石与很多一头扎进传统的画家有所不同。对他来说，写生其实并不陌生。早在蛰居重庆金刚坡时期，傅抱石的绘画就表现出了与生活的密切关联性。他未辜负蜀地山水赋予的灵性期许，跳出原本对东南山形地貌的沉湎，将烟笼雾锁、苍茫雄奇的巴蜀山水化为创作粉本，不仅自然而然地摆脱了程式化传统的困扰，改变了长期养成的技法习惯，同时也坚定地将写生视为保持作品新鲜气息的不二法门。现藏于中国人民对外友好协会的一幅六尺整宣的《巴山涉水图》是一件罕见的神品。其于通幅淡墨的渲染中，勾勒出一座雾霭笼罩的山城。蒙蒙山林，石阶若隐若现，担夫拾级而上的身影依稀可辨。观之，恰似雾里看花，却又身临其境。我深深为傅抱石的艺术化境所折服。这是造化的神工，心灵诗意的栖居，更是笔墨的妙造。中华人民共和国成立后，傅抱石再次深入思考绘画与现实的关系，饱游饫看，搜尽奇峰。1950 年至 1962 年，傅抱石先后到南京、东欧，画革命圣地韶山，率团进行"二万三千里"的旅行访问写生，赴东北地区旅行写生，足迹遍布罗马尼亚、捷克斯洛伐克、江西、四川、陕西、浙江、湖南、江苏、黑龙江等地，诞生了《雨花台》《鸡鸣寺》《回望克罗什城》《捷克斯洛伐克风景》《罗马尼亚风景》《西陵峡》《毛主席故居》《韶山全景》《陕北风光》《枣园春色》《待细把江山图画》《山城雄姿》《红岩村》《芙蓉国里尽朝晖》《林海雪原》《天池林海》、《镜泊湖》《井冈山》《黄洋界》等优秀作品。他还提出"游、悟、记、写"写生四字诀，这既是对绘画过程的总结，也反映了画家主体意识在抹平写生与创作从属关系时的能动作用。在四字诀的指导下，傅抱石画飞泉若九天银河；画林海显浑朴苍然；画群峰似山舞银蛇。在天地交接、乾坤气动的笔墨表现中，他激活了"披麻皴""荷叶皴""拖泥带水皴"等传统技法的精魂。

通过持续大量写生，傅抱石进一步纵浪大化，与自然山水的曼妙灵魂不断会心对视，随意下笔而皆具元气，自然流露出对艺术本体的文化自信和精神自在。在此过程中，运笔超逸、施墨浑融、敷色透明、意境深邃的傅氏技法体系日臻完善，传统山水画与时代疏离甚至隔绝的"消极""退让"现象逐步淡化，实现了笔墨当随时代、笔墨当随地域、笔墨当随性情、笔墨当随心象的审美建构，最终熔铸出水、墨、色一体的"傅家山"面貌。故而，傅抱石的写生，并非现实景物的忠实再现，而是抒写对象、自身乃至天地万物的盎然生机。在深邃宏大的哲学观照之下，无论是重峦叠嶂还是茂林远岫，无论是奇峰巨川还是小桥流水，无论是华夏山水、南北形胜，还是异国景致、域外风光，一旦摄入画家毫端，便都行神如空，行气如虹，润泽流荡，溢彩流光，呈现出扑朔迷离、恍惚之态，个性与风格鲜明突出。一方面，这些写生题材作品中的理性线条和空间透视被精妙有序地刻画；另一方面，这些脱胎于真山真水的景物，又具有一种抽象意味——既似对山石纹理的模拟，也仿若对草木葳蕤的概括，更融入了气流与光线。在这里，江南烟柳是欣悦的音符，风雨河山是悲情的意绪，索道电缆是灵动的线条，煤山浓烟是氤氲的墨韵。画面中的一草一木、一山一川、一云一浪、一舟一亭、一屋一宇，皆源于诗性情怀的酝酿以及文化与生命的交融，由此造就了物象与笔墨的不分轩轾，现实与本体的合而为一。可见，傅抱石的创新，绝不囿于题材内容，亦非唯笔墨为尊，而是一种形式与内容、技法与题材的创造性融合。这种表现被烙上深深的时代印痕，不仅成为画家审美风格的标志和胸中世界的映照，也证明了中国画的笔墨表现体系不但可以张扬民族、时代、思想的新风貌，还同样能够无国界地展现景物的美好和人性的共通，成为融合东西方文化的新途径。

傅抱石的一生，宛如一首激昂奋进的乐章，他以生命的韵律精准地契合着时代的澎湃浪潮；又仿若一位执炬行者，用追光蹑影之笔在画布上诉说着对天地自然的敬畏、对人间百态的洞察，尽显通天尽人之怀。他的士大夫气度与大将仪范，他的创制风流与郁勃诗兴，他的心怀苍生与孤愤啸傲，他的浩荡文意与元气淋漓，他的守经达权与推陈出新，皆是 20 世纪留给我们最宝贵的文化财富。站在他的作品前，相信所有人都能感受到自由的澎湃力量，听见人格的呼啸之声，体味自然的生机、艺术的生命与宇宙的生意。这些空蒙、空寂而又空灵的杰作，一边将天与人的关系转化为心与象如梦如幻、妙不可言的视觉表达，一边也见证着一位怀有万古磅礴之心的"抱石"，屹立于青天明月之间，傲骨峥嵘，睥睨古今，向世人咏唱着永恒的生命之歌！

吴为山
2015 年 5 月初稿于中国美术馆
2015 年 6 月 30 日定稿于印度新德里
（原文发表于《美术》2016 年第 8 期）

厚润华滋我民族

　　近代以来，西学东渐，东西方文化在碰撞与交融中，艺术家们各自恪守自己的文化理想，实践着不同的价值取向。画坛巨匠黄宾虹（1865—1955）坚守民族文化立场，放眼世界艺术格局，从中华民族深厚的文化传统中汲取资源，以借古开今的创造方式和"浑厚华滋"的美学追求，成为一代宗师。其画学理论与艺术实践都彰显着民族优秀传统，以精深博大、富于哲学思辨和自然之理的论说，以及丰厚的艺术实践，佐证了本民族文化生生不息的内在活力。

　　黄宾虹为世人所知，确是因其画艺；其画境之所以入化，乃在于他不仅是一位画家，还是一位美术史论家、书法家、篆刻家、诗人、文献学家、考古学家、文物鉴定家，更是一位脉管里流淌着中华文化血液的国学大师。

　　对于自己的身份定位和文化角色，黄宾虹是如何看待并不断调适的呢？他出生于儒商门第，青少年时期遵父辈之命读书应举；"及年三十弃举业"，参与维新和革命，积极投身社会活动；在上海的前 20 年（40 至 60 岁左右），主要在报社、书局任职，从事新闻撰稿和美术编辑工作；后 10 年（60 至 70 岁期间），他游学各地，转而从事美术教育工作，并矢志于绘事；此后"近伏居燕市将十年，谢绝应酬，惟于故纸堆中与蠹鱼争生活。书籍、金石、字画，竟日不释手"，逐步孕育出"浑厚华滋"的美学追求。他通过心摹手追、千锤百炼、厚积薄发，最终形成独特的艺术面貌；返回杭州的晚年岁月里，他已人艺俱老，纵谈画理，提倡"民学"，求新图变，艺术造诣臻于化境。

　　综观其一生，在时事动荡中坚守"治世以文"，始终保持"抱道自高"的学者本色，将绘事提升到学以问道的高度来研究，将"诗书印""文史哲"的综合修养融入绘画，并希冀以绘画去表现、振兴中华民族的文化精神。显然，他更看重"士不可以不弘毅，任重而道远"的文化使命感和社会责任感,并矢志追求"大家画"。那么,怎样才能称得上"大家画"呢?所谓"道尚贯通,学贵根柢,用长舍短,器属大成。如大家画者,识见既高,品诣尤至,阐明笔墨之奥,创造章法之真,兼文人、名家之画而有之。故能参赞造化,推陈出新,力矫时流,救其偏毗,学古而不泥古。上下千年,纵横万里,一代之中,曾不数人。"黄宾虹一生孜孜以求,确可称"大家"无疑,他不仅是 画之大者,更是 学之大者。

按照孔子所言"志于道,据于德,依于仁,游于艺",黄宾虹一生的艺术追求,正是循着由技进艺、由艺悟道,直至道法自然之路。他最终熔铸出中国山水画"浑厚华滋"的时代风貌,内蕴着大美不言、大朴不雕的内美精神。这种内美,既是画不写万物之貌,乃传其内涵之神的自然之性的提炼,也是艺术理法"肇始人为,终侔天造"思辨性的实践追求;同时,他还将这一审美理念进一步提升为对民族文化精神的阐扬。所谓"山川浑厚烟霞古,草木华滋雨露新。图画天然开国族,裁成庶类缅初民"(黄宾虹自题山水诗),以及"浑厚华滋本民族,画山古训忌图经"(黄宾虹自题山水诗),皆是其写照。落实到其绘事研究的具体方式上,黄宾虹以史家剔抉钩沉的功夫、艺术家敏锐的感知,勾临了数以千计的古代画作,从中爬梳、整理笔墨语言,从而在"师古人"的集大成中实现创造性转化;同时,他遍游名胜,饱览祖国河山之大观,写生画稿多达上万张,在"师造化"的静观体验里,既得山川之真貌,又获艺术语言之启悟。古人与造化在笔与墨会的不懈探索中,在对"浑厚华滋"审美意象的追索中,最终达到道成肉身的践行境界。

从黄宾虹的题画诗、画论,尤其是他的《太极笔法图》,以及他所临摹王铎、石涛、陈洪绶的山水作品中,我们可以清晰地窥见这位大师的艺术思想与审美追求。绘画风格源自哲学本源,关乎生命之初、造化之始。他从阴阳、太极的哲学原理阐释勾与勒的运笔方式,将艺术家的心路与乾坤规律相契合,使中国绘画的笔墨本体与天人合一的运行模式同构;他对历代画风的精辟概括,如同他对山川精准而神妙的勾勒;他从笔墨技法实践的角度深入剖析画史画理,如其所言"唐人刻划,宋人犷悍,元季四家出入其间而以萧疏淡远为之""明季启祯间，画宗北宋，笔意遒劲，超轶前人，娄东、虞山渐即凌替。及清道咸复兴，而墨法过之"。他还具体论述道："北宋人画夜山图，是阴面山法，元季四家惟倪黄用减笔，简之又简，皆从极繁得之。"他关注北宋人幽邃浓黑的自然意象，并一生着力追寻，且揭示出宋元繁简转换的内在逻辑。由此，古贤之妙墨皆为前因。在黄宾虹先生的艺术世界里，这种前因成为厚密的底色，烘托出混沌中绽放的光明。他尊重自身独特体悟，在不同的自然形态中创造出迥然相异的笔墨意象，而这一点恰恰常被人们忽视。因此，只留意表象者，往往仅看到黄宾虹画作中的墨点，却未能循着画理领悟他所营建的灵山妙境之真谛。他所作广西梧州、桂林山水，山势、水势、云气、雾气皆灵秀奇逸，设色碧如翡翠；所作川蜀之山，仙云漫漫，道险峰峭，皴法雄厚苍浑；所作西湖景致，山形悠远，波平若镜，柳色依依，舟行人闲。画面中，时而墨点密集沉厚，时而青黛水色交融；时而以疏朗之笔勾勒形态，精心勾画，时而以朦胧之态设色，随性点染；时而亭台隐显有致；时而绘古贤于松下行吟……

黄宾虹所营建的艺术世界，是裹挟人间烟火的仙境，是充满诗意的灵境，是衍生多样形式的画境，更是富有创造性的艺术高境。他对笔墨技法的总结与升华，以及对审美领域的拓展，让20世纪的中国画坛承古开新、生机勃发，焕发出兼具民族文化底蕴与时代精神的独特魅力。

黄宾虹生前已被授予"人民艺术家"的称号，在潘天寿眼中，他更是真正的"五百年，其间必有名世者"。然而，自古圣贤皆寂寞，黄宾虹及其艺术同样经历了长期踽踽凉凉，寂寞久已的境地。他生前曾多次对学生和家人说："要等到我死后50年，才会有人欣赏我的画。"事实也的确如此。20世纪80年代至90年代，随着大量黄宾虹画作出版面世，以及专家学者研究工作的不断推进，他才逐渐进入公众视野，并在专业领域内掀起一股"黄宾虹热"。即便如此，直至当下，能够完全读懂、体味其艺术内涵精神的人依旧寥寥无几。

为何认识和解读一位真正的艺术大师如此艰难？

一方面，因黄宾虹综合学养之全面、传统文化底蕴之深厚，致使日益缺失民族文脉传承的今人在解读其艺术时，难免产生"瞎子摸象"般的片面与偏颇；另一方面，其作品多以黝黑厚重的面貌示人，与当时的世俗审美相悖，使得众多试图直窥其艺术堂奥、探寻其文化高峰意义的人望而却步。

然而，道不远人。能够在时代变迁中彰显民族精神的艺术，恰恰最具恒久魅力。黄宾虹的艺术及其影响力正是如此，在岁月流转中脉脉相传，传无尽灯。

在黄宾虹身后，林散之深得真传，以诗、书、画三绝名世。他尤其将黄宾虹的笔墨理念融入草书创作，使书画同源的意象美学在书法领域得以进一步发展。林散之用笔如锥画沙，力透纸背；行笔似行云流水，悠然出谷，又宛若溪流汇入平川，婉转迂回。其用笔柔中藏刚，恰似太极运转，于乾坤激荡中立定根基，于气息流转中稳健前行。运笔以中锋为主，笔势八面出锋，提顿、起收、折转、疾徐之间，在勾勒与点画方面深悟黄宾虹艺术精髓，极大地拓展了笔法的表现力，呈现出既古拙又新颖的艺术风貌。用墨上，他极尽各种墨法之妙，将绘画中的浓、淡、破、泼、积、焦、宿等墨法成功运用于书法创作，使水墨交融，变化万千。尤其善用宿墨，使书法作品自成意境，于宿墨晕染的淡墨水迹中，传递出山水般的畅神与慰藉。由此，林散之的书法在时代的高原上树立起令人仰止的高峰。林散之先生不忘师恩，曾写下"吾师乃是黄山老，天外莲花第一峰"的诗句。李可染所创"李家山水"，其"黑、满、崛、涩"的艺术特色与黄宾虹"黑、密、厚、重"的风格一脉相承。他在继承并发扬墨法的同时，进一步融合中西绘画理念，于逆光、顺光、顶光、侧光与心灵之光的交相辉映中，在墨黑与飞白的对比里，使积墨层层点染，焕发出新的时代光辉，充分彰显出黄宾虹审美与艺术形式的影响力。赖少其、张仃、王伯敏等画家皆在黄宾虹艺术的感召下，立足传统文化、吸收时代新风。或将干笔反复积擦与层层湿染相结合，或专攻焦墨以突显独特韵味，或融史学研究与艺术实践为一体，无不深受黄宾虹艺术的滋养。时至今日，黄宾虹的艺术愈发彰显出蓬勃的生命活力，一批有识之士从他的艺术创造中重新唤起对民族优秀传统文化的深刻认知，探寻传统文脉的源头活水，重新思索由笔墨构建的大美境界。

黄宾虹自觉彰显民族文化精神，并不意味着他是保守的民族主义者，坚守以古出新的创作道路，也不代表他是守旧的传统主义者。恰恰相反，我们认为他的坚持与自觉，正是基于文化自信的兼容并包。从他"画当无中西之分，其精神同也"的艺术主张，以及对印象派风格的创造性解读中，便能看出这种开放与包容的艺术态度。因此，作为后学者，对黄宾虹的借鉴学习，不应只是简单的形貌模拟和语言承袭，而需深入探究其艺术态度与内在追求的本质。唯有如此，方能为民族文艺的时代性发展注入崭新的生命活力，真正做到"古不乖时，今不同弊"。

挖掘和弘扬民族文化精神，正是当前文化建设的重要任务。作为公共文化服务的国家级平台，中国美术馆始终秉持传播优秀传统文化、提供美育服务、建构时代精神的宗旨，此次特展的举办无疑是对这一宗旨的积极践行。展览不仅为广大观众提供了重温艺术经典、感受文化魅力、探寻大师艺术之路的精神盛宴，更有望为当下中国画的发展与人文精神的重建提供重要的导向和启示。

（原文发表于《美术》2015 年第 8 期）

无极之象——读赵无极

1983 年，旅法 35 年的赵无极回到祖国，在中国美术馆举办了"赵无极画展"。他优游于东西方文化之间，其充满激情与自由形式的抽象艺术，对于改革开放之初在各种艺术思潮中探索的中国画家们来说，赵无极充满激情与自由形式的抽象艺术，不啻一场视觉与心灵的"地震"。1999 年，中国美术馆再次举办"赵无极绘画六十年回顾展"，时任法国总统的希拉克专门为展览作序，称赞他的艺术"既属中华，又属法兰西，汲取了两国文化的精粹"。2022 年，画家杨明义先生将家藏的一件赵无极水墨作品无偿捐赠给中国美术馆。此作填补了中国美术馆馆藏赵无极作品的空白，亦成为新时代以来该馆最重要的收藏之一。在这幅尺幅不大的水墨作品中，画家以书法笔势行运，通过侧、勒、努、趯、策、掠等笔法，让线条交错拼合，墨色呈现出浓淡枯润之变，构建出富有韵律的画面节奏，交织成如诗似乐的视觉韵律。每逢重大展览，这件赵无极作品都会陈列于展厅重要位置。

今年 9 月，赵无极先生 70 余年艺术生涯中创作的作品回到了他的母校，陈列于西湖之滨的中国美术学院美术馆。从舞象之年的多方探索之作，到鲐背之年的绝笔之作，展览全面梳理、呈现了这位伟大艺术家的艺术人生，实属难得。

赵无极成长于实业发达、教育兴盛的江苏南通。南通是中国历史上江淮文化与吴越文化的交融之地，也是中国全方位、系统性开展早期现代化探索实践的"近代第一城"。在这里，古老农耕文明孕育的书画、雕刻、漆塑、织绣、缂丝、编物等传统工艺，与新兴现代文明下的工业生产相互辉映，为赵无极提供了中西文化对话的最初滋养。这座城市独特的文化气息，不仅启蒙了赵无极的艺术人生，更深刻影响了他日后的艺术生涯。

求学路上的赵无极曾受业于诸多名师，其中林风眠尤为重要。林风眠是艺贯中西、开创新宗的艺坛先行者，以开放包容的文化胸襟与创作视野打破传统现代之界隔，形成汇融东方诗境和西方现代构成的艺术风格。老师的艺术理念、创作路径让年轻的赵无极心仪之、向往之、明确之、笃行之。

从赵无极的少年成长环境与青年学习经历来看，其中明显贯穿着一以贯之的特质，即中西对话。这一理念始终是赵无极艺术生命中最为重要的创作主题，也是其艺术风格得以形成的关键要素。因此，我认为认识、理解赵无极的艺术，可用两个"朋友圈"来概括——其一是中国传统文化的"朋友圈"，其二是西方艺术的"朋友圈"。

先说赵无极的中国传统文化"朋友圈"。

观赵无极画作，一片凌虚之中隐现危峰兀立、高岸深谷、江湖邈远、烟岚氤氲。画面背后，古代绘画大师的神韵若隐若现——范宽之崇高深湛、郭熙之烟岚蒸腾、黄公望之秀润华滋、倪瓒之明净逸迈，或如黄钟大吕般庄肃，或似水天云雾般缥缈，或似枯禅般沉寂……赵无极神游其间，神交其心，神合其境，神逮其韵，诸般特质既各有其态，又和谐相融。

赵无极的艺术弥漫着中国诗歌的深邃意蕴，充盈着中国哲学的博大精神。这源于他对中国诗境的熟稔把握与对中国哲学的深刻体悟。诸如天人合一的理念与万物和谐共生，既渗化于赵无极的艺术理想，又外化于其艺术表现。透过他的作品，观者仿佛可见广袤荒原、奔涌江河、浩瀚大海、璀璨星河、初升朝阳、绚丽晚霞；亦能领略大漠孤烟、长河落日、山间明月、江上清风的意境；还可感受到"飞流直下三千尺"的磅礴、"大鹏直上九万里"的豪迈、"长风破浪会有时，直挂云帆济沧海"的壮阔。

赵无极深谙中国古典"诗画一律"美学之三昧。他曾说："诗歌与绘画本质上相互关联，两者都彰显着生命的精神之力。"因此，他的画作中氤氲着屈原的深郁沉厚、陶渊明的恬淡悠然、李白的飘逸浪漫、杜甫的沉郁顿挫。诗心、诗意、诗情、诗魂转化为他笔下奔放直率的肌理笔触，以及亦绮亦雅的曼妙光色。

然而，浩渺高华的意象、深邃绝妙的意境，并非艺术家刻意营造，而是因观者解读经验与心灵感悟的差异而呈现，构成一个个因时因地变化的无限开放世界。例如，令我印象深刻的土黄色调作品中，深邃沉郁的黑色、土色与一抹清新的绿色、纯净的白色相互碰撞，书写性的笔触泼染流动于画面纵横之间，动静相宜，恰似"天地玄黄，宇宙洪荒"的壮阔图景跃然眼前。还有红色调作品，色彩炽热浓烈，仿佛涌动着无尽能量，宛如火凤凰涅槃重生！

赵无极作品虽可窥得诗境，但含蓄无垠、思致微妙，言在此而意在彼，泯端倪，离形象，绝议论，穷思维，早已超越诗境，直臻冥漠恍惚之境。最终留下的，是回味不尽的虚静。至此，艺进于道，俨然达至哲学境界。通过作品，赵无极既呈现了诗情画意，寄托了人生之思，更以明心见性的姿态，发出终极之问。

赵无极的哲思转换为艺术表达，还体现为水墨之偶然性与油彩之必然性的互化。

水墨同样是赵无极重要的表现媒介。水墨画的偶然之美，源自墨与色在宣纸上自然交融、随性流淌。而油彩具有覆盖、隔离、黏稠、叠加等特性，要实现类似的偶然效果极为困难。赵无极的卓越之处正在于此：稀薄透明的油色在他笔下展现出泼墨般的恣意流淌，营造出宣纸特有的晕染化境。这种艺术表达既不同于西方表现主义，亦有别于中国传统水墨，是东西方艺术的深度交融，是精神层面激烈碰撞后的完美契合。这绝非对技艺的刻意炫技或单纯巧用，而是以意象化表达捕捉偶然中的必然，借此体悟并印证中国哲学中的"天人观"。当画布上的挥洒臻至化境，一切偶然皆转化为必然——画面结构的布局、色彩对比的调和，乃至空间营造的虚实相生，均精准落于虚与实、有与无、黑与白、冷与暖的临界点之上。此刻，颤动的色彩、凌空的结构、碰撞的黑白，皆化作空灵中跃动的音符，谱写出抽象韵律的视觉交响。

再说赵无极的西方艺术的"朋友圈"。

赵无极少年时期即对印象派以及塞尚、马蒂斯、毕加索等诸多西方现代艺术大师的作品青睐有加。20世纪50年代初，他从保罗·克利的作品中获得灵感，借助甲骨文、青铜器铭文的符号特性，创作出的作品兼具苍茫古朴与鲜活天真的特质。在现实生活中，邻居阿尔贝托·贾科梅蒂的创作理念和雕塑形式，促使赵无极深入思考存在主义的荒诞感、孤独感，以及人生自我选择的主动性，并尝试在创作中予以呈现。在美国，赵无极又结识了巴尼特·纽曼与马克·罗斯科等抽象表现主义画家，他们也成为赵无极从形象与符号中获得彻底解放的催化剂。

赵无极作品中所展现的速度感，深受其西方现代艺术朋友圈中的抒情抽象、抽象表现主义诸家影响。画面中泼洒的油彩、飞动的笔势被凝固，自然万象的运动轨迹被巧妙融入。在速度感的营造上，他通过疾徐变化的笔触、无需光影却饱含光感的亮色、突破传统透视却呈现空间层次的结构，以及不依赖线条却蕴含流动韵律的画面分割，在挥洒与勾勒间，巧妙暗示出时间流逝的动态。有趣的是，许多作品在视觉呈现上热烈感性，而在肌理触感上却冷静理性。显然，这背后是赵无极对艺术更深层次的思考。

通过与现代艺术大师的交往和学习，赵无极追溯西方艺术传统，探寻西方艺术文化根脉。他深入研究塞尚、毕加索对古希腊雕塑、文艺复兴绘画的创造性转化与创新性发展，由此洞悉西方艺术的堂奥，借鉴并巧妙转化其中形色、结构、节奏所蕴含的理性精神、浪漫精神与人性理想，沉浸于菲狄亚斯、米隆、乔托、达·芬奇、莫奈、雷诺阿等历代大师的艺术世界。得益于这些未曾谋面的大师们潜移默化的启迪，赵无极的艺术冲破层层观念束缚与表达桎梏，彻底释放生命原力。其作品元气淋漓，尽显艺术真谛。

选择，往往需要在对比中明确，异质对象便是一面绝佳的镜子。在与众多西方现代艺术大家的比照与相互启发下，赵无极最终回归自己的母文化，找到了艺术生命茁壮成长的源头活水——新发现并发掘了东方之美，其创作从最初的具象表现逐渐转变为抽象抒写。这一过程，既是对中国传统艺术的浸润与转译，也是对西方现代艺术的嫁接与融通。

"朋友圈"纵然好，却不能陷于其间无法自拔。它固然是提供对话交流的平台，但更是需要超越的基础。只有超越它，让本性去蔽、本心澄明，方能彻底彰显"朋友圈"之价值。赵无极正是以两个"朋友圈"为基础，一路攀登，不断升华，独上高楼望断天涯路。故而，他的艺术，既深植中国文化沃土，又广纳西方艺术精华，不囿于中西二元之辨。其作品呈现出亦中亦西、非中非西的交融之态，真正实现"我之为我，自有我在"，彰显出雄视千古的艺术自信、胸罗万象的宏阔视野、气吞寰宇的博大胸襟，以及革故鼎新的非凡胆识。

此大自信、大视野、大胸襟、大胆魄，造就了无极之大象。

此"大象"，既非哲学层面的抽象概念，亦非概念化的简单图解，而是经由目之所观、心之所悟、手之所运，自然生成的独特视觉图式。在此，对现实世界的深刻体验已然替代对物象的直接描摹，意象的情感耦合了抽象的语言，抒发出令人感动的心灵暖流。诚如赵无极自己所言："我要画看不见的东西：生命之气、风、动力、形体的生命、色彩的开展与融合。"

今天，人们普遍倾向于简化"东西方艺术交融"这一复杂命题，将西方与色彩、形式相联系，将东方与线条、精神相联系。实际上，要理解这种交融，需跳出二元对立的框架，真正把握艺术的神韵，才能实现东西方在精神层面的深刻对话。赵无极先生艺术背后的两个"朋友圈"，是其艺术实现超越、达至无极境界的根本。这两个"朋友圈"，正是他所说自己有两个传统的具体体现。

赵无极先生冥冥中似乎洞悉了自己的使命。他在自述中说："历史就这样把我推向了遥远的法国，让我在那里生根安居，而后又让我重返中国，使我内心最深处的追求终有归宿。"的确，就先生个人际遇经历而言，这是偶然；而对于艺术发展趋势来说，却是必然——在对话、超越、融合中，诞生新的艺术生命体。

赵无极先生的名字，本就蕴含着艺术发展的方向——无极。"极"意为边界，无极即消弭边界。文化在不同时空中生成，通过互鉴互融构成生命共同体，其边界归于虚无。近百年来，古今中西之争成为中国艺术发展理论与实践的焦点问题。当前，我们已拥有比以往任何时期都更利于破解古今中西之争的客观条件，也更迫切需要熔古铸今、汇通中西的文化成果。赵无极毕生求索，将哲学思辨、诗性表达与终极追问融为一体，并以令人信服的艺术实践，对这一焦点问题作出了独特解答。透过他的作品，我们能够洞悉华夏文化的深邃底蕴，窥见法兰西艺术的灿烂光辉，感受生命伟力的崇高壮美，礼赞源自灵魂深处的坚定自信。那激荡的浑厚与绚丽的苍茫交织，将引领我们重新发掘审美的心性根源，把握精神自由解放的关键，从而在混沌中确立精神坐标，绽放思想光芒。

古有大象无形之论，今有大象无极之艺！

（原文发表于《中国艺术报》2023年11月）

昂扬与儒雅的风骨
谈高二适书法的人格气象

20 世纪的书法史上，高二适的书法迥然不同于一般文人、书法家、画家之作。脱尽寒酸、迂腐、阴柔、作作与浮滑，凭借深厚的学养和昂扬的书风，在书坛崭露头角。其书风正如他的为人——耿介、爽直、超然于世俗，在近现代文化史上树立起一座高峰。

书卷气、才气、骨气是形成高二适书法人格气象的重要因素，也是其书法富有创造性的根本所在。一代大师的成长，离不开民族文化的积淀、扎实的功夫、个人的天性才情与创新意识，这些要素缺一不可。

书卷气

所谓民族文化的积淀，对艺术家而言表现为"书卷气"，而书法家更应具备这种书气。书法是一门抽象的艺术，以文字为基础与载体。因此，唯有洞明文字生成中所蕴自然山川之地脉、宇宙变幻之天象，深谙文字的文化含量，执笔时方有底气，进而生发出意象、意念、意蕴、意境。否则，难以达到深郁豪放、凝重飘逸的化境。

旧时文人写毛笔字是常态，但多为写字。所谓写字，写出的往往是缺乏才情的功夫字，脱不开古帖的模式与程式，尽显古板、学究之气，缺乏生气。当年陈独秀评价沈尹默的字"其俗在骨"，这个"俗"，大概便是如此。与写字相对的是画字，这种现象在当今泛滥成风。所谓画字，指的是在书法本体上未下功夫，仅凭所谓的激情、感觉与形式书写，看似龙飞凤舞、水墨淋漓，实则轻飘、浮华。所以说，书法太难了，却也太伟大了。熊秉明称"书法是中国文化核心的核心"，不无道理。

高二适对历代书法有深刻的研究，在文字学方面亦造诣极高。他耗时十年，广搜《急就章》注校考异本，矫正前人之误，著就《新定＜急就章＞及考证》一书，存亡继绝，填补了书史空白。他力倡"章为草祖"论，提出："章草为今草之祖，学之善，则笔法亦与之变化入古，斯不落于俗矣""若草法从章法来，则高古无失笔矣"这两个观点。高二适对历代经典碑帖皆悉心研读、临习，或赞或批，见解独到，不随流俗，妙语连珠。他对书法结体、章法、笔法、墨法等要素作出入木三分的评述，堪称书法学的精辟之论。例如，他在孙过庭《书谱》中手批："此数行最为飞动有神""包世臣所'消息多方'以下乃有思逸神飞之乐"；评李治《大唐纪功颂》为"神明洞达，洒落飞扬"；评王羲之《十七帖》："此帖笔笔停顿，草法之上乘也""此帖最为奇峰兀立，他刻不及也"。在点评个别字时，留下"收而敛，精以澈""无一笔轻忽""清气扑人"等语句。他在读帖与临习过程中常情动于衷，兴之所至，便以"神入妙出""沉着痛快""规模简古""气象深远"等词句加以点评。这些评论既是总结也是发现，为后世提供了新的审美意象，堪称书法美学的精辟之论。在书法艺术本体的建构、解读及理论阐述方面，高二适不仅见解独到，更具有方法论意义。同时，这些研究与评论也为其作品中所蕴含的书卷气、文气、古气，积累了广博而深厚的精神资源。

高二适对《易经》有精深的研究，在南京高二适纪念馆收藏有一幅他讲解《易经》的手稿，此稿不失为一件绝妙精微而又纵横大度的书法作品。据陆俨少回忆，他曾托宋文治请高老题画，高老一眼就看出了陆俨少对《水经注》有研究。可见高老对自然和绘画的认识超越于感性层面，上升到哲学境界，故其作品弥漫着一股仙气和清气。

高老是诗人，他眼中的自然是诗化的。如："树静欲眠风浩渺，舟回拍岸水涟漪。"他在给章士钊的信中有："山木苍苍烟雨歇，几时才见天地合。"诗中意境足可与石涛、黄宾虹之山水画媲美。高二适书法中的画意、审美意象直接感受于自然，源自诗性，也得益于哲学。高二适在他读的《杜诗镜铨》上有一段批语："吾尝谓中国文化史中有三大宝物，即史迁之文，右军之书，杜陵之诗是也。"他称："读龙门，杜陵诗，临习王右军，胸中都有一种性灵所云神交造化者是也。"其诗高古沉雄，留存有诗辙等300余首，尤得力于江西诗派。晚年所撰"读书多节慨，养气在吟哦"可作为其诗文气节一生的写照。当然，诗歌韵律已然内化为高二适书法潜在的节律。这种韵律暗合书法之道，与诸体流变神交共鸣，既畅通主体情思，又呈现出虚浑圆融之态，最终自成一格。其作品中，笔画的阴阳、顿挫，飞动的线条与铿锵的运笔，仿佛穿越文化时空，与杜子美、李谪仙、白乐天等诗人隔空唱和……

高二适尚"古"，却于古中求新。这"古"是绵延的文脉，是历代的创造，是传统中最具魅力的神韵。高二适品评陆俨少画作时，曾以"古道盎然"四字概括。这看似评价陆俨少，实则也反映了他自己的美学追求。此"古"，是古仁人之心，是雅士风范，是灵明、沉静、清逸的文心，更是沁人心魄的文化气息。于书法而言，这"古"便是高老所倡的章草之法。高二适自言"一日无书则不能生"，足见他每日皆与古贤圣哲对话，于精神世界中与天地相往来。

高二适是一介书生，更是学富五车、充满浓郁书卷气的高士。

才气

高老的才气，集中体现于他的创造性。这种创造性源于他深厚的文化积淀——他深谙百家书体精髓，运笔时信手拈来，于自然挥毫的瞬间，便能捕捉众美之妙，笔下佳作如汩汩甘泉，源源不断地奔涌而出。

书法要有法。先有法，后破法，再建法。高二适尚法、破法，但不建法。他的法是"无法"，随性而发，随性而书，自得气象浑穆，气贯古今，洋溢着高昂而势不可挡的人格精神。

从高二适读帖的批注"出入千数百年，纵横百数十家，取长补短，自得其圜，而超乎象外"中，我们得以更深入地理解他对"法"与"无法"关系的辩证阐述。他还认为书法虽有法，但不能标准化，草书更不能规范于标准。是的，对于天才的创造而言，确如"黄河之水天上来"，一旦被标准化，也就意味着走向僵化结壳。

高二适书学以章草筑基，参酌王羲之、张旭、唐太宗、孙过庭、杨凝式、宋克等诸家之长，笔意融通大草、今草、狂草。于近代碑学盛行之风潮中，独以帖学为宗，出入古今，自成一格，成就可超迈前贤。其书法在章法构成上，奇险跌宕，纵横畅达，时而如飞流直下，挟万钧雷霆之势；时而似清泉入谷，显万壑空寂之境。用笔或如斧劈刀斫般刚劲雄健，或似游丝袅娜般柔韧纤长。高二适凭借吟哦涵养之气与千锤百炼之功，自信运笔，每一线条的挥写皆随性而发，将书法的疏密节律与瞬间灵感相呼应，故而幅幅作品各具风貌，各彰其美，为书法审美拓展出多维空间。

高二适每日通过读书、临帖与古贤"对话"，在他的精神世界里，王羲之、张旭、怀素等古贤皆为他的师友。正因如此，在书法艺术上，他自然将这些先贤视为比肩对象，这也成为他充满自信、矫矫不群、不随流俗的精神起点。在一幅自书的狂草手卷中，他自注："细草如卷，雨丝风片，未知张旭长史能此否耶？"由此可见，他书写此卷时心情飞动激荡，于笔墨间开拓新境。这般跨越千年的自言自语，将他的真情与才情展现得淋漓尽致。

在整幅章法、文字结体方面，高二适常常突破常规书法规律。其书势剑拔弩张，予人千钧一发之感；下笔迅疾果断、遒劲沉实。林散之与高二适为挚友，曾赞其"不负千秋，风流独步"。然而，二人在书法见解上常有分歧。林散之虽认可高二适"书读得多，天赋好，勤奋渊博，有学问"，但对其书法评价为"实多虚少，布局过密，有迫塞之感，笔力却极为矫健"。林散之强调书法需遵循"担夫让道"之理，注重留白营造虚境，追求如"山花春世界，云水小神仙"般优美、完美的意境。而高二适作品中的迫塞感，恰恰是对传统审美习俗的突破，这也正是其艺术价值所在——他崇尚的是奇险峻峭之美。深谙高二适书法造诣的章士钊，在向毛泽东介绍时，以"巍然一硕书也"称之。"硕书"一词出自柳宗元文集，意为顶级大书法家。

高老的才气淋漓尽致地体现在出口成章与脱手千篇的高度统一中。他的书法作品书写内容大多为自作诗，内容与形式的"同构"，使情感与笔墨相融相生，形成一脉流畅的韵致，如江河奔涌，一泻千里，纵横古今。字里行间真气弥漫，极具文化感召力。高老的书法极难研习，其笔法法度与创作程式，皆如深潭潜龙般隐蕴于笔墨；更难以模仿，其每一个字形风貌都是随性而发，是当下心境的自然流露。他挥毫泼墨间，写的是气、是神、是魂！而这般境界的铸就，需天分、学问、才情与创造精神长期淬炼而成。古语有云"皮之不存，毛将焉附"，由此引申，若无精神气韵的支撑，书法外在的形态便失去了灵魂根基。

骨气

高二适最为世人熟知、亦让其名声大噪的，乃是 50 年前与郭沫若的兰亭真伪论辩。1965 年，南京出土了与王羲之同时代的东晋《王兴之夫妇墓志》和《谢鲲墓志》，这一考古发现引发了郭沫若对东晋书法面貌的思考。6 月 10 日—6 月 11 日，《光明日报》连载郭沫若《由王谢墓志的出土论到 < 兰亭序 > 的真伪》一文。文中认为，《兰亭序》后半段文字兴感无端，与东晋时期崇尚老庄思想相左，书体亦和上述新出土的墓志不类。因而断言，其文其书应为王羲之七世孙智永所伪托。此文一出，在全国书学界和史学界产生了强烈震撼，一时间附和之声不断。然高二适读后，独持己见，撰写《< 兰亭序 > 的真伪驳议》一文，认为《兰亭序》为王羲之所作是不可更易的铁案，此文旨在从根本上动摇乃至推倒郭沫若的"依托说"。"驳文"于当年 7 月 23 日在《光明日报》全文刊登，《文物》第 7 期影印了高二适"驳文"全部手稿。随着"驳文"的发表，文史界、书法界立即掀起了自中华人民共和国成立以来前所未有的学术争鸣，声震士林，影响深远。其不畏权势、坚持真理的学术精神和品格由此可见一斑。随着《毛泽东书信故事》

的出版，才知道，当年高二适文章发表乃毛主席一言助成。毛主席复章士钊信中云："……高先生评郭文已读过，他的论点是地下不可能发掘出真、行、草墓石。草书不会书碑，可以断言。至于真、行是否曾经书碑，尚待地下发掘证实。但争论是应该有的，我当劝说郭老、康生、伯达诸同志赞成高二适一文公之于世。"与此同时，毛主席在致郭沫若的信中指出"笔墨官司，有比无好"以赞成高二适驳议文章发表。1972年，高二适针对郭沫若重提兰亭真伪，又写下《〈兰亭序〉真伪之再驳议》，其中有一句极为精辟的话，"夫逸少书名之在吾土，大有日月经天，江河行地之势，固无须谁毁与谁誉之"。由此可见，高二适对传统经典文化捍卫的拳拳之心。今天王羲之及其兰亭序在中国书法上的地位，经过那场"争辩"之后，似乎更加牢固，由是，我们更加佩服高二适的信念。要知道，当时高二适只是江苏文史馆馆员，与郭沫若地位悬殊。他的这种精神被学界誉为"高二适精神""硬骨头书家"。他的骨气显示在：

一、以其精深博厚的文化底蕴为背景，坚持自己的学术观点，他自号为"磨铁道人"，敢磨铁者，何所畏惧？

二、不求功名，他的学术只为真理，无欲则刚也。

三、骨气在书艺上表现为狼毫用笔，信笔直取，力度遒劲。在他昂扬激荡的笔锋中，既折射出高远境界与取法乎古的追求，又渗透着文人的儒雅气质，此尤为可贵。昂扬与儒雅的和谐统一，正是其人格个性与文化涵养圆融的体现。

冯其庸在纪念高二适的文章中，曾以"永远的高二适"为题。的确，高老的精神与成就，是历史中不可磨灭的客观存在！

线的生命——
纪念吴冠中一百周年诞辰

春天，人间的四月天。桃红、嫩绿、舞动健枝、绵绵柳丝，谁家飞燕入梦？

青山一抹，湖面如镜，点点白鹅划破江南的宁静；油彩的芳香，笔笔含情。白皮松在优雅的灰调子中尤显苍劲，抽象的肌理触动艺术的灵思，这历经世纪的老树，记录着时间的流逝。

点、线、面以及鲜明的色彩所构成的形式美，一幅幅画面生发的意境，让我们更为深情地怀念吴冠中先生。他曾两次向中国美术馆无偿捐赠代表作，这些作品构成了如今中国美术馆馆藏62件作品丰富多样的序列。这些珍贵的艺术瑰宝，激励着中国美术馆的每一位同仁深入研究作品，高频次地展出，真正将他的艺术回馈给人民，让这位不负丹青的艺术赤子的生命激情，永远如火如荼地绽放。

今年是吴冠中诞辰100周年，中国美术馆近期以"风筝不断线"为题，将馆藏的吴冠中油画和水墨画划分为"生命之本""自然之意""纯真之心"3个篇章。观众能从其作品中领略一颗永不停歇的探索之心、一条不断超越自我的创新之路，还有一根连着传统、紧系生活的乡愁之线

这根线，自下而上，自东向西，从古至今，是贯穿吴冠中艺术生命始终的主线。青年时期，他走出宜兴，由姑父划船载着前往无锡赶考，毅然弃工科而学艺术。此后，他进入国立艺专，拜师林风眠、潘天寿等名师，远赴巴黎求艺，在艺术之都与莫奈、塞尚、梵高神交……回国后，他投身于火热的社会主义建设，在写生、创作与教学中深耕不辍。随着改革开放的推进，他率先提出"形式美"理论，极大促进了当时及后来中国美术在艺术本体方面的探索。

回望这根线的起始，可追溯至1946年公派留学法国的考试。彼时，一份论述中国山水画兴盛时期及意大利文艺复兴对后世影响的答卷，以深刻的见解、严谨的论证和优美的文辞，令阅卷老师陈之佛为之动容。他竟用行楷全文抄录了这份荣获第一名的卷子。这份答卷全文1715字，考生通篇以文言文作答，尽显不凡功底。作为年轻学子，他对东西方文化见解深刻，评古论今卓然不群，令当时已德高望重的工笔画大师陈之佛为其打出90多分的高分。

查阅资料时发现，当年考试的第一名正是吴冠中。由此可见，他在27岁时便功底深厚、才情卓然。这不仅为他后来独步艺坛，在文化精神与艺术表达上获得自信、自在奠定了基础；更为他在中西合璧道路上取得卓越成就铺就了底色。

当然，这根线也是吴冠中遥接汉唐壁画线韵之简，神追徐青藤、八大山人线条的骨力与清逸，直接对话康定斯基、波洛克，于挥洒自如的忘我之境，创造出极具生命律动、艺术情怀与抽象美感的艺术之线。它源自高昌古城的原始意象、楚国兄妹的朴拙淳厚、粉墙黛瓦的几何秩序、枯藤老树的遒劲苍深；也受西方20世纪表现主义等流派的启发。吴冠中在古代画工的匠心和文人绘画的诗情中，在西方视觉艺术革命与时代创新的诉求下，拓展了美术创造的新形式、新观念、新表现与新审美。

他的形式论围绕抽象美深入拓展，其源在于中国文化，其流则是东西方艺术在发展进程中持续创新的成果。他说："抽象美是形式美的核心。""从画'像'工作的桎梏中解放出来，尽情发挥并开拓美的领域，这是绘画发展中的飞跃。"

吴冠中一生都在艺术理想和艺术表现上追求这个飞跃。

我第一次见到吴冠中是在1979年，于无锡聆听他的学术报告。他身着一件"劳动布"工作服，形象质朴，语言充满意境。他从莫奈的《睡莲》谈起，阐述莫奈作画并非为了表现睡莲这一题材，而是光照下波影与色光相融的朦胧之美，激发了他的表现欲望。由此可见，许多画家皆是先在自然中发现形式美，而后才着手创作。他回忆在国立艺专求学时，见到了潘天寿的《孤松矮屋老夫家》。在画中，高高的松树下坐落着扁平矮小的房子…… 他认为，这种对比与构成的形式，正是艺术家一生所追求的美。令我印象尤为深刻的是，他讲述自己为描绘粉灰色墙上爬满的老藤，不顾臭气熏天，在厕所边蹲守写生 4 个小时的情景："那老藤缠绕，相互勾连，矛盾纠缠，于白灰纸本上笔走龙蛇，分明是一幅浑然天成的抽象画……"

　　40 年过去了，吴冠中当年讲话的神态我依然记忆犹新。9 年前，我为南京博物院塑造吴冠中像，近日又为香港艺术馆创作吴冠中像。这尊铜像选取了他凝神专注写生，以刮刀涂抹油彩的瞬间。这个动作与神态，正是吴冠中创作时的常态。他是一位真正的猛士、雅士，是一位不断向世界探寻美的敏锐者。在东西方文化的融汇激荡中，他创造出独具风格的艺术。他既是中华优秀传统文化的继承者，更是深刻刻画时代风貌的艺术家。

　　写到这里，吴冠中刚健个性所展现的风骨又浮现在我眼前。他在艺术上不肯让步的倔强，正是其人格的写照。然而，他看上去又是那样平常——喜欢穿旅游鞋，便于远行。

　　他远行，永远在这不断的生命线上……

美术馆

文字记载与形象记忆在呈现历史的方式中，各自有着不可取代的价值。文字描述能够详细阐述时间顺序、内容情节与事物逻辑；形象记忆则通过视觉艺术创作，将心灵的感悟与直觉感受直接外化为造型，把历史熔铸于具有时代特征的艺术形象中，其呈现是形象的、直观的、艺术的。中华文化史是文字史与图像史的交汇，二者恰似连绵的群峰与滔滔的长河，交相辉映，相得益彰。但翻开这部图像史，难免会有遗憾——老子、孔子等先哲，其形象究竟如何？

中国文化虽重文字描述，却也时有言不达意之憾。于20世纪80年代末，我有感于社会转型，价值取向多元，遂立志以塑造中华古今贤人像为丰碑，昭示来者，引领精神风尚。

意，
发于心，
成于象，
以有限追无限，
则有限即无限。

吴为山

与时代同频共振的艺术殿堂
新时代的中国美术馆

民盟中央副主席　中国美术馆馆长　中国美术家协会副主席

——吴为山

2023 年 5 月 23 日，是中国美术馆建馆日。六十年砥砺奋进的中国美术馆，始终与时代同频，与人民共情，与美术家携手，以经典力作丰富国家艺术宝藏，以大美丹青展示时代华章，以美为媒讲好中国故事。

60 年前，毛泽东主席亲笔题写"中国美术馆"匾额。在建设过程中，周恩来总理亲自实地勘测、审定修改中国美术馆设计方案。进入新时代，中国美术馆深入学习贯彻习近平总书记关于文艺工作的重要论述，致力于弘扬优秀传统文化、典藏大家艺术精品、加强国际国内交流、促进当代美术创作、铸就美术高原高峰、完善公共文化服务，不断凝聚美的力量。

2014 年习近平总书记主持召开文艺工作座谈会召开以来，中国美术馆确定了弘扬优秀传统文化、典藏大家艺术精品、加强国际国内交流、促进当代艺术创作、打造美术高原高峰、惠及公共文化服务办馆思路，在中国式现代化的道路上向世人昭示中华文化思想的高度、历史的厚度、情感的温度和艺术的深度。

13 万余件珍藏，5500 多场展览，9800 多位艺术家的作品进入收藏名录，年接待观众逾百万人次，每年开展公共教育活动 50 余场，近 10 年接待外国政要和来宾达千余位……无数观众在这里受到审美熏陶，不少载入中国美术史册的重要作品首展于此，许多中国艺术家的名字从这里传扬，一些国外艺术家和经典作品在这里与中国观众第一次"零距离接触"……中国美术馆这座艺术宝库，已经成为艺术审美的殿堂、大众美育的平台、国际交流的窗口，吸引着各地观众共享美的世界。

中国美术馆对标在高质量收藏、高水平利用、高品质服务上下功夫的要求。这三个"高"互为支撑，互为促进，是一个科学、完整、可持续发展的美术馆工作运行体系。

《中国美术馆》
特种邮票

以高质量收藏凝聚文脉传承，厚积发展底蕴

藏品是美术馆立馆之基，是"资本"。中国美术馆现收藏古今中外各类美术作品133505件，数量占全国美术馆藏品数量约1/5，其中精品数量超过全国美术馆精品的1/2以上。

近10年来，中国美术馆入藏作品总数15388件，包括董其昌、王铎、齐白石、吴昌硕、林风眠、高二适、于右任、赵无极、刘海粟、达利、皮埃尔·卡隆、采列捷利等国内外的大师名作。其中，无偿捐赠11227件，占比达72.96%；国际作品征集数为720件，系统性地收藏了法国、俄罗斯、意大利等国家著名艺术家的作品。

高质量收藏是个聚宝的过程，要聚宝首先要识宝，先贤创造的经典、老艺术家的代表作、活跃当下的实力派艺术家和青年美术家的优秀作品，以及散落海外的华人美术精品、国外艺术大师的佳作以及民间的艺术精品等。

在征集经费紧张的情况下，力求"花小钱 办大事"。

杨振宁先生将挚友熊秉明亲手锻打的雕塑《笔架山》捐给中国美术馆时说："这份永远的情感只有在中国美术馆才能永存。"靳尚谊先生说："作为一位艺术家，我始终认为中国美术馆是自己作品最好的归宿"。这些年，我们专门收藏了散落海外的著名雕塑家熊秉明、滑田友、严德晖等大家作品，收藏老舍家属捐赠的任伯年、齐白石、傅抱石等大师珍品，收藏刘海粟、高二适等大家书法精品，法兰西艺术院全体雕塑院士、俄罗斯艺术科学院全体院士向我们捐赠代表作，意大利佛罗伦萨艺术学院院士邀请展刚刚开展，12位院士也将集体捐赠作品。

但是艺术捐赠特别是国际捐赠往往伴随着各种各样的困难和挑战。尽管如此，我们始终坚持两个基本原则，第一是"一定要做"，客观地看中国美术馆与西方大馆、名馆的差距，吸引捐赠并非易事，但是只有坚持不懈地去做，才能不断提升中国美术馆的

国际影响力；第二是"用心去做"，用心才能弥补不足，用心才能感化艺术家，用心才能展现中国人的诚意、展现中国美术馆人的水准。

这里可以讲两个故事为例：

2016 年，我与美术馆同仁出访白俄罗斯期间，我们意外看到白俄罗斯著名雕塑艺术家谢尔盖·谢利哈诺夫 20 世纪 50 年代创作的齐白石、巴金等中国艺术家和普通民众的肖像。特别珍贵的是，在齐白石的雕像上，还留下了白石老人的亲笔签名。经过反复沟通和大量工作，2017 年，在中白两国建交 25 周年之际，我们举办了谢尔盖及其孙子

的雕塑展，获得了 59 件作品捐赠。

又如，已故著名法籍华人艺术家熊秉明有一批重要作品都在法国。经过努力，其夫人陆丙安将熊秉明作品"送回家"的宏愿得以实现，最终熊秉明近 200 件作品以捐赠方式回到了祖国的怀抱。

中国美术馆感人至深的"捐赠故事"不胜枚举，所以这些捐赠作品尽管价值不菲，但其中的情感分量是很难用金钱、用市场这些指标衡量的。

以高水平利用展现中国精神，推动创新发展

我们把"爱宝"落实在高水平利用上，中国美术馆不断完善典藏活化机制，梳理作品、策划展览，进一步加强对美术经典历史价值、时代精神、审美特征等的研究、阐释、传播。

观众参观展览

我们坚持人民至上办馆理念、办展方向，每逢重大时间节点，如中华人民共和国成立70周年、建党百年等主题性大展、全国政协委员美术作品展、共建"一带一路"倡议提出十周年美术作品展等都体现了中国美术馆坚持正确政治方向，服务党和国家中心大局的鲜明导向。

建馆以来中国美术馆已举办5500多场展览，近年来我们突出强调展览的品牌化、序列化，同样是为了发展导向。我们通过"典藏活化系列展"，展示古今中外艺术"高峰"；通过"捐赠与收藏系列展"，弘扬艺术家的无私捐赠精神；通过"弘扬中国精神系列展"，彰显中华美学精神；通过"国际交流系列展"，让优秀展览走出去，请国外经典走进来，讲好中国故事；通过"学术邀请系列展""青年艺术家提名展"等，推出优秀艺术家群体，引导青年创作方向，曾经初出茅庐的年轻创作者，如今不少已经成为大家名家，比如新一届中国美协主席团里的一些新面孔就是从中国美术馆的平台逐步为人熟知的。

除了是对艺术创作的引导，这些展览也是对人民群众审美判断和文化思想的引导，

2017年12月
参观"美在新时代：庆祝党的十九大胜利召开中国美术馆典藏精品特展"的观众排队达数公里，成为媒体竞相报道的京城文化盛事

更是对全国美术馆专业建设的引导。比如，中国美术馆推出"典藏活化"系列展览后，全国很多美术馆也都推出了同系列或类似形式的活化展览，带动了全国美术馆让典藏活起来，让精品真正为人民所享。

这些展览导向鲜明，获得了人民群众和专业界的双重肯定和欢迎，价值更加凸显。这里也举几个例子：

2017年，中国美术馆举办的"美在新时代——庆祝党十九大胜利召开中国美术馆典藏精品展"10天内吸引观众近15万人，最高日观众量达2万8千人。2023年，中国美术馆举办"美在致广——全国小幅美术精品展"，不仅再次引发观展热潮，同时引发如何客观看待美术创作的大与小问题的热烈讨论，发挥了对艺术创作的引导力。今年春节，由中国美术馆和艺术司共同主办的"美在荟萃——全国美术馆珍藏作品汇展"，集中展示了全国15家重点重要美术馆的500多件藏品，是一次带动全国美术馆界深入学习贯彻回信精神的具体行动。

中国美术馆深刻认识把握"两个结合"，特别是"第二个结合"的实现途径，不

2021年7月
中国美术馆典藏活化
系列展"一切为了人
民——中国美术馆藏
版画作品展""美在民
间——中国美术馆藏木
版画作品展"走进延安
鲁艺

2021 年 6 月
"伟大征程 时代画卷——庆祝中国共产党成立 100 周年美术作品展"在中国美术馆开展

2023 年初
"美在致广——全国小幅美术精品展"展览现场，观众通过别出心裁的展厅设计，体味取景、构图、景深等意趣

断加强与博物馆的合作，如去年，中国美术馆策划推出了"墨韵文脉"系列展览，与故宫博物院、南京博物院等博物馆共同主办，开展3个月内接待观众43万余人次。此后我们又与辽宁博物馆、吉林博物馆、安徽博物院等继续合作，推出"墨韵文脉"展览后续篇章，反响强烈，系列展览呈献了中华历史文脉的完整性、延续性和创新性。目前与浙江博物院的合作也正在积极推进中。

此外，中国美术馆积极落实"春雨工程"相关工作，大力支持边疆民族地区和革命老区文化建设，积极推出"民族大团结""美在新疆""青海唐卡绘画艺术精品展""内

以《新时代的中国美术馆》《中国美术馆藏品大系》为代表的中国美术馆出版项目集锦

蒙古美术摄影作品展"，巡展重庆、新疆、广西和宁夏等地的"走向西部"等一系列展览，并在近年来向各地党校、高校、图书馆等机构年均捐赠画册约 8000 册，让全国各地人民群众都能够享受到国家殿堂的经典艺术。

中国美术馆有效利用"藏品信息管理系统"，为展览、研究及中央广播电视总台、人民日报、人民出版社等单位年均供图逾 15000 张次。

高水平利用，还体现在学术研究上，其核心，也是发挥思想的引领作用。几乎每场重要展览我们都会同步开展学术研讨活动。深入研讨建构美术馆学、加强文艺评论等美术馆建设各方面的课题。近年来，先后承担 14 个国家级、省部级以上重大、重点科研项目，牵头制定国家标准 6 项。出版学术研究著作、各类课题研究成果近百本。积极

2022 年底
工作人员正在观察
油画《父亲》并准
备进行修复

举办国际国内高水平学术会议，搭建学术交流平台，主办"新时代之声——全国美术理论研讨会""写意雕塑与中国文化——全国雕塑艺术理论学术研讨会"等70余场学术研讨及国际论坛。

我们建立健全藏品保护修复常态化工作机制，近年来年均修复藏品近百件。2023年，中国美术馆也对文创工作进行了重新定位，按照高水平利用总要求，科学规划经营管理，加强馆属企业的科学化、规范化运营水平。

以高品质服务回应人民期待，推动全民美育

几年来，中国美术馆在强品牌、重创新、抓细节，提高专业化服务水平方面有诸多举措。2023年，中国美术馆接待各单位团体300多批7000余人次，接待观众总计

中国美术馆"为新时代人物塑像：建军节专场"青年雕塑家为抗战老兵李裕厚塑像

中国美术馆"大师讲大美"系列学术讲坛
大美情怀与电影品格——展厅艺术沙龙

2019 年 12 月 10 日
"中国美术馆之
夜——中国古典诗
词与书画·廖昌永
中国艺术歌曲独唱
音乐会"

2023 年 1 月 22 日
农历癸卯兔年大年初一,中国美术
馆为群众写福,为观众送福

110 万余人次。

加强与清华大学、北京大学等高校合作共建"美育基地"，吸引大学生走进美术馆，共同培养不同层次专业人才。与北京市东城区、河南省郑州市等地开展战略合作。

中国美术馆推出的公共教育品牌"为新时代人物塑像"，巡展全国，影响广泛；"馆长导赏日"活动备受欢迎；"开启大师讲大美"，系列活动，广邀艺术家、科学家、作家、奥运冠军等各界翘楚齐聚一堂，让大美融汇，启迪心灵；每年初一的"新春送福"活动，美术馆人放弃与家人团聚、休息的时间，为观众写福送福，受到热烈欢迎。此外，还举办了"大手牵小手""童绘美丽家园""全国助残日"等专场活动，加强对未成年人、老年人、残疾人等特殊群体的文化权益保障。志愿者是中国美术馆一道亮丽的风景线，2023 年为观众提供志愿者导赏达 1031 场。

拓宽传播渠道，推进全民美育。近年来，中国美术馆立足精品报道工作机制和互联网＋模式，不断加大新媒体传播力度，适应互联网传播规律，加快数字化转型与融合发展，制作更多网民们喜闻乐见的移动化、可视化、智能化、社交化的云端精品。加强与人民日报社、新华社、中央广播电视总台等主流媒体深度合作。仅 2024 年上半年，《人民日报》就报道中国美术馆，或刊发相关文章，刊登中国美术馆馆藏作品达 40 多条。此外，目前已形成了基于中国美术馆官方网站、微信公众号、学习强国、人民日报客户端等线上传播矩阵。

制作的 90 集《中国美术馆藏经典作品》视频经学习强国等平台传播，阅读总量突破 1000 万人次。2021 年承办的"伟大征程·时代画卷——庆祝中国共产党成立 100 周年美术作品展"有 3 亿人次通过新媒体矩阵观看；2022 年与中央广播电视总台合作举办的"迎冬奥·美在逐梦——中国美术馆藏体育题材美术作品展"引发观众热情关注和媒体争相报道，跨媒体传播所覆盖的总人次成功突破 1.14 亿；此外，《美术经典中的党史》《美术里的中国》《艺术里的奥林匹克》等专题节目都利用最新技术手段，使中国美术馆静态的典藏"活"了起来，为亿万观众展示了生动、立体的大美世界。

大型专题片

美的殿堂

CCTV-1 综合频道 5月23日—5月25日 22:30档 首播
CCTV-10 科教频道 5月28日—5月30日 21:00档 重播

大型专题片《美的殿堂》海报

　　2023年，中国美术馆联合中央广播电视总台推出的大型专题片《美的殿堂》在央视综合频道播出，电视端累计观看逾2013万次；微信公众号关注人数增长至142万，涨幅高达72%；推出微纪录片《中国美术馆的一天》，播放量总计20余万次；《美时美刻·海霞讲二十四节气》已推出的6期视频点击量超2400万；《中国美术馆·有声有色》第一期观众互动量超8700万；利用VR全景技术，打破展览的周期和地域限制，将"墨韵文脉——八大山人、石涛与20世纪以来中国写意艺术展"拍摄为数字化线上全景馆，观众可以随时随地在线上观展，欣赏每一个细节。中国美术馆还与人民教育出版社建立战略合作机制，推进国家馆藏经典、优秀美术作品进教材。

这些举措多维度地让经典作品走进千家万户，让人民群众更便捷、更立体、更充分地享受到美。

讲好中国故事，助力构建人类命运共同体

中国美术馆努力发挥国家文化会客厅作用，近 10 年来，接待 56 个国家的外国政要及国际、港澳台贵宾 2000 余人，举办中外美术交流展览 93 场。通过有声、有形、有色的"中国美术馆之夜"外宾专场活动等，以不出国、不拿护照、少花经费的方式让中国文化走出去，也让世界文化走进来。

呼应"一带一路"倡议，中国美术馆牵头成立丝绸之路国际美术馆联盟与金砖国家美术馆联盟，以联盟秘书处和秘书长单位身份，通过举办论坛、联展，签署框架协议等，拓宽"朋友圈"、提升影响力，促进民心相通。目前这两个联盟已包括 23 个国家的 31 家成员单位。

2015 年，中国美术馆在新加坡中国文化中心举办"梦笔新境——纪念中新两国建交 25 周年美术作品展"，在新落成的《问道》铜像前，我向习近平总书记汇报，传播中国文化就是传道，只有将问道与传道相结合，才能产生世界范围的文化对话。总书记认真聆听后，给予了我肯定和鼓励，这让我深感责任重大，也为后续持续推进中国文化传播工作注入了强大动力。

近年来，"中国写意——来自中国美术馆的艺术"展览先后走进墨西哥、法国、希腊、孟加拉国、白俄罗斯、乌拉圭、泰国等国家。"美美与共——中国美术馆藏国际艺术作品展""大道融通——亚洲艺术作品展""不朽的传承——法兰西艺术院院士作品邀请展"等均取得巨大成功。

2016 年 9 月
"中国写意——来自中国美术馆的艺术"在墨西哥城圣伊德方索学院（博物馆）开幕

2018 年 5 月
由中国政府赠送、中国美术馆馆长吴为山应邀创作的《马克思》青铜塑像在德国特里尔的西蒙广场揭幕

大型青铜组雕作品《神遇——孔子与苏格拉底的对话》在希腊雅典古市集遗址落成

2023 年，中国美术馆积极投身国际艺术交流，组织、参与 13 个涉外展览，有韩国的中日韩文化艺术节、印度的二十国集团峰会文化项目、埃及的"艺汇丝路——中阿知名艺术家采风作品展"及中阿艺术家对话沙龙等重要活动。其间创作了《阿里·法拉比》《孙文先生像》等 6 件雕塑，举办了"中国记忆——智利画家何塞·万徒勒里摄影与速写展"，智利总统、哈萨克斯坦总统、乌拉圭总统、泰国副总理等出席相关活动并给予了高度评价，发挥了以艺术助力国家外交的独特作用。中国美术馆在多项涉外工作中表现活跃，不仅组织、参与诸多国际展览，还积极投身中白、中巴、中俄等双边文化外交项目。

近十年来，中国美术馆已有 35 尊雕塑陈列和矗立在全世界的 23 个国家和地区，不断用艺术语言讲述中国故事，讲述马克思主义中国化时代故事，讲述中外文明交流互鉴故事。《马克思》立于德国，《百年丰碑》立于法国，《微笑的顾拜旦》立于瑞士洛桑国际奥委会总部，《神遇——孔子与苏格拉底的对话》立于希腊，《超越时空的对话——意大利艺术大师达·芬奇与中国画家齐白石》立于意大利；《孔子》雕像立于巴西库里蒂巴市政厅及州政府的前广场，并将广场命名为"中国广场"，《鉴真像》《隐元禅师像》《孙文先生像》立于日本，《曹雪芹像》立于白俄罗斯。2024 年 5 月 11 日，大型组雕《高尔基与鲁迅的对话》在俄罗斯驻华大使馆落成；5 月 29 日，总高 7.8 米《问道》大型组雕在乌拉圭首都蒙得维的亚的巴特列公园落成等。

概括来说，这些年我们坚持文化交流秉持的就是三个一的理念，即：一张脸，代表民族、国家的文化特征；一颗心，指平等、平静、平和、真诚之心；一个魂，寓意着对世界和平的呼唤。

培养人才，发挥特色，突出体现党建与业务相融合优势

中国美术馆注重人才建设，承担着文化和旅游部美术馆专业职称评审标准的制定

工作，为全国美术馆人才培养确立了规范。

中国美术馆是全国美术馆首家设立国家级博士后科研工作站的单位，与北京大学共同建立博士后科研工作站，与清华大学共同培养美术馆专业硕士人才，这在全国美术馆界也是唯一。

我们承办了国家主题性美术创作项目雕塑班，邀请马克思文艺理论专家、党史专家、创作专家、外国专家等为青年创作者授课，发挥了引导创作、培养人才的积极作用。

新时代的中国美术馆事业取得积极成效，关键在于坚持以习近平新时代中国特色社会主义思想为指导，突出政治建设统领，推动党建和业务深度融合。我们深入学习贯彻习近平新时代中国特色社会主义思想，扎实推进"两学一做"学习教育常态化制度化、"不忘初心、牢记使命"主题教育及党史学习教育，切实增强"四个意识"，坚定"四个自信"，做到"两个维护"。强化宣传思想工作，精心组织庆祝中华人民共和国成立70周年美术作品展、庆祝中国共产党成立100周年美术作品展等系列活动，夯实意识形态阵地基础。严格落实新时代党的建设总要求，不断加强党支部标准化、规范化建设。严格落实"三会一课"、民主评议党员、谈心谈话等制度。贯彻新时代好干部标准，持续优化干部管理体制机制，经充分酝酿，会议集体决议，推进中层干部聘任工作。完善党内监督机制，全面落实部党组巡视整改任务，驰而不息纠"四风"、树新风，深化"三不腐"一体推进。严格执行《中国共产党重大事项请示报告条例》，对领导班子成员分工、有关干部任免等应当报备的事项及时报备，并将重大事项请示报告制度情况纳入日常监督和检查范围。

党建与业务相融合的优势和成果，体现在方方面面的工作和细节中。比如：中国美术馆把"我为群众办实事"落在细节，在主楼建筑周边建设3000平方米的雕塑园，不仅可以美化环境，观众还可以扫码读雕塑，拉近了美术馆与观众的距离。

中国美术馆通过与东城区政府密切沟通，今年五一期间，中国美术馆东侧约3000平方米的城市艺术空间正式向公众开放，将馆藏雕塑作品融入公共绿地，促进自然生态、

人文生态与艺术的融合。

中国美术馆把原本在6层的内部资料室改造成了长期展示馆藏小型经典作品的"藏宝阁"，开放后广受欢迎。

美术馆的面积是有限的，我提出"一张报纸、一块屏幕、一个手机都可以成为一座美术馆"的理念，推进艺术与科技、与新媒体的融合，不断拓宽服务覆盖面。

在创作方面不断发出时代之声。组织创作的大型雕塑《旗帜》已成为中国共产党历史展览馆的红色地标；《长征组雕》填补了长征主题组雕创作的空白，巡展全国多地；近年来一系列主题性美术创作成果不断在各大展览展出。

近年来，中国美术馆举办的展览和公共教育活动等多次荣获文化和旅游部全国美术馆优秀展览、优秀公共教育项目、馆藏精品展出季优秀项目等；在文化和旅游部组织

的"国家主题性美术创作"项目实施过程中被评为优秀组织单位；在"庆祝中国共产党成立 100 周年主题雕塑创作工程"实施过程中获突出贡献荣誉；在第 5 届中国青年志愿服务项目大赛中荣获金奖，志愿者成为中国美术馆最亮丽的风景线。

2021 年建党百年之际，中国美术馆被中宣部命名为全国爱国主义教育示范基地；2022 年至 2024 年，中国美术馆第一党支部、第三党支部、第五党支部先后获评中央和国家机关"四强"党支部；2023 年，国际（港澳台）事务部、典藏部分别荣获全国巾帼文明岗和全国巾帼建功先进集体称号。

此外，中国美术馆还被评为中央和国家机关文明单位、第 5 届全国未成年人思想道德建设工作先进单位、首都文明服务示范窗口等。

国际交流

我曾在北京大学潜心探究深层心理学，而后前往西方诸多国家考察，又深入东亚的庙堂、石窟，寻觅古迹中的文化精魂。至此方才领悟，唯有遍览传世典籍，历经千锤百炼、锐意创新，方能渐入佳境。所谓「创」与「作」，本就如水乳交融，浑然一体，乃是外部世界与内心体悟相互碰撞、交融后形成的独特默契。

我的状态始终在诸多因素间游离，思索的不仅是宏观层面所谓的「道」，更多的是钻研技艺上的具体问题。而艺术中的这些细微之处，恰恰反映出艺术的根本规律。30年前，吴冠中先生自诩「手艺人」，其中深意不言而喻。艺术家与哲学家用以论道、述道的媒介，显然存在差异。

我们往往能从一件具体的作品中窥见内容，从一种风格里感知一个时代，从一笔一划间捕捉精神的跋涉轨迹。同样，我们也能在一字一行间发现艺术的广阔天地。

我曾迷恋理论，
试图在万千艺术现象背后探寻奥秘，
且将这种奥秘归因于心理。

吴为山

博物馆捐赠《顾拜旦》雕像

中国美术馆馆长吴为山与国际奥委会
主席托马斯·巴赫在雕塑《顾拜旦》
前合影。

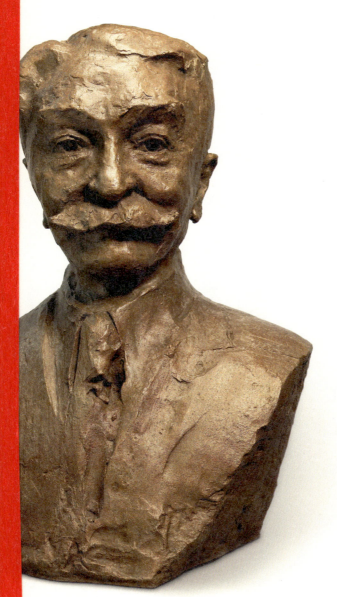

国 际 交 流

辑
五

《顾拜旦》

2016年　青铜
46cm×33cm×60cm

02 : 2017.09.30
《孔子》立巴西，永久命名 " 中国广场 "

2017 年 9 月 30 日，应巴西库里蒂巴市市长拉斐尔·格雷卡先生之邀，吴为山创作的《孔子》雕塑矗立于巴西库里蒂巴市政厅及州政府的前广场，广场被永久命名为"中国广场"。

03 : 2017.12.12
雕塑《问道》落成于白俄罗斯

2017 年 12 月 12 日，中国美术馆馆长吴为山雕塑作品《问道》落成仪式在白俄罗斯国家美术馆隆重举行。中国驻白俄罗斯大使崔启明、白俄罗斯国家文化部部长邦达里、白俄罗斯国家美术馆馆长弗拉基米尔·普罗科普佐夫以及白俄罗斯文化艺术界、中国留学生等近 300 人出席了仪式。

《灵魂之门——塔拉斯·舍甫琴科与杜甫对话》在乌克兰国立基辅大学落成

这组名为《灵魂之门——塔拉斯·舍甫琴科与杜甫对话》的雕塑代表着中国与乌克兰两国的合作之门，代表着两国人民沟通的心灵之门。

《灵魂之门——塔拉斯·舍甫琴科与杜甫对话》

2017年　青铜
高 2.3 米

05 | **2018.05.05**

《马克思》雕塑赠送给德国特里尔市

2018 年 5 月 5 日，马克思诞辰 200 周年之际，由中国政府赠送的著名雕塑家吴为山应邀创作的《马克思》青铜塑像在德国特里尔市的西蒙广场揭幕。雕像重约 2.3 吨，像高 4.6 米，连基座总高 5.5 米，与马克思的生日相契合。中德双方政界、学界、艺术界代表以及当地市民、游客等数千余人参加了揭幕仪式。世界 150 余家媒体对现场进行了报道。

吴为山馆长既刻画了前进中的马克思形象，也展现出中国人民对马克思主义与中国革命实践相结合所取得的举世瞩目成就的自信。

吴为山创作的《马克思》雕像受到当地市民的欢迎和喜爱。

▲ 《马克思》
通高 5.5 宽 米，像高 4.6 米，重 2.3 吨

国际交流 424

06 | 2019.03.23/05.04

《百年丰碑》雕塑立于法国蒙达尔纪市火车站前的邓小平广场。

在《百年丰碑》揭幕仪式现场，中华人民共和国驻法国大使翟隽、法国卢瓦雷省省长让－马克·法尔科尼、法国国民议会法中友好小组主席陈文雄、蒙达尔纪市市长伯努瓦·迪容、法国蒙达尔纪市与卢万河流域城市共同体主席弗兰克·叙普利松、法兰西艺术院的院士代表、中法各界友好人士及新闻媒体300余人共同见证了这一伟大时刻。

《百年丰碑》雕塑由吴为山创作，以浮雕形式再现了老一辈革命家赴法求学的风采。2019年5月4日，大型青铜《百年丰碑》雕塑，于中法建交55周年之际、五四运动100周年之日，安放在当年勤工俭学留学生最集中的蒙达尔纪市火车站前的邓小平广场，并举行了盛大的揭幕仪式。

为纪念留法勤工俭学运动100周年，受中宣部委托，中国美术馆馆长、法兰西艺术院通讯院士吴为山创作赠法《百年丰碑》雕塑。在国家主席习近平对法国进行国事访问前夕，作为配合习近平主席访法的系列活动之一，2019年3月23日，中国国务院新闻办公室会同中国美术馆在巴黎中国文化中心成功举办《百年丰碑》雕塑签约仪式及揭幕式。

法国蒙达尔纪市市长伯努瓦·迪容向中国驻法大使馆恳请将《百年丰碑》雕塑永久陈列于蒙达尔纪市火车站前的邓小平广场。

▶ **《百年丰碑》**
宽4.65米，高2.9米，重4.5吨

《超越时空的对话——意大利艺术大师达·芬奇与中国画家齐白石》永立于佛罗伦萨

意大利佛罗伦萨艺术学院院长阿琦蒂尼女士与中国美术馆馆长、意大利佛罗伦萨艺术学院荣誉院士吴为山先生共同为吴为山雕塑作品《超越时空的对话——意大利艺术大师达·芬奇与中国画家齐白石》揭幕，这件作品被意大利佛罗伦萨艺术学院永久收藏。

意大利佛罗伦萨艺术学院院长阿琦蒂尼女士（图中）与意大利佛罗伦萨艺术学院原院长、现任荣誉院长藏格里先生（图右）为吴为山（图左）颁发荣誉院士证书。

《杨卡·库帕拉》塑像永久陈列于北京第二外国语学院

2020 年 1 月 8 日，为增进中国、白俄罗斯人民友谊，进一步加深两国艺术交流与人文对话，促进民心相通，应白俄罗斯驻华大使馆邀请，中国美术馆馆长吴为山倾情创作的白俄罗斯诗人《扬卡·库帕拉》塑像永久陈列于北京第二外国语学院。

◀ 《杨卡·库帕拉》

2019 年　青铜
42cm×66cm×88cm

芬奇镇镇长授予吴为山感谢函和达·芬奇荣誉金质奖章

09 ┊ 2020.01.17

《超越时空的对话——意大利艺术大师达·芬奇与中国画家齐白石》永
立意大利芬奇镇列奥纳多·达·芬奇科技博物馆和图书馆

2020 年 1 月 17 日，时值中意两国建交 50 周年之际，由中国美术馆馆长、意大利佛罗伦萨艺术学院院士、著名雕塑家吴为山创作的大型雕塑《超越时空的对话——意大利艺术大师达·芬奇与中国画家齐白石》在意大利芬奇镇隆重"落户"，标志着为期一年的纪念达·芬奇逝世 500 周年系列活动圆满收官，这也是首次将中国雕塑家的作品永久立于达·芬奇的出生地。芬奇镇镇长授予吴为山感谢函和达·芬奇荣誉金质奖章，以感谢他对达·芬奇故乡的慷慨和友好。

在中意两国重要嘉宾的见证下，两尊由铜铸成的象征中西文化的巨匠显现在公众和媒体面前——达·芬奇与齐白石永久立于利奥纳多·达·芬奇博物馆和图书馆，引起世界瞩目。这也是继 2012 年意大利文化遗产与活动部在意大利威尼斯宫国家博物馆为吴为山举办个人展览并收藏《超越时空的对话——意大利艺术大师达·芬奇与中国画家齐白石》，2019 年意大利佛罗伦萨艺术学院永久收藏《超越时空的对话——意大利艺术大师达·芬奇与中国画家齐白石》以来，跨越 8 年第三次受到意大利重要艺术机构的邀请，在意大利永久扎根，成为意大利国家公共文化的财富与文化遗产的一部分。

《画家齐白石》永立于奥地利维也纳世界博物馆

2021年2月，为庆祝中国与奥地利建交50周年，中国美术馆馆长吴为山应邀创作雕塑作品《画家齐白石》并捐赠给奥地利维也纳世界博物馆。维也纳世界博物馆始建于1876年，是奥地利最大的人类学博物馆，致力于展示世界文化多样性，见证人类社会的变迁。《画家齐白石》在此安放，为中奥艺术交流提供了良好的契机。对中国美术馆而言，这也是继续拓展中奥文化交流、推动中国文化对话世界的积极实践。2022年2月24日，应维也纳世界博物馆委托，奥地利驻华大使利肯在京向吴为山颁发雕塑《画家齐白石》收藏证书。

奥地利驻华大使利肯向吴为山转交维也纳世界博物馆收藏证书。

《画家齐白石》在维也纳世界博物馆永久展示

中国美术馆馆长吴为山创作的雕塑《华佗像》永久立于香港中文大学医院，代表中华人文精神薪火相传。

《灵魂之门——塔拉斯·舍甫琴科与杜甫对话》立于乌克兰驻华大使馆

2021 年 7 月 9 日，为庆祝中国、乌克兰建立战略伙伴关系 10 周年，应乌克兰驻华大使馆邀请，在庄严的中华人民共和国、乌克兰国歌声中，吴为山创作的雕塑《灵魂之门——塔拉斯·舍甫琴科与杜甫对话》在使馆前广场揭幕。

中国美术馆馆长吴为山以列支敦士登著名作曲家、管风琴家约瑟夫·加布里埃尔·赖因贝格尔为主题创作的雕塑《约瑟夫·加布里埃尔·赖因贝格尔》永立于列支敦士登国家博物馆。

14 | 2021.09.16
《神遇——孔子与苏格拉底的对话》立于希腊雅典古市集广场

吴为山在视频中致辞。

作为 2021 年"中国——希腊文化和旅游年"开幕仪式的重要环节之一，由中国美术馆馆长吴为山应邀创作的青铜组雕《神遇——孔子与苏格拉底的对话》，于 2021 年 9 月 16 日在希腊雅典古市集广场正式亮相。

雕塑由希腊文化和体育部部长门佐尼、希腊旅游部部长基基利亚斯、中国驻希腊使馆临时代办王强共同揭幕，孔子与苏格拉底像比肩而立，正式亮相雅典，现场气氛热烈。

雕塑落成赢得了现场嘉宾的一致好评，成为开幕式的亮点之一。希腊总理米佐塔基斯在开幕式视频致辞中提到，希腊和中国的文化虽相距遥远，但有着相同的价值，这正是《神遇——孔子与苏格拉底的对话》所表达的。希腊文化和体育部部长门佐尼在开幕式致辞中对雕塑给予了高度赞赏："中国和希腊的共同点是道德和美德，这就是两个国家的代表性哲学家苏格拉底和孔子所体现的价值观，也是两位巨擘跨越时空在现代相遇的意义所在。"并向吴为山馆长颁发收藏证书，以此赞赏其杰出的艺术创作以及他对推动中希友谊和文化发展所做出的重要贡献。

这组表现了孔子与苏格拉底这两位东西方圣哲超越时空、形神相遇场景的雕塑，在拥有近 3000 年历史的希腊文明腹地——古市集广场揭幕，得到海内外媒体的积极转载、报道，收获了中希社会各界的广泛好评。

4 3 3

15 | 2021.11.14

《隐元禅师像》永立长崎市东明山兴福寺

2021 年 11 月 14 日，在中日各方的共同努力下，应日本邀请，中国美术馆馆长、法兰西艺术院通讯院士、国际著名雕塑家吴为山创作的雕塑《隐元禅师像》在拥有 400 年历史的兴福寺永立，不仅可以让更多日本民众和海内外游客了解到这一段中日交流历史，更是寄托了双方以艺术为桥梁，温暖民众心灵，增进中日人文交流，拉紧人文纽带的美好祝愿。

《扬卡·库帕拉》雕像立于白俄罗斯

2022 年 7 月 1 日，中国美术馆馆长吴为山应白俄罗斯驻华大使馆邀请创作的白俄罗斯诗人《扬卡·库帕拉》雕像在白俄罗斯奥尔尚斯基区科佩斯村的扬卡·库帕拉学校揭幕。这是双方为增进中国、白俄罗斯人民友谊，进一步加深两国艺术交流与人文对话，促进民心相通所做出的努力。

《鉴真像》永立日本东京上野公园

2022 年 7 月 20 日，由中国美术馆馆长、国际著名雕塑家吴为山创作的雕塑《鉴真像》在日本东京落成，作为一个具有代表性的中日交流符号矗立上野公园。在中日邦交正常化 50 周年之际，东京上野公园首次迎来中国艺术家的雕塑作品。

18 | 2023.10.17

《阿里·法拉比》雕塑立于北京语言大学

应哈萨克斯坦驻华大使馆邀请，吴为山馆长以中世纪哲学家阿里·法拉比为题材创作并捐赠雕塑《阿里·法拉比》，永久安放于北京语言大学。10 月 17 日，哈萨克斯坦共和国总统卡西姆若马尔特·克梅列维奇·托卡耶夫率团访华并出席雕像揭幕仪式。托卡耶夫总统表示，阿里·法拉比雕像落座北京语言大学，其伟大的文化遗产和智慧结晶将有助于加强中哈人文交流。

19 | 2023.11.12

《孙文先生像》立于日本北九州市

应日本邀请，吴为山馆长创作的青铜雕塑《孙文先生像》捐赠给北九州市政府，于 2023 年 11 月 12 日立于北九州市物质文化遗产"旧安川邸"（安川家旧宅）。中国驻福冈总领馆总领事律桂军、北九州市市长武内和久等中日嘉宾共同为铜像揭幕。该雕塑捐赠被纳入 2022 年江苏、福冈结好 30 周年纪念活动。中国驻福冈总领事律桂军在揭幕仪式上表示，今年是中日和平友好条约缔结 45 周年。孙中山先生 110 年后"重访"故地，并将永立此处，将有利于促进日本社会各界对中日友好交往历史的了解，加深对中国艺术的理解。

2024 年 5 月，《高尔基与鲁迅的对话》落成于俄罗斯驻华大使馆。俄罗斯驻华大使伊戈尔·莫尔古洛夫、俄国家
杜马第一副主席伊万·伊万诺维奇·梅利尼科夫、中国文化和旅游部副部长卢映川、文学大师马克西姆·高尔基，
以及鲁迅的孙辈出席了揭幕仪式。

21 **2024.5**
《问道》组雕立于乌拉圭首都蒙得
维的亚巴特列公园

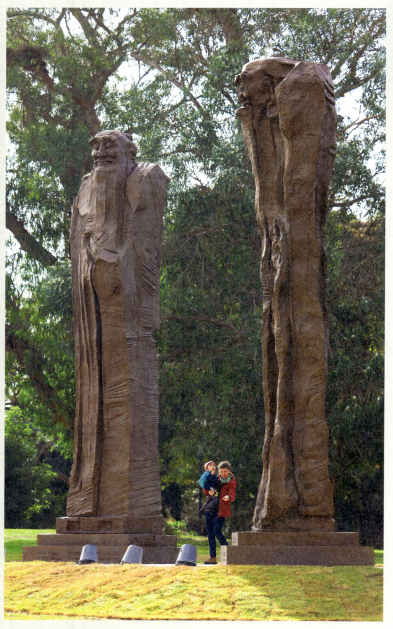

2024 年 5 月，由中国美术馆馆长吴为山创作的《问道》组雕在乌拉圭首都蒙得维的亚的巴特列公园隆重揭幕，举世瞩目。吴为山说："《问道》的基础是地球，结构是人类命运共同体，灵魂是道在其中。"这是迄今为止距中国距离最远、高度最高、筹备时间最长、关注规格最高的一次海外雕塑捐赠项目，不仅是连接两国人民的心灵纽带，更是全球文化交流的生动缩影。

中国美术馆馆长吴为山创作的雕塑
《天人合一——老子》被希腊国家考古博物馆永久收藏

后记

我们从「路漫漫，其修远兮，吾将上下而求索」、「三十功名尘与土，八千里路云和月」，可以了解中国知识分子的求索心路；

我们从「先天下之忧而忧，后天下之乐而乐」、「我以我血荐轩辕」，可以看到中国知识分子的赤子之心。

老子、孔子、屈原、司马迁、范仲淹、史可法、鲁迅……

回望中华浩如烟海的文化史，

每一个优秀的知识分子、仁人志士，

或立言、或立德，

无论「处江河之远」还是「居庙堂之高」，

皆心忧黎元，

胸怀家国。

山　　　　吴为山

造像，在舍得间。

时光流痕，尽于桑田沧海。

逝去的，是那俗音；

恒久的，是那凝定。

中华文化发轫于悠远上古，由古至今，犹如连绵的群峰逶迤不绝。"观乎天文，以察时变；观乎人文，以化成天下"。中华祖先早已有对文化概念深邃且惊叹的记载，文化如镜，其折射着泱泱中华大地人类一切活动的文明痕迹和光亮。光芒愈亮，精神愈强，倘若光芒如炬，便可照耀人们以前进的温暖和光明，内化为社会中每个人内心的精神力量。因此，当代文艺工作者肩负着重大的文化担当，要坚守中华优秀传统文化根脉，把民族精神蕴含的力量充分挖掘出来，使之成为熔铸中国精神的强劲动力、塑造民族品格的关键要素，在文明交流互鉴中，凭借源自传统文化的底气坚守文化自信，用文艺作品展现崇高的美学追求。

文以化人，文以载道，文亦通艺。在新时代新征程上，特别是在加快构建中国话语和中国叙事体系的背景下，阐释好中华优秀传统文化和美学精神，把握中华民族的精神命脉，讲好中国故事，传播好中国声音，为建设文化强国而努力已经成为文艺工作者的当务之

后记

急。作为新时代文艺工作者，如何坚定中国文化自信，如何使中国精神内化为全球化艺术思潮中的一种艺术自觉，一直是我们需要思索的话题和实践的课题。

本书的缘起是太原美术馆自2013年建馆伊始便开始设立吴为山雕塑馆，太原美术馆在2024年1月重新向公众开放后，在功能设置、设施设备、建筑装饰等标准上对标国内一流美术馆水平，对吴为山雕塑馆又进行了展陈升级、改造。以吴为山雕塑馆为关键契机，在此期间，一方面着力于展馆的优化升级与改造重塑，深入挖掘艺术作品蕴含的内涵，拓展其多元边界；另一方面，借由频繁且深入的沟通交流，各方思维不断碰撞融合。值得一提的是，本书的编辑出版更是为吴为山雕塑馆的典藏赋予了新活力，开启了深化研究的新篇章，成为传承与发扬雕塑艺术的有力助推器。后期吴为山雕塑馆还有一些扩大和改进项目，我们将会进行更深入的交流与合作。在一轮又一轮深度交流与密切合作的砥砺奋进中，双方凭借对艺术的执着追求、对美学的共同热爱，因艺携手，因美结缘。以此为新起点，双方将持续发力，深度挖掘自身潜力，全方位提升优质资源的整合配置效率，协同发力共推美术事业迈向高质量发展新征程，进而为提升中华文明在全球范围内的传播力与影响力筑牢根基、添砖加瓦。

本书出版的内容是闳阔且丰富的，部分曾在我以前的论著中刊行，部分则是首次以结集的形式面世。从开篇以塑中华古今贤人像为丰碑，到集结曾发表于各类报刊的艺术理论文字、美术馆视野中的宏观回望与深度思考，最后以雕塑艺术书写美美与共、交流互鉴的时代主题，全书内容都以对中华优秀传统文化的弘扬、时代精神与民族风格的展现为宗旨，以弘扬中国文化和中国精神为目标，将艺术学、美学、哲学与美术馆学融会贯通，从多个维度加深读者对中国文化和中国精神的理解。

本书的收集、整理、辑录、编排，要感谢太原美术馆馆长、太原画院院长殷卫东的重视和支持，不仅倾力主办吴为山雕塑馆事宜，而且为本书付出了巨大心力与诸多工作。同时，感谢山西人民出版社对本书编辑出版所倾注的心血及给予的建议。当然还要感谢我的团队在本书的图文资料汇集方面所做的大量工作。

在新的社会文化背景下，广大文艺工作者要勇担新的文化使命，弘扬中华优秀传统文化及美学精神，探索世界美术领域的中国声音，塑造隽永之美、永恒之情、浩荡之气的经典艺术作品，成为记录时代、凝聚精神的重要载体，以美为媒，讲好中国故事。于此，也正是此书的初衷与价值。

吴为山

The Art of Wuweishan